KING

19

Della stessa autrice:

Ti prego lasciati odiare
Come inciampare nel principe azzurro
Finché amore non ci separi
Tutti i difetti che amo di te
L'amore non è mai una cosa semplice
L'importanza di chiamarti amore
È solo una storia d'amore
Un imprevisto chiamato amore
Non ho tempo per amarti
L'amore è sempre in ritardo
Questo amore sarà un disastro

Seconda edizione in questa collana: dicembre 2019

ISBN 978-88-227-1668-2

www.newtoncompton.com

Stampato nel dicembre 2019 da Puntoweb s.r.l., Ariccia (Roma)

Anna Premoli

Un giorno perfetto per innamorarsi

Newton Compton editori

A mia nonna Ankica, una delle donne di maggior spirito
e carattere che abbia mai incontrato nella mia vita.

I wandered around, and finally found the somebody who
Could make me be true, and could make me be blue
And even be glad, just to be sad thinking of you
Some others I've seen, might never be mean
Might never be cross, or try to be boss,
but they wouldn't do
For nobody else, gave me a thrill with all your faults,
I love you still
It had to be you, wonderful you, it had to be you

It Had To be You, Frank Sinatra

Prologo

Mi stiracchio, ancora in piena modalità risveglio, e mi sporgo per afferrare il caffè che il mio capo mi sta offrendo. Evidente tentativo di corruzione.

Peccato che il contatto con il bicchiere bollente per poco non mi faccia rovesciare tutto. Nonostante il profumo molto invitante, decido di non rischiare l'ustione di terzo grado e lo poso sulla scrivania. Ho davvero bisogno di caffeina, ma anche le dipendenze hanno dei limiti oggettivi.

Devo ancora capire perché le macchinette negli uffici sparino bevande a temperature prossime a quelle di una fusione nucleare. Che sia un modo per far fuori qualche dipendente incauto e pagare meno stipendi?

«Nottata interessante?», mi chiede il boss mentre ridacchia.

Le mie occhiaie dimostrano quanto profonda sia la mia dedizione al lavoro.

Ovvero assoluta, dal momento che sono la giornalista incaricata di raccontare la vita notturna della Grande Mela. Mi applico con sorprendente diligenza.

«I venerdì sera sono i nuovi sabati sera», gli confermo con l'occhiolino.

Lui solleva un sopracciglio e scuote la testa. «Che sciocchezze: ai miei tempi – quelli seri – i venerdì erano solo dei banali venerdì. Nessuna necessità di renderli epici. Questo, comunque, è la conferma che sono troppo vecchio per queste cose. Cosa vuoi che me ne importi delle nuove tendenze della movida…», borbotta con voce profonda.

«È stato il matrimonio a rovinarti», lo punzecchio. «Una volta eri il *re* della vita notturna».

«Certo, come no… E poi quale matrimonio? Il primo o il secondo?», si prende in giro da solo.

Solo la gente equilibrata e davvero sicura di sé se lo può permettere. E persone simili non abbondano di certo. Motivo per cui apprezzo Roger molto più di quello che gli lasci credere. È pur sempre il mio capo, mai esagerare con i complimenti.

«Il secondo. Ti ha reso incredibilmente felice. La gente felice è fastidiosa», affermo convinta.

«Che sciocchezze che dici certe volte…», mi riprende ridendo.

«Ok, non proprio fastidiosa. Più… noiosa. Noiosa da morire! Non puoi negarlo!», insisto con l'espressione di chi la sa lunga.

Roger mi osserva con un sorriso benevolo. «Non sei un po' troppo cinica per avere solo trentadue anni e per non esserti mai sposata? Voglio dire, ti servono almeno uno o due divorzi per avere il diritto di iscriverti al club di coloro che odiano la sacra istituzione matrimoniale».

«Ah ah, sacra… Forte questa, capo».

«Sì, lo so. Sono dannatamente divertente», conviene. «Ma il risultato non cambia: sei troppo cinica. E poi di prima mattina. Kayla, Kayla, cosa ne faremo di te?».

Alzo le spalle senza rispondere. In fondo, sono solo le otto e mezzo di un sabato che avrebbe dovuto essere libero. Replicare ai suoi quesiti esistenziali non rientra tra le mie priorità. È già tanto che mi sia presentata in redazione dopo aver ricevuto il suo messaggio.

Ma Roger mi è simpatico, nonostante per lui sia sempre tutto urgente. E io sono simpatica a lui, nonostante per me non esista cosa che non possa aspettare. Siamo due opposti che lavorano bene insieme. Per fortuna.

«Lasciamo perdere», si arrende poco dopo. «Passiamo alle cose importanti. Sei sempre dell'idea di tenerti fuori dalle vicende del nuovo vice procuratore?». Dalla sua espressione rassegnata si nota che è costretto a rifarmi la domanda, ma non nutre speranze che io possa aver cambiato opinione. Il mio capo è un uomo intelligente.

«Oh sì. Sai bene che Amalia è la mia migliore amica. Non posso mettermi a scrivere pezzi su di loro».

Lui sospira rassegnato. «Lo capisco. Ma era la tua occasione d'oro per passare ad altro, per fare il salto. Tra poco non avrai più l'età per fare baldoria tutte le notti e per scrivere pezzi sul cocktail migliore di Manhattan», mi fa notare con tatto.

«Che tu ne dica, è un argomento che ai miei lettori sta a cuore molto più delle tensioni in Medio Oriente». Sappiamo entrambi che è vero. Purtroppo.

«Sì, be', questo la dice lunga sulla società in cui viviamo…». Il suo tono è sconfortato.

«Un giornalista non giudica. Semplicemente espone tutti i fatti affinché il lettore possa farsi una sua opinione. Questo me l'hai insegnato tu», gli ricordo.

Scuote ancora una volta la testa. «Sei davvero un tipo…».

Spero lo intenda come un complimento, ma non posso esserne del tutto sicura.

«Allora, visto che non *puoi* scrivere di politica cittadina, che ne diresti di andare in missione?», mi propone.

Le mie orecchie si aprono, interessate. Roger finora non mi ha mai spedito da nessuna parte, nonostante le mie suppliche. Al massimo in un teatro fuori zona, che conta fino a un certo punto quale trasferta avventurosa.

«Dico che si potrebbe fare…», provo a rispondergli con

cautela. Ma i miei occhi devono mostrare tutto l'entusiasmo che sto cercando di nascondere. Sa bene di avermi in pugno.

«Ottimo, allora parti».

«Frena, frena. Non mi hai ancora detto niente. Potresti volerti liberare di me e spedirmi a fare ricerche sulla tratta delle schiave nei Paesi arabi. Voglio prima sapere di cosa si tratta. Non accetto niente finché non ottengo rassicurazioni». Sono quasi fiera di me stessa e della mia finta titubanza.

Mi fissa ridendo. «La tratta delle schiave? Ma dove diavolo prendi certe idee? Secondo te mando in prima linea una che fino al giorno prima recensiva i bar?». Segue lunga, lunghissima risata ad alta voce. E una mia automatica occhiataccia.

«Non offendiamo! Pochi giornalisti possono affermare di avere così tanti anni di esperienza maturata sul campo, come la sottoscritta...», preciso con orgoglio.

«Be', non vuoi iniziare a maturare esperienza in *altri* campi? Provare qualche brivido oltre quello delle conquiste maschili?», mi prende in giro. Bastardo.

Lo osservo offesa. «Certo che voglio cambiare! Ma senza rinunciare alle conquiste. Quella parte mi piace molto».

«Ottimo! Il lavoro è tuo», esclama felice.

Cielo, come cado facilmente nelle sue trappole. Lo fisso scoraggiata. «Dove mi mandi?»

«In Arkansas», mi informa come se fosse una cosa normale.

Strabuzzo gli occhi in preda al panico. «No, in Arkansas no!», lo supplico. Sono pronta a mettermi in ginocchio.

Il mio sadico capo pare più che altro divertito di fronte alla mia reazione disperata. «Ma cos'ha l'Arkansas di così inquietante? Cos'è, il nuovo Far West? E poi, tu non ci sei nata?», chiede grattandosi il mento.

«È proprio perché ci sono nata! Io odio la campagna! Mi ci vedi in una piccola cittadina? Ho bisogno di strade piene di gente... Di puzza metropolitana. La trovo incredibilmente rassicurante», affermo seria. A ognuno le proprie stranezze.

«Ragazza mia, tu sei fuori di testa. Trovo che qualche mese in campagna non possa che farti bene...».

«Mese? Hai detto mese???». La mia voce si alza oltre il livello di guardia.

Ma Roger è imperturbabile. «Ho in mente un progetto fantastico. Ne sarai entusiasta. Ma per evitare di destare sospetti, ho bisogno di una locale», sta cercando di spiegarmi.

«Mia madre e io siamo scappate dalla campagna quando avevo cinque anni. Che razza di locale vuoi che sia?», tento di farlo ragionare.

«Non hai ancora una zia da qualche parte?», mi chiede con sorprendente innocenza.

Mai, e dico *mai*, raccontare della propria famiglia ai capi. Si forniscono loro troppe cartucce, che non si faranno problemi a usare, prima o poi.

«Non è davvero mia zia. È la sorella della mia povera nonna», rispondo a bassa voce.

«Kayla, detto proprio con la massima sincerità, chi se ne importa del vostro grado di parentela... Può comunque fornirti un valido motivo per un viaggetto da quelle parti. E dove vive, di preciso?», chiede con interesse da predatore.

«A Heber Springs...», farfuglio nella speranza di non essere udita. Speranza del tutto vana, a quanto pare. Udito eccezionale 1 – Kayla 0.

«Ottimo!». Il suo sguardo è quasi estasiato. Se potesse mi bacerebbe. La domanda è: perché?

«Posso dirti che non capisco proprio il motivo di tutto questo interesse nei confronti di uno sperduto paesino di poche anime?». Il mio volto è orripilato.

«Mai sentito parlare dello shale gas e dello shale oil?», mi domanda con fare criptico.

La domanda mi prende alla sprovvista. Dire che non mi aspettavo che tirasse fuori dal cilindro un argomento simile, è dire davvero poco. «Più o meno. Come tutti. Voglio dire, so cos'è, in linea teorica. Molto, molto teorica. Si tratta di fare un profondissimo buco nel terreno, spararvi dentro sostanze di vario tipo e liberare gas o petrolio con la fratturazione idraulica. Ma, come immaginerai, non ho mai avuto modo di approfondire l'argomento». E con questo intendo: a chi mai potrebbe interessare?

«Perché perdi tempo col Cosmopolitan invece di pensare ai veri problemi del Paese», sentenzia Roger con tono canzonatorio.

Mi sembra di essere un'alunna somara che viene bistrattata di fronte alla classe. Arrivo persino a sentirmi in colpa. Fortuna che stati d'animo simili durano in me il tempo di un battito di ciglia. «Senti, non conosco nemmeno un accidenti di fusione o di fissione! E non mi sembra un grande problema, in tutta sincerità… Chi sono, un ingegnere ambientale? Mi risulta che il mio lavoro consistesse nel curare una rubrica sulla vita sociale della nostra città!», ricordo a entrambi.

«E formalmente lo farai ancora. Ma da Heber Springs. Sarà la tua copertura».

Per quanto mi stia sforzando, non riesco a capire un'acca di quello che mi sta dicendo. «Ma non c'è *alcuna* vita sociale di cui parlare a Heber Springs. C'è il nulla! Sono poche centinaia di anime…».

«Qualche migliaio», mi corregge Roger, che sta controllando sul computer.

«Solo se consideri tutta la contea. Ma poco importa, rimane il fatto che abitino più persone nel mio isolato di quante ce ne siano in chilometri e chilometri di landa desolata in Arkansas». Spero che arrivi a comprendere il mio punto di vista. Ho bisogno di essere circondata da *tanta* gente. Io adoro le folle!

Dall'espressione di Roger arriverei a ipotizzare che non sia tanto incline a simpatizzare per la mia personale opinione. Tutt'altro. «Sarà una rubrica fantastica: *Una newyorkese in campagna*. Le nostre lettrici l'adoreranno», va avanti per la sua strada, caterpillar che non è altro.

«Io la odierò. Non credi che sia qualcosa di importante?», ribatto con ostinazione.

Ma lui nemmeno si degna di rispondere alla mia domanda. «E quando non sarai impegnata a scrivere la tua nuova rubrica, investigherai sulla situazione dello shale gas».

«In Arkansas?», chiedo dubbiosa. L'ultima volta che ci ho messo piede – parecchi anni or sono – era ancora una terra che viveva di coltivazioni, allevamento e poco altro. Sì, sapevo che esistevano delle miniere di bauxite o roba simile, ma il mio interesse verso la cosa non è mai stato eccessivo. Sfido chiunque altro a poter affermare il contrario.

«Ignorante che non sei altro: in Arkansas è presente uno dei siti più importanti di estrazione di gas non convenzionale degli Stati Uniti. Si trova a Fayetteville. E quando ti metterai a studiare l'argomento, scoprirai che lo shale gas è fondamentale per l'indipendenza energetica a cui mira il nostro Paese. Stiamo basando tutta la programmazione energetica futura su questo nuovo modo di estrazione del metano. E lo stiamo facendo sulla base di ipotesi che sono un po' forti, se vuoi il mio parere...», dice cauto.

L'ultima frase mi incuriosisce. «Ovvero?», mi trovo a incalzarlo, mio malgrado.

«Diciamo che alcuni Stati si stanno avvicinando alla fratturazione idraulica a braccia aperte, come appunto in Arkansas. Mentre da altre parti le autorità stanno facendo esattamente il contrario. E lo stanno vietando».

«Ma va? E dove?». Posso anche non essere una grande esperta della materia, ma due approcci così radicalmente diversi da parte degli Stati del nostro paese accendono in me una certa curiosità da giornalista. Per fortuna quella non si è volatilizzata, appena sentito dell'imminente trasferimento.

«A Los Angeles, per esempio. Ma anche nelle zone del New Mexico e in parecchie città in Colorado. Le loro autorità locali non sono affatto convinte che iniettare la misteriosa miscela di acqua e sostanze chimiche nel terreno sia proprio un'ideona. In rete è pieno di studi che parlano di una forte correlazione tra i terremoti e le perforazioni orizzontali che sprigionano lo shale gas o il petrolio. Il tema è molto dibattuto all'estero, pochissimo da noi. Perché l'argomento è di quelli delicati. Ci hanno promesso l'indipendenza energetica, ma non hanno detto a quale costo. Senza contare che ci sono stati diversi casi di inquinamento di falde acquifere in giro per il Paese».

Lo osservo meravigliata. «E come mai i residenti non si lamentano?»

«Semplice: vengono pagati profumatamente per lo sfruttamento del sottosuolo».

Già, la solita vecchia storia. Interessante come certe cose non passino mai di moda.

«Sì, ma se dopo si trovano con casa a rischio terremoto e falda inquinata...», gli faccio notare.

Io, al loro posto, sarei un po' preoccupata di concedere il mio terreno per operazioni simili. Chiaro, rimane il fatto che io non ho un terreno da concedere. Al massimo, potrei dare in pegno le mie scarpe. E quelle sono roba seria. Non sono pronta a correre rischi.

«Questo in genere lo scoprono *dopo*. Come ti dicevo, i giornali ne hanno parlato molto poco. Il motivo è che nel 2000 lo shale gas valeva appena il 2% della produzione di gas naturale degli Stati Uniti, ma oggi siamo oltre il 40%. Il settore è letteralmente esploso, mentre la stampa ha avuto ben altri temi di cui occuparsi: l'11 settembre, al-Qaeda, la Siria... Insomma, non hai che l'imbarazzo della scelta.

Qualsiasi sia stato il motivo di questo relativo disinteresse, il fatto è che al momento le industrie americane godono di un vantaggio competitivo non da poco, perché utilizzano un gas che a noi costa tre volte di meno che nel resto del mondo. E proprio grazie a questa improvvisa offerta giunta sul mercato. Si tratta di un modo molto efficace per tenere sotto scacco numerosi Paesi arabi, l'America Latina e pure la cara amica Russia, che tanto amica non è stata negli ultimi anni… Se produci molto, sia che si tratti di gas sia che coinvolga il petrolio, puoi influenzare il prezzo della materia prima anche a livello internazionale, mettendo in ginocchio il cambio e la tenuta della bilancia commerciale di Paesi che invece hanno metodi di estrazione piuttosto tradizionali».

Elaboro in fretta tutte le informazioni. «Wow», sospiro colpita.

«Ricordati, Kayla, oggi giorno le vere guerre non sono più quelle militari, bensì quelle di gran lunga più subdole: si lotta sui prezzi delle materie prime, sulla finanza, sulla tenuta del cambio. Tu puoi anche essere un grande Paese, ma se il mercato si mette in testa di affossarti, lo farà. Punto e basta. Sta tutto nel vedere chi gli darà la spinta determinante».

«Lo vedi che facevo bene a scrivere di soli cocktail?», domando sarcastica. «Sono una donna molto saggia».

«È proprio perché lo sei, che ho pensato a te quando ho sentito parlare dell'Arkansas».

La mia espressione diventa all'istante molto meno benevola. Il nome Arkansas mi crea seri problemi digestivi. E altro che un po' di zenzero per risolverli…

«Sì, cara. In Arkansas è in atto una grande corsa a concedere permessi per i pozzi di estrazione dello shale gas. Hanno visto come si sono arricchiti i vicini di casa di Fayetteville e vogliono partecipare alla festa. Peccato che di mezzo ci siano problemi ambientali molto grossi, come la desertificazione, la deturpazione dei paesaggi, la quantità di metano che viene liberato nell'atmosfera e il piccolo problemino dell'effetto serra. Senza contare i rating piuttosto traballanti delle società che si occupano di simili perforazioni. Oggi stanno in piedi, ma domani chissà».

«E io perché non ne sapevo niente di questa storia?».

Roger mi sorride. «Appunto. E come te, tutti gli altri. C'è bisogno di informazione. Di capire come stanno gestendo la questione le autorità locali e di come si stanno avvicinando al problema. Mi interessa capire se dietro ci sia semplice ignoranza, menefreghismo, oppure, peggio, corruzione».

Detta così la questione del mio trasferimento in Arkansas è sempre drammatica, ma oggettivamente più interessante. Per quanto non abbia intenzione di ammetterlo con il mio capo, ne avevo le scatole piene di scrivere di nuovi cocktail Martini o poco altro. Sono una giornalista piuttosto nota in città, ma non per i motivi giusti. Aspiro da sempre a qualcosa di più nobile.

«Allora, Arkansas sto arrivando?», mi domanda Roger con un sorriso.

E io, che mai immaginavo di arrivare a pronunciare qualcosa di simile, se non sotto l'effetto di droghe pesanti, non posso fare altro che confermarlo. «A quanto pare, sto arrivando».

Capitolo 1

Mi è chiaro che ci sia dell'ironia – anche notevole – nel fatto che ci si possa perdere nel Ventunesimo secolo, ma io sono una donna che in fatto di karma sfigato sa il fatto suo. Sono la regina delle imprese impossibili e improbabili. Sono sempre l'eccezione, il punto che inquina una perfetta sequenza statistica. Fossi stata un'economista, il tanto temuto cigno nero avrebbe fatto il nido sopra il mio camino. Per mia fortuna, niente camini a New York, se non quelli condominiali. Ma in Arkansas, chi può dirlo?

Sono seduta al volante di un'utilitaria presa a noleggio dopo essere atterrata a Little Rock, diretta verso Heber Springs, e spero con tutta me stessa di trovarmi sulla Statale 65.

Se per qualche disgraziatissima ipotesi questa non fosse la Statale 65, sarebbero guai grossi. Immensi.

Prima che qualcuno mi suggerisca di leggere i cartelli, grazie, ci ho pensato anch'io. E non mi hanno aiutato affatto. Se possibile, mi hanno confuso.

La gente normale al mio posto non farebbe altro che accendere il cellulare e verificare tramite GPS la propria esatta posizione, ma a me è del tutto impossibile perché l'amato cellulare è scarico. Completamente. La batteria ha tirato le cuoia appena dopo aver svoltato a Conway dalla Statale 40.

Non mi è chiaro come possa essere considerato un grande avanzamento tecnologico il possedere cellulari le cui batterie non durano nemmeno mezza giornata. Per dirla come mia madre, dieci anni fa queste cose non succedevano. E per una volta mi sento di darle ragione.

Per cui sono *abbastanza* certa di essere sulla strada giusta ma, dato il mio pessimo senso dell'orientamento, non ci scommetterei la mia borsa nuova. Nemmeno quella vecchia, a dire il vero. In fondo, tra me e le mie borse vige un rapporto privilegiato. Insieme alle scarpe, potrebbero essere uno degli amori più sinceri della mia vita.

Se fossi stata più attaccata alla mia famiglia e fossi venuta a trovare la sorella della mia defunta nonna, la zia Jill, con maggiore frequenza, a quest'ora magari sarei anche stata in grado di intuire la mia esatta posizione. Ma è un dato di fatto che alle relazioni umane sono allergica: sia a quelle sentimentali che a quelle familiari. Mia madre e io siamo entrambe fiere di avere un rapporto piuttosto tranquillo: tra di noi non ci sono problemi o traumi irrisolti, semplicemente ognuna vive la sua vita. Ci telefoniamo con una frequenza che qualcuno potrebbe definire anomala, ma siamo due donne piuttosto prese. Io non ho il tempo di raccontarle ogni mia santa giornata e lei non si offende se non lo faccio. Anzi, mi appoggia in pieno, perché non avrebbe né la voglia né il tempo per ascoltarmi.

Piuttosto demoralizzata dalla mia incapacità di orientarmi, decido di fermarmi sul ciglio della strada in cerca di una mappa cartacea. Prego che le macchine a noleggio continuino a esserne provviste. Se la redazione del mio giornale avesse avuto il braccino meno corto, magari mi sarei potuta permettere una macchina con qualche optional in più. Come per esempio il navigatore. Invece mi è toccato accontentarmi del modello più basilare che avevano. Non c'è da stupirsi che un mese di noleggio di questo affare fosse ben più economico di una settimana di una macchina normale.

Premo decisa sul freno mentre sto svoltando su una piazzola di sosta e una fitta nube di polvere si solleva ovunque intorno a me. «Che diavolo...», mormoro incredula ed esco tossendo dall'abitacolo. Ma in Arkansas non usano asfaltare le piazzole? Evidentemente no...

Stufa di attendere che la polvere mi liberi l'orizzonte, mi incammino verso il vano bagagli. Sollevo il portellone e per poco non scoppio a piangere dalla commozione: mappe stradali!!! Adoro la gente che ignora il progresso tecnologico e si ostina a vivere con cartine simili.

La apro e la rigiro più volte, piuttosto indecisa su come fare a individuare la mia esatta posizione. Se solo ci fosse qualche punto facilmente riconoscibile qui intorno... Meglio ancora, se solo questa polvere la finisse di aleggiarmi intorno e mi permettesse di scorgere un punto riconoscibile.

Il mio scrutare l'orizzonte viene però bruscamente interrotto da un rumore di freni. Sobbalzo per lo spavento, mentre un pick-up scuro si accinge a parcheggiare proprio dietro la mia macchina.

E la polvere, che *finalmente* si era posata per terra, mi avvolge una seconda volta. Dannazione.

«E che palle!», mi viene da esclamare come prima cosa. Il secondo istinto è invece quello di correre a prendere la mia borsa rimasta in macchina e di cercare lo spray urticante, perché non si sa mai quale psicopatico possa nascondersi sul ciglio di una strada. Specie se polverosa.

Per noi newyorkesi tutto è sospetto. L'assassino seriale è sempre dietro l'angolo. E data la mia solita fortuna, potrei averne incontrato uno appena messo piede in questo Stato dalle piazzole discutibili.

Dalla macchina sbuca un tizio il cui abbigliamento ha visto giorni migliori: un paio di jeans al cui confronto quelli che io consideravo vecchi possono tranquillamente durare un altro decennio, una maglietta nera alquanto impolverata, stivali in condizioni pessime, un cappello da cowboy ben calzato in testa e occhiali scuri.

Cappello da cowboy nel 2015? Qualcuno avrebbe dovuto avvisarlo che questo non è il Texas. Io, così, non mi farei vedere in pubblico nemmeno morta.

La mia espressione è un misto di preoccupazione per l'eventuale pericolo e divertimento nell'avere di fronte un uomo così diverso dal solito esemplare metropolitano. Se mi è permesso giudicare dalla maglietta attillata, sarà anche un serial killer, ma con dei muscoli notevoli. Non che questo serva a migliorare la situazione... Ma a chi voglio darla a bere? Aiuta eccome!

Lui pare accorgersi della mia postura rigida e si toglie cappello e occhiali, come per rassicurarmi. Il suo volto, se non altro, mi fa stringere un po' meno forte la mia borsetta e il suo prezioso contenuto. Forse, dopotutto, lo spray al peperoncino potrà attendere.

Ha dei capelli biondo scuro tagliati in modo molto ordinato. Sono corti, sono pratici, e trovo che gli si adattino alla perfezione. Gli occhi, invece, sono tutt'altra cosa e di pratico hanno ben poco: sono di un azzurro molto chiaro, che mi ricorda in qualche modo quelli della mia amica Amalia. Un uomo con occhi così belli non può essere uno psicopatico, vero?

«Hai bisogno d'aiuto?», mi chiede osservandomi. La voce è profonda e senza alcun accento. Cosa piuttosto sospetta da queste parti.

Sbatto le ciglia, perplessa. Chiedere o non chiedere, questo è il dilemma.

«Ho notato la tua macchina e pensavo fossi in difficoltà», aggiunge di fronte al mio prolungato mutismo.

Se possibile, la mia espressione diventa ancora più guardinga. Non sono abituata a che perfetti estranei si fermino per offrire il loro aiuto. Dove vivo io, queste cose non succedono.

«Sei un serial killer?», gli domando serissima.

Invece di offendersi o di darmi un colpo in testa, lui scoppia a ridere, rivelando una fila di denti perfetti. «Non trovi che, se anche lo fossi, difficilmente te lo confesserei?», chiede, visibilmente divertito.

«Il mondo è pieno di pazzi. Ci sono anche quelli che preferiscono terrorizzare le loro vittime», ribatto decisa.

Lui scuote la testa incredulo. «Sai qual è il problema di questo Paese?». Fa un mezzo passo nella mia direzione. Quasi senza volerlo, indietreggio.

«Il fatto che i cinesi detengano una fetta così elevata del nostro debito pubblico?», provo a tirare a indovinare. Dico cose strane quando sono sotto stress. Incredibilmente sensate. È un bene che sia tesa di rado.

Il suo sguardo diventa incredulo. Sì, non la classica risposta che uno si potrebbe attendere, questo lo devo riconoscere.

«Tu non sei di queste parti». La sua è un'affermazione convinta.

«Cosa, solo perché ho nominato i cinesi?», sorrido mio malgrado.

«Perché hai tirato in ballo il debito pubblico. Non conosco una sola persona di qui che lo farebbe».

Va bene che scrivo di Cosmopolitan e prime teatrali quando è il mio giorno fortunato, ma non sono l'unica cosa che conosco. Gli sorrido serafica, senza specificare altro. Meglio non dare eccessiva confidenza agli sconosciuti.

«E comunque no, il vero problema del Paese sono i telefilm che vengono trasmessi. Tra terroristi e serial killer, la gente è portata a vedere criminali ovunque», mi spiega paziente. Non mi sento di dargli torto.

«Insomma, mi stai dicendo che tu non appartieni a nessuna delle due categorie». Mi rendo conto di essermi molto rilassata. Questo tizio è quasi divertente. E gli psicopatici non sono in grado di sostenere una conversazione e di apparire così a loro agio. O almeno, così spero.

«Giuro solennemente. A nessuna delle due categorie», mi conferma mettendosi la mano sul cuore con fare teatrale. «Allora, in cosa posso aiutarti?».

Ha davvero un *gran* bel sorriso. E io ho da sempre problemi a respirare normalmente in presenza di uomini simili. Cerco di smetterla di fissarlo come farebbe un alcolista di fronte a una bottiglia del migliore whisky e mi concentro sul mio problema attuale. «Non riesco a capire dove mi trovo...», ammetto sconsolata.

«Hai mai pensato di usare il GPS?», domanda ironico. «Ho sentito dire che tutti i moderni telefoni ne sono provvisti».

Ok, figo è figo. Ma questo non gli dà il permesso di prendermi in giro.

«Ma certo. E pensa un po', succede anche che i moderni aggeggi si scarichino a tradimento», mi difendo incrociando le braccia sul petto.

Lui solleva un sopracciglio, espressione incredula. «Perché voi donne passate un sacco di tempo attaccate a quei cosi. Sempre a scrivervi chissà cosa...».

«Voi uomini ci fornite sempre ghiotti argomenti di conversazione».

«Ah, non ne dubito».

«E almeno noi comunichiamo...». L'argomento mi sta a cuore, evidentemente.

«Certo. Così rimanete senza carica in una zona a voi del tutto sconosciuta», conclude.

Touché.

In effetti è una scocciatura non da poco.

«Sì, sono senza carica. Ma questo Stato non mi è poi così sconosciuto», mi viene da difendermi. «Io sono nata qui», gli confesso prima di riuscire a ragionare su quello che sto facendo. Di solito tendo a non ammetterlo nemmeno sotto tortura.

«Tu? In Arkansas?». E scoppia a ridere a crepapelle.

Lo fisso pronta all'attacco. «Be', cosa ci sarebbe di tanto strano?».

Smette di sghignazzare giusto il tempo per squadrarmi dalla testa ai piedi. «Partiamo dalle scarpe… Nessuna donna con un minimo di raziocinio si metterebbe dei trampoli simili. Almeno, non se è *davvero* dell'Arkansas».

«Cos'hanno le mie scarpe che non va?», esclamo offesa, sollevando un piede per ispezionarle.

«Che razza di colore è?», domanda impertinente.

«Blu elettrico», rispondo offesa. Voglio dire, mi pare ovvio.

«Appunto. Ma che razza di colore è il blu elettrico? E la borsa…».

La stringo forte sul petto con fare possessivo. Forse, dopotutto, lo spray al peperoncino potrebbe non essere così sprecato su di lui.

«Cos'è? Prada? Gucci?», chiede divertito.

Rimango interdetta in attesa di elaborare l'informazione che il cowboy qui davanti sembra, se non altro, conoscere l'esistenza di Prada e Gucci. La globalizzazione deve essere arrivata davvero ovunque.

«No, è una Céline», lo correggo altezzosa.

«Blu elettrico», aggiunge lui, sorrisetto beffardo sempre al suo posto.

«Certo! Se indosso delle scarpe blu elettrico è auspicabile che abbia anche una borsa dello stesso colore. Non sono mai stata una grossa fan degli abbinamenti azzardati e contrari. Sono una purista. Razza in via di estinzione, in fatto di moda. Comunque, nel mio caso, prima è arrivata la borsa e poi ho cercato le scarpe adatte. Non è stato affatto facile trovarne della tonalità giusta». Non so bene perché gli stia raccontando i fatti miei. È evidente che tutta questa polvere deve avermi danneggiato il cervello. Oppure potrebbe essere l'aria dell'Arkansas: la mancanza di smog metropolitano si sta facendo sentire.

«Chicago?», mi chiede poi, senza ulteriori giri di parole.

«No...».

«Los Angeles?», riprova deciso.

Spalanco gli occhi. «Ma secondo te ho un'abbronzatura californiana?», domando offesa.

«E cosa ne so, potresti essere una di quelle pazze integraliste che non si espongono mai alla luce del sole per non danneggiare la pelle ed evitare l'invecchiamento precoce!», si difende.

Sì, ha ragione. In effetti potrei esserlo. Ma si dà il caso che non lo sia! Sono solo pallida!

«New York», gli confesso prima che possa andare avanti con le sue ipotesi assurde.

«E pensare che era la risposta più banale...», commenta ridendo.

«Sì, be', ora che abbiamo discusso a sufficienza delle mie scarpe e della mia borsa, entrambe di un colore a te non gradito, possiamo cortesemente passare al problema che mi sta più a cuore? Almeno al momento. Dove diavolo siamo?». Inizio ad avere le scatole piene di rimanere ferma immobile a respirare polvere.

«Siamo sulla Statale 65», mi concede magnanimo.

Esattamente quello che speravo di sentire. La prima buona notizia della giornata.

«Oh, Dio ti ringrazio!», esclamo tirando un sospiro di sollievo. «Bene. Come arrivo a Heber Springs?» lo incalzo con la seconda parte del mio problema imminente.

Mi fissa come se fossi completamente pazza. «Devi *proprio* andare a Heber Springs?», chiede con una strana espressione.

Ma che razza di domanda è?
«Sì, devo!», rispondo all'istante. Spero che la mia espressione decisa lo induca a desistere dal farmi altre strambe domande.
«Perché?», chiede invece sospettoso, sollevando un sopracciglio. Forse, dopotutto, *è* un pazzo psicopatico.
«Mia zia vive lì», rispondo esasperata dal terzo grado.
«Chi è tua zia?», pretende di sapere con tono inquisitorio. E gli si addice pure. Come se avesse tutto il diritto di questo mondo di interrogare la gente.
«Ma sei lo sceriffo del posto?», chiedo incredula.
«No», risponde solo. E non offre altra spiegazione. Maschio alfa, a quanto pare. Molto, molto alfa. Categoria interessante a letto, un po' meno nel bel mezzo del nulla.
Decido che ne ho abbastanza di discutere con lui. In fondo, non ho nulla da nascondere. «Non è esattamente mia zia. È la sorella di mia nonna. Si chiama Jill Ferguson».
I suoi occhi chiari si aprono di scatto come ventagli. «Tua zia è Jill Ferguson? Oh poveri noi...», sospira e poi scoppia a ridere.
La zia Jill è addirittura famigerata. Interessante a sapersi.
«Prima strada a destra. Sempre dritto. Non puoi sbagliare. Troverai una targa di benvenuto. Jill abita un po' fuori città. Sai almeno come arrivare da lei?». Mi fissa intensamente. Il mio battito accelera contro il mio volere. Cuore traditore.
Appunto, come sospettavo: un uomo per niente banale. La mia solita fortuna.
«Hmm, no?»
«Di bene in meglio», mormora e si passa una mano tra i capelli, scompigliandoli. È piuttosto ingiusto che gli uomini appaiano quasi sempre sexy dopo aver fatto un gesto simile. A me non capita mai. Al massimo posso assumere le sembianze di un istrice impazzito. «Facciamo così. Seguimi e ti porto da tua zia», si offre.

«O potresti fingere di portarmi da lei e invece farmi scomparire in qualche radura...», rifletto ad alta voce.

Lui scoppia di nuovo a ridere. «Potrei...», ammette divertito, con relativa pausa a effetto. «Ma non lo farò».

E gli credo. Non so perché, ma gli credo al cento per cento. «Sono le scarpe blu elettrico, vero?», domando con un sorriso.

Lui si allontana e apre la portiera della sua macchina, intenzionato a risalire a bordo. «Assolutamente. Non posso far scomparire un corpo con accessori di un colore così assurdo. Ti troverebbero subito», risponde con un mezzo ghigno.

Che lo voglia ammettere o meno, il colore è sexy. E lui lo sa.

«Non è assurdo! È molto alla moda! L'ultima tendenza!», ribatto decisa.

«Se lo dici tu...», ride. E poi si mette al posto di guida.

A me non rimane che seguirlo.

La macchina dell'uomo che tanto odia il blu elettrico si ferma di fronte a una bella casa con esterni ricoperti di assi di legno orizzontali e tetto scuro. Intorno pare prosperare un giardino rigoglioso, a cui viene garantita ampia ombra dagli alti alberi posti ai lati. L'erba è perfettamente tagliata, i fiori bene in ordine. Mi viene da sorridere nel constatare che la zia Jill è ancora una perfezionista quando si tratta di piante. In fatto di cose ben più importanti tende a lasciar correre molto, ma sull'altezza dell'erba o sulla forma di un cespuglio non transige. La vita è sempre una questione di priorità.

Accosto a mia volta e spengo la macchina. Il cowboy esce dal pick up e attende che io lo raggiunga. «La casa di Jill Ferguson», mi comunica soddisfatto.

L'ho riconosciuta subito. Posso essere stata in questo posto solo poche volte negli ultimi anni, ma da bambina mia madre mi portava spesso a trovare zia Jill. Mi piacevano sia la zia che il posto, mi divertivo da matti con lei. Era fuori come un balcone. Spero che a modo suo lo sia ancora. La gente di spirito invecchia meglio, a mio avviso.

«Sana e salva», ammetto con un sorriso. «Be', grazie mille...». E poi mi blocco rendendomi conto di non sapere bene il suo nome.

«Greyson», mi informa.

«Grazie mille, Greyson. Io sono Kayla», mi presento e gli porgo la mano.

Lui l'afferra con una presa decisa. Il contatto è intenso. Sensazione del tutto inaspettata. O forse, se proprio devo essere sincera con me stessa, non del tutto.

«Lo so», afferma come se fosse una cosa normale. E poi si volta e si incammina, evidentemente intenzionato ad andarsene.

Lo osservo curiosa. «Come fai a saperlo?».

Si ferma un attimo prima di scomparire nell'abitacolo. «Io so tutto», mi risponde e mi fa l'occhiolino.

La macchina di Greyson è da poco scomparsa dalla mia vista che la zia Jill mi sta già correndo incontro. È esattamente come me la ricordavo, con un piccolo particolare diverso dal solito. I suoi capelli sono blu. E intendo proprio blu. Non elettrico, ma ci siamo molto vicini. Greyson deve aver pensato che siamo una famiglia di pazzi completi e che l'ossessione del blu scorra nel nostro sangue tramandandosi di generazione in generazione. Cosa non da escludere, a quanto pare.

«Kayla!», mi saluta e mi abbraccia. È una donna minuta, piuttosto magra, ma riesce a stringermi peggio di un boa constrictor. Devo chiederle che ginnastica pratichi.

«Zia Jill! Non sei cambiata affatto!», esclamo un po' sorpresa. Non che le augurassi di invecchiare, ma lei mi pare addirittura ringiovanita.

«Sciocchezze. Sono cambiata eccome. Ma in meglio», mi riprende subito. Esattamente come me la ricordavo: schietta e un po' matta.

«E tu, fatti un po' vedere… L'aria di città non ti giova affatto. Sei pallida come un cencio, cara mia», si affretta a farmi sapere. La primavera quest'anno ha tardato ad arrivare e il mio colorito risente molto della stagione invernale. Con i miei capelli scuri, il contrasto appare ancora più marcato.

«A New York seguivo una rubrica cittadina, passavo molte serate fuori. Insomma, sai com'è…», cerco di giustificarmi in qualche modo.

Lei mi lancia un'occhiataccia. «Sì, lo so molto bene. Non ti prendi cura di te stessa. Ma la borsa è una favola», esclama entusiasta, occhi incollati all'oggetto del desiderio.

«Non hai visto le scarpe…». E gliele mostro tutta orgogliosa.

La zia scoppia a ridere. «Se avessi una cinquantina di anni in meno te le ruberei. Ma a ottantadue ho il terrore di rimetterci un'anca».

«Meno male che almeno tu apprezzi», mi lascio scappare.

«Perché, chi osa non farlo?», domanda così tanto seria che non posso che amarla ancora di più.

«Mah, nessuno… Per arrivare fino a casa tua ho dovuto chiedere aiuto a un tizio che passava per la statale. Greyson, lo conosci? Alto, biondo…», inizio a descriverglielo. Cerco di mantenere voce ed espressione neutrale.

Ma devo aver modificato almeno in parte il tono, perché la zia mi osserva curiosa. «Cara, questo è un paese piccolo. Tutti conoscono tutti. Ovvio che conosco Greyson».

Esattamente quello che temevo.

«Ed è una persona affidabile? Voglio dire, non è un serial killer, vero, che tu ne sappia?».

La zia scoppia a ridere come se fosse la cosa più assurda del mondo. «Oddio! Greyson un serial killer? No, ti posso assicurare che con lui sei al sicuro».

"Sicuro" non è esattamente la parola che userei per descrivere un uomo come lui. In realtà, nonostante la facciata piuttosto rassicurante, a me è parso tutt'altro. È in incognito, non so bene perché, ma ho abbastanza esperienza in fatto di uomini da saper riconoscere uno che potrebbe rivelarsi pericoloso per la mia persona. E con questo non intendo dire che corro il rischio di essere trascinata nel bosco… No, c'è piuttosto il serio rischio che sia *io* a fare qualche sciocchezza. E sono venuta in questa landa desolata con un obiettivo preciso. O meglio, con uno ufficiale e un altro in incognito. Avrò già il mio bel da fare anche senza perdere tempo dietro a fantasie assurde.

«Poco importa. Sono certa che avrò poche occasioni per rincontrarlo», tento di chiudere l'argomento. In realtà sto cercando di rassicurarmi.

Ma la zia è un osso duro. «No, certo che lo incontrerai. E spesso, anche».

Detta così pare una minaccia. E anche bella grossa.

«Lasciamo perdere per un attimo Greyson e torniamo a concentrarci su di noi. Sei certa che non ti crei problemi ospitarmi per qualche mese?», le chiedo ancora. Glielo avrò domandato già venti volte nel corso delle nostre telefonate, ma di persona mi pare più efficace. Si può intuire se la persona mente per mera gentilezza o per altro. Solo che la zia non mente affatto, con mia grande sorpresa. Mi sembra serissima.

«Certo che no! Mi stavo annoiando in maniera incredibile. Sei arrivata appena in tempo per salvarmi da un periodo morto. Sai, è davvero molto difficile incontrare uomini interessanti alla mia età…».

La sua frase mi fa sorridere. «E non hai idea di quando sia difficile alla mia», ammetto sincera.

Lei mi fissa senza esserne del tutto convinta. «Se non altro, alla tua età sono ancora quasi tutti vivi. C'è maggiore abbondanza. Alla mia, sono tutti sottoterra con questa storia che le donne vivono di più. Capisci che il mio è un problema serio…».

«E che problema c'è, tu sceglili più giovani». La mia vuole essere una battuta, ma la risposta di zia Jill è invece molto seria.

«Già fatto, cara. Ma c'è tanta di quell'immaturità da rimanere spiazzate». Sì, direi che ha fatto centro.

Lo so che dovrei dire qualcosa di intelligente, ma dalla mia bocca non esce niente. La zia è riuscita nella titanica impresa di farmi rimanere senza parole.

«In ogni caso, ho preparato la tua stanza. Quella dove stavi quando venivi a trovarmi da piccola. Te la ricordi?».

Purtroppo, sì. La zia è una meraviglia, ma in fatto di arredamento abbiamo gusti diametralmente opposti. Credo che lei prenda spunto dall'Ottocento inglese, visto il suo amore per la carta da parati floreale e gli accessori coordinati. Io tendo invece a privilegiare l'essenziale: muri banchi, pochi mobili dai toni neutri o al massimo grigi, oggetti di design.

Cerco di non deprimermi troppo, prendo la valigia che ho tolto dal sedile posteriore della macchina e la seguo dentro casa. È floreale – molto floreale – persino più di quanto non mi ricordassi. Spero che siano tutti fiori finti perché la mia allergia da fieno potrebbe farmi stramazzare. E infatti, il primo starnuto arriva dopo nemmeno un minuto di permanenza. Non è un record ma poco ci manca.

«Tutto bene?», chiede la zia, voltandosi a osservarmi.

La prima cosa che farò uscita di qui sarà cercare un antistaminico. Di quelli che stenderebbero un cavallo. Questo posto deve pur avere una farmacia.

«Meravigliosamente», sorrido.

Lei pare rassicurarsi e continua a farmi strada, fino ad arrivare alla mia camera. Spalanca la porta bianca e mi fa segno di entrare. Aiuto! Molto più ottocentesco di quanto già non mi ricordassi! È evidente che deve aver calcato la mano negli anni della mia assenza.

«La stanza è davvero…», e mi blocco alla ricerca di una parola che possa rendere giustizia alla scena, senza essere allo stesso tempo offensiva. Ovvio che non mi venga in mente niente.

«Notevole», aggiunge lei per me.

Porca puzzola, lo è eccome! Il letto è di ferro battuto vecchio stile, con sopra una coperta con ortensie giganti. Al suo fianco un comodino in legno bianco, con dei fiori dipinti che paiono risalire da una gamba per sbocciare rigogliosi sul piano alto. Non ho la più pallida idea di che fiori si tratti e non sono certa di volerlo sapere. Dall'altra parte della stanza campeggia un gigantesco mobile da trucco che richiama il comodino. E questo, mi tocca ammetterlo, è davvero interessante. Una donna potrebbe passare ore intere davanti a uno specchio simile.

«Di tuo gusto?», domanda speranzosa la zia.

È ovvio che deve esserne molto fiera. Le sorrido sincera. «È tutto meraviglioso. Grazie mille della tua ospitalità».

«Per così poco…», risponde quasi imbarazzata. «Sono davvero felice di averti qui. Non posso dire di aver esattamente capito il perché, ma alla buona sorte non si guarda in bocca».

«Te l'avevo accennato. Il giornale mi ha mandato qui per scrivere una rubrica diversa dal solito: una ragazza newyorkese alle prese con la vita sociale in un paese piccolo».

«Quale vita sociale?», scoppia a ridere. Esattamente quello che temevo… «Sono anni che provo a ravvivare un po' le serate della comunità. Ma non posso fare tutto da sola. Se gli altri non collaborano è difficile ottenere grandi risultati».

«Ora ci sono qui io. Possiamo provare a fare qualcosa insieme», le propongo. Mi sorride benevola.

«Possiamo provare...», concorda. Ma non vuole illudermi con speranze vane, questo è evidente.

Una donna dai capelli blu e sua nipote con le scarpe e la borsa blu. Non ho dubbi che i locali adorerebbero le nostre proposte. Come potrebbero fare altrimenti?

Capitolo 2

Decido di non perdere altro tempo e, appena finito di cenare, mi risiedo in macchina, diretta in città. Questa volta mi sento molto più sicura, perché ho con me un cellulare ben carico. Perdermi sarà impossibile. O, almeno, improbabile

Ho due compiti da portare a termine: per prima cosa trovare una farmacia in cui comprare l'essenziale antistaminico, e poi dare un'occhiata alla movida di Heber Springs. È sabato sera, c'è da aspettarsi che *almeno* oggi la gioventù di questa cittadina sia fuori a fare baldoria. Non mi attendo certo di incontrare gente che balla sui tavoli, ma devono pur avere qualche localino carino. In fondo, d'estate questa zona ospita un discreto numero di turisti, vista la vicinanza a un lago in cui è possibile fare il bagno e mille altre attività. Mi ricordo persino di una bella spiaggia, dove mia madre e io andavamo di tanto in tanto, fingendo di essere in una località marittima molto chic.

I locali raccontano che negli anni Venti questa zona fosse anche una nota stazione termale. Da qualche parte esiste ancora una sorgente di acqua minerale puzzolente che pare garantire grandi benefici alla salute. Dal momento che l'età media è piuttosto alta – parole della zia, non mie, che mi ha confermato che sia pieno di centenari – forse la loro acqua è davvero miracolosa. Dovrò decidermi a provarla, un giorno.

La mia ricerca di una farmacia non dà grandi risultati, per cui mi rassegno e parcheggio di fronte a quello che sospetto essere l'unico bar della zona. L'insegna non è molto promettente, ma sono abituata a non giudicare dalle sole apparenze.

Spingo con forza la pesante porta di legno e mi ritrovo in un ambiente piuttosto buio. Si intravede qualche anima, ma niente che possa definirsi folla. Ma dov'è la gioventù di questa cittadina? O meglio, esiste la gioventù da queste parti?

Sospiro e cerco di non scoraggiarmi. Mi avvicino al bancone e mi accomodo su uno degli sgabelli. La barista, una ragazza dai capelli biondi molto corti e maglietta nera piuttosto scialba, mi si avvicina subito.

«Ciao, di dove sei?», mi chiede con un sorriso.

«Perché pensi che sia di fuori?». Ho in testa un cartello con la scritta "straniero" e non me ne sono accorta?

Lei scoppia a ridere. «Perché qui ci conosciamo tutti. E poi il tuo abbigliamento urla "città", se capisci quello che intendo...».

Osservo velocemente i miei jeans attillati e il mio top grigio con maglioncino corto dello stesso colore. In mano ho la mia solita borsa e ai piedi le scarpe coordinate. Sono persino *casual* per essere fuori di sabato sera. Ma, evidentemente, non lo sono a sufficienza per Heber Springs.

«Sì, sono di New York», ammetto scoraggiata. È ovvio che sono del tutto fuori dal mio solito ambiente. Speravo di passare maggiormente inosservata, ma pare che debba ancora lavorare parecchio per la riuscita di questo mio piano.

«Fico», commenta lei. E non aggiunge altro a riguardo. «Be', cosa ti porto?»

«Un Cosmopolitan, direi». Ho bisogno di qualche drink rassicurante per sopravvivere alla serata. Di qualche piccola certezza.

La ragazza mi fissa immobile, come se fossi del tutto impazzita. Se non fossi quasi convinta del contrario, penserei che mi siano spuntate due teste.

«No no, mi spiace...». E scuote la testa.

«Un Martini rosa, allora», riprovo sperando in maggiore fortuna.

Questa volta la barista trattiene a stento una risata. Non capisco davvero cosa possa esserci di tanto comico. Sto per lanciarmi in una lunga e argomentata discussione di come i drink decenti siano uno dei diritti acquisiti della nostra generazione, quando una *vera* risata mi costringe a girarmi alla mia sinistra. Strano come non me ne fossi accorta prima. O non è così strano, vista la scarsa illuminazione del posto. In ogni caso, a tre sedie di distanza siede Greyson, boccale di birra in mano ed espressione piuttosto divertita. Ho il sospetto di essere io la causa di tanta ilarità. Devo iniziare a farmi pagare.

«Cos'è tutta questa ossessione per i colori?», mi domanda senza smettere di ridacchiare.

«Scusami?»

«Sì, le scarpe blu elettrico, il drink rosa…».

«Perché, il nero invece è più accettabile?», gli chiedo battagliera. A una prima occhiata mi pare di notare che abbia indosso gli stessi indumenti di questo pomeriggio. Possibile che non si sia cambiato per uscire il sabato sera? Lo fisso quasi oltraggiata. Non mi aspetto che vada a farsi la manicure, anche se le sue mani potrebbero trarne grande giovamento, ma almeno una camicia… Purché non di flanella! Quella roba merita di finire nel primo inceneritore.

La flanella è concessa solo ai tagliaboschi. E se fossi uno di loro prenderei in seria considerazione l'idea di cambiare cliché.

Magari è proprio quello che ha fatto Greyson. Magari è un tagliaboschi che odia la flanella e gira con magliette in pessimo stato.

«Sei un tagliaboschi?», gli chiedo quasi di getto, prima di riuscire a fermarmi. Sarebbe meglio se lo avessi fatto.

Lui mi sorride e mi osserva. «Mistero…», abbassa la voce, ottenendo un effetto ben calcolato.

Ok, se anche avesse addosso una camicia di flanella sarebbe ugualmente sexy. La vita è spesso ingiusta. A qualcuno troppo, ad altri niente.

Da dietro la sua sagoma spunta un tizio che invece indossa dei jeans puliti e una camicia blu scuro. Ecco cosa intendevo per minimo di decenza!

«Greyson, non mi presenti la tua amica?», chiede avvicinandosi.

L'altro scuote la testa alzando gli occhi al cielo. «Jim, sei incorreggibile», lo riprende con fare benevolo. «È qui da nemmeno due minuti».

«Sono uno che non perde tempo…», scherza il suo amico.

«Questo è evidente», lo riprende.

«Be', visto che Greyson non vuole fare gli onori di casa, cosa ne dici di presentarci direttamente?», mi domanda. È piuttosto alto, capelli scuri e occhi grigi. È di aspetto gradevole e rassicurante. Mi porge la sua grande mano che io accetto con un sorriso. «Sono Jim».

«Piacere, Kayla». La stretta è decisa ma non mi fa l'effetto che ho provato oggi pomeriggio. Ed è un bene, perché ne ho abbastanza di distrazioni inutili.

«Allora, cosa ti porta da noi?». Si siede sullo sgabello libero alla mia destra, in modo da non coprire Greyson.

«È la nipote di Jill», sento che lo informa.

Gli occhi di Jim si aprono per la sorpresa. «Allora sei quella giornalista di New York!», esclama stupito. «Quando Jill ci ha raccontato che saresti venuta a stare da lei per qualche mese, siamo rimasti tutti piuttosto sorpresi. Voglio dire, non ti abbiamo mai visto molto…».

«Sono già venuta da queste parti… Un giorno o due…», mi difendo risentita. «E poi Heber Springs è una cittadina deliziosa».

Alle mie parole Greyson alza un sopracciglio e mi fissa dubbioso.

«Cosa c'è, non pensi che questo sia un bel posto?», lo sfido.

Ma lui rimane impassibile. «*Io* lo penso. *Tu* per niente», afferma sicuro.

«E invece ti sbagli. È un posto incantevole. E avevo proprio bisogno di staccare un po' la spina da tutto quello stress...». Veramente non tanto, ma c'è da sperare che lui non se ne accorga.

«Come no... E infatti sei qui a ordinare Martini rosa», mi prende in giro. «Perché vuoi *staccare...*».

Uomo insopportabile. E odiosamente perspicace. Mi volto a osservare la barista, che scuote di nuovo la testa. «Mi spiace, ma niente Martini rosa».

«Ok, Martini semplice». Non sanno cosa si perdono, ma non è grave. Posso accontentarmi. Ce la posso fare! Devo trovare un modo per andare d'accordo con questa cittadina.

Ma la ragazza allarga le braccia. «Una vodka?»

«Al limone?», azzardo.

«Liscia».

Mannaggia, avrei potuto scommetterci. «Lascia perdere, un whisky con ghiaccio», ordino demoralizzata.

«Quale?», osa persino chiedermi.

Cos'è, un trabocchetto? Sono certa che se osassi nominare un tipo specifico, mi direbbe di certo di non averlo mai sentito nominare.

«Qualsiasi». Purché sia ad alta gradazione alcolica, accetterei tutto, a questo punto. «E poi non venirmi a dire che non mi so adattare!», mi rivolgo minacciosa a Greyson.

Lui alza le mani in segno di resa e mi sorride. Sì, è quello che lo salva dall'essere un vero orso. Quel suo maledetto sorriso disarmante.

In quel preciso momento ricevo un messaggio da Amalia.

"Allora, come ti trovi a Heber Springs? Uomini interessanti in giro?".

Meglio essere vaga nella risposta.

"Non hai la minima idea…".

«Stai di nuovo cercando di scaricare il telefono mandando messaggini in continuazione?», mi punzecchia l'uomo so-tutto-io.

Lo fisso a lungo. «L'ho messo in carica prima di uscire, se proprio vuoi saperlo…».

«Certo che voglio. Altrimenti mi toccherà di nuovo scortarti da tua zia», ride.

Jim interviene prima che io possa aggiungere altro. «Non ti devi preoccupare, ti accompagnerò dove vorrai. Puoi fare affidamento su di me».

Lancio a Greyson un'occhiata soddisfatta. «Visto? Ci sono anche persone realmente gentili da queste parti…».

«Mai detto il contrario», conferma enigmatico.

«E magari gli altri apprezzano pure il blu elettrico», mi spingo a ipotizzare. Mi sporgo per mostrare a Jim e alla barista le mie fantastiche scarpe.

Jim scuote la testa perplesso. «Non è proprio il mio genere…».

«Sono fiche. Ma *decisamente* non sono il mio genere», afferma anche la barista.

Alla mia sinistra si sente il rumore fastidioso di una risata.

«Davvero non capisco cosa abbiate in questo posto contro i colori alla moda», sbuffo seccata e mando giù un sorso deciso del whisky. Ma è evidente che ho sottostimato l'effetto di una tale gradazione alcolica, perché ben presto mi trovo a tossire con violenza. La ragazza mi porge un bicchiere di acqua da cui attingo grata.

«Oddio! Ma cos'è questa roba?», esclamo dopo essermi ripresa.

«Diciamo pure che non è un Cosmopolitan o un Martini

rosa», commenta Greyson sarcastico. «A proposito, sicura di saper davvero bere? A New York spacceranno per alcolici dei cocktail che in realtà sono tutt'altro. È una strategia di marketing per farvi consumare di più. E magari vi illudete pure di reggere bene l'alcol...».

Senza volerlo davvero, torno a concentrarmi su di lui. «Cosa ne sai tu di strategie di marketing?».

Lui alza le spalle e non risponde. Quest'uomo è ancora un mistero totale: al momento ho solo appurato che non è un serial killer né un taglialegna. Ma chi sia in realtà, di questo non ho la più pallida idea.

«Greyson sa tutto», mi conferma puntuale il suo amico.

Sembra che sia una specie di mantra da queste parti. Le persone non fanno altro che ripeterlo come se fosse un comandamento.

«Questo è da vedere. E poi non ha saputo riconoscere il modello della mia borsa».

«Ma ci sono andato vicino. Louise Vuitton o Prada sono la stessa cosa per me...», commenta quasi annoiato dall'argomento.

Ok, sono ufficialmente inquietata. Come caspita fa a sapere che il marchio Céline è del gruppo LVMH? Ma soprattutto, chi diavolo è quest'uomo dall'aspetto così apparentemente sciatto? Per qualche strano motivo, sa molto di travestimento.

Mi osserva con quel suo sorriso enigmatico, perfettamente cosciente di avermi mandato in crisi. La mossa è stata voluta. Eccome se lo è stata. Sono certa che si sta complimentando con se stesso.

Riprendo in mano il mio bicchiere di whisky e decido di tentare un secondo sorso: ormai so bene quello a cui sto andando incontro, il segreto è fare piano, senza mosse avventate. Deglutisco poco alla volta, in modo da avere di nuovo la situazione sotto controllo. Vengo ripagata da una piacevole sensazione di calore che pare riscaldarmi da dentro.

«Un buon whisky», ammetto stupita con la barista. «Ottima scelta».

Lei mi sorride fiera.

«Come ti chiami?», le domando. Ho urgente necessità di farmi qualche alleata in questo strano posto dove girano uomini con eccesso di testosterone e carattere d'acciaio.

«Amanda».

«Ottimo. Perché Amalia è il nome della mia migliore amica. E Amanda è un nome simile. Penso possa portarci bene».

Le mi fissa come se avessi qualche rotella fuori posto.

«Senti Amanda, cosa fate voi fanciulle di Heber Springs per tenervi in forma? Intendo, c'è qualche palestra, o corso di pilates? Yoga?», la interrogo speranzosa.

Amanda sbatte le ciglia e mi osserva a lungo prima di decidersi a rispondere. Ha un bellissimo viso su cui non c'è alcuna traccia di trucco. A differenza di me, che struccata non mi farei trovare nemmeno in punto di morte. Se uno proprio deve andarsene, è il caso che lo faccia al meglio.

«Ecco, non c'è una vera palestra da queste parti. Noi più che altro nuotiamo, per tenerci in forma», mi risponde soppesando bene le parole.

«Nuotate? Dove? C'è una piscina?». La mia voce si rianima. Anche un corso di acquagym potrebbe andare bene.

«No, nel lago». Il tono della risposta contiene una certa ovvietà.

Sbatto più volte le ciglia. «A fine aprile? E quanti gradi ci saranno nel lago?». Sì, l'ho domandato, ma non sono certa di volerlo sapere.

«Hmm, dai quindici ai diciotto. Dipende…».

Ci scommetterei la mano destra che Greyson sta per scoppiare a ridere di nuovo, per cui mi volto minacciosa verso di lui e gli intimo con l'indice: «Non osare metterti a sghignazzare!».

Lui trattiene a stento la sua risata e prova a concentrarsi sulla sua birra. «Be', devo dire che era da parecchio che non mi divertivo così tanto. Dopotutto, credo che avere una newyorkese tra di noi possa farci bene».

Forse a loro. A me non così tanto.

Tre whisky dopo Amanda e io siamo amiche per la pelle. So quasi tutto di lei: che fa la barista anche se spesso si annoia, che anche lei è un po' stufa del fatto che a Heber Springs giri sempre la solita gente, che è single e alla ricerca di un ragazzo. A differenza di me, che sono sì single, ma che al momento non aspiro proprio a complicarmi la vita. Le ho raccontato che sono in pausa, che mi sono presa un meritatissimo permesso sabbatico dalla scena degli appuntamenti. Sì, ho pure specificato che per sabbatico intendevo non pagato, quindi senza orgasmi di mezzo, perché quelli tendono ad annebbiare un po' la mente. O almeno la mia. Per cui gli uomini sono fuori dalla lista delle cose da fare. In senso letterale.

Sono abbastanza certa che Greyson non fosse sufficientemente vicino, quando stavo raccontando tutto questo alla mia nuova amica, ma non ci scommetterei. L'uomo pare avere un udito bionico, a giudicare dal sorriso malandrino con cui ogni tanto mi fissa. Perché lo fa. E anche spesso. Io faccio altrettanto, ma, per qualche strana ragione sono in grado di sentire il suo sguardo su di me.

Senza che me ne accorga è quasi arrivata la mezzanotte e Greyson si ferma a poca distanza da me, appoggiando un braccio sul bancone.

«È ora che Cenerentola vada a dormire, non trovi?», mi chiede.

«Le mie scarpette sono ancora saldamente ai miei piedi», gli faccio notare.

«Solo perché sei seduta. Non sono così certo di cosa potrebbe accadere se ti alzassi da qui. Il nostro whisky fa girare la testa. Parecchio…».

Lo fisso seccata. «Non vorrai mica dire che sono ubriaca? Guarda che a New York sono la regina della movida notturna!». Lo sanno tutti che Kayla Davis è la giornalista che non dorme mai. O meglio, dorme poco, visto che soffre anche d'insonnia.

Lui non mi pare troppo impressionato dalla notizia. «Appunto, a New York. Qui abbiamo solo la signora Paula, vicina di casa di tua zia, che è la regina del miele e dei prodotti derivati. Ma lei la medaglia se l'è guadagnata sul campo. Tu devi ancora dimostrare il tuo valore».

Non riesco a capire se sono solo io a trovare improbabile il suo senso dell'umorismo, o se sia un marchio di fabbrica della zona. Lui e la zia alzano di molto la media del campione statistico.

«Tu e quella tua boccaccia. Ti salvi solo perché sei piuttosto attraente, che sia chiaro». E con questo direi che è ufficiale, il whisky era davvero un po' troppo…

Greyson mi sorride. «Solo piuttosto? Così mi offendi…».

«Dovrai accontentarti. È tutta colpa dei tuoi vestiti», borbotto.

«Cos'hanno che non va?», finge di non capire. E lo fa pure male.

«Ah ah, non ci casco! Sai bene di cosa sto parlando».

E infatti non osa negarlo. «Sì, lo so. Ma tu hai un modo così sorprendentemente delizioso di formulare i concetti…», mi stuzzica.

Credo che si stia prendendo gioco di una povera donna un po' brilla. E credo che lo stia facendo in modo deliberato.

«La tua maglietta ha visto giorni migliori...», comincio con l'elenco.

Greyson, invece di offendersi, pare piuttosto divertito e con lo sguardo mi incita ad andare avanti.

«E poi i tuoi jeans: ok che hai un bel culo, ma anche loro hanno visto giorni migliori. Anzi, hanno visto *secoli* migliori, se capisci cosa intendo».

A questo punto scoppia a ridere. «Cielo, hai davvero detto che ho un bel culo?», domanda incredulo.

Amanda si sporge per rassicurarlo. «Ha detto culo. E io posso confermare la sua affermazione».

Ma invece di dare il giusto peso all'affermazione della mia nuova amica, si gira in fretta verso di me. «Tu, Kayla, hai una cattiva influenza sulla nostra gioventù», sentenzia.

«Be', perché? Non si può dire culo? Cosa dovevo dire, sedere?»

«Per carità, puoi dire tutto quello che vuoi. Non so quanto sia saggio, ma io sono un vero gentleman e non ho intenzione di fermarti».

Sono un po' brilla, ma non del tutto scema. «No che non lo sei. Se davvero lo fossi, mi impediresti di parlare...».

Greyson ride. «Felice di sapere che non sei del tutto andata».

«Io? Mai. Quando mi capita di bere troppo mi limito a dire cose che penso davvero, che in condizioni normali non confesserei nemmeno sotto tortura. Ma ti pregherei di non spargere troppo la voce...», mormoro avvicinandomi al suo orecchio.

A questo punto lui fa un mezzo passo indietro e mi porge la mano. Io la fisso a lungo, indecisa su cosa dovrei farci.

«Forza, Cenerentola con entrambe le scarpe. È tardi e ti accompagno a casa», mi propone.

Io appoggio la mano nella sua e lui la stringe al volo. Davvero un peccato che abbia messo una croce sugli uomini, perché con questo pare esserci una chimica notevole.

«Ho la mia macchina. Posso guidare senza alcun problema». Ma nel dirlo scendo dallo sgabello e per poco non mi ritrovo stesa a terra. Lui mi afferra evitandomi una figura da salame.

«Certo, ma essendo un gentiluomo, insisto».

«E poi c'era il tuo amico Jim, molto più simpatico di te, che prima si era offerto di aiutarmi in *qualsiasi* cosa», gli ricordo con malizia.

Entrambi ci voltiamo a cercare Jim con lo sguardo e lo troviamo in un angolo, intento a palpeggiare una tizia dal seno prosperoso.

«Jim è un caro ragazzo ma è un po'... come dire... volubile», ride Greyson.

«Sì, questo lo vedo anch'io», commento cupa.

Sono ormai a corto di scuse. «E la mia macchina?»

«La recuperiamo domani», mi rassicura.

Quel suo uso del plurale mi piace più di quanto dovrebbe.

«Okkkayyy», acconsento alla fine. Non che abbia dovuto pregarmi chissà quanto... È un bell'uomo, ha un bel culo, non è un serial killer... Insomma, potrebbero esserci accompagnatori peggiori.

«Amanda, ci vediamo», la saluta e, senza mai smettere di tenermi per mano, mi accompagna verso l'uscita.

«Ciao Amanda! È stato un vero piacere conoscerti!», urlo a voce un po' troppo alta. I drink del posto sono pericolosissimi. È ufficiale.

La macchina di Greyson è parcheggiata proprio davanti all'ingresso, come se gli spettasse un posto d'onore, e vista da vicino incute quasi timore per la stazza. Non senza difficoltà riesco ad arrampicarmi sul sedile del suo grosso pick-up. I tacchi non sono il massimo per simili escursioni avventurose.

«Questa macchina è scomoda», mi preme fargli sapere appena chiusa la porta.

Lui mette in moto e inserisce la retromarcia per uscire dal parcheggio. «Invece è il massimo della comodità. Ho sempre sognato di avere una macchina simile, quando vivevo in città».

La frase cattura all'istante la mia attenzione. «Ma va? Non sei di qui?».

È evidente dalla sua espressione che è pentito di essersi lasciato sfuggire l'informazione. A quanto pare non sono l'unica. «Mia nonna materna era di qui. Quando è mancata, qualche anno fa, ho pensato di trasferirmi. Ero stufo della vita di città», mi racconta a denti stretti. Sarò anche un po' andata, ma riesco comunque ad annusare il suo desiderio di rimanere sul vago.

«Intendi dire che hai *volontariamente* lasciato la città per venire a vivere qui?», domando incredula.

Greyson ride. «E non essere così sorpresa... Dopo un po' ne avevo abbastanza di caos e inquinamento acustico».

«Qui in effetti è *molto* tranquillo», concordo osservando le strade deserte.

«Qui *era* molto tranquillo, prima che tu ci mettessi piede», puntualizza.

«Be', può darsi che fosse un tantino *troppo* tranquillo... Dovreste vivermi come una ventata di aria fresca».

Lui scuote la testa. «Senza essere troppo offensivo o diretto, è meglio che ti dica subito che preferirei non viverti proprio».

E meno male che ha specificato di non voler offendere! «Caspita, davvero diretto!», esclamo stupita. Ma non offesa. Sto iniziando a sospettare che ci sia del saggio nelle sue parole.

«Sì, cerco di esserlo il più possibile. In città non mi era permesso più di tanto ma, come ti dicevo, ho cambiato vita.

E abitudini. Essere sinceri evita di arrivare con l'ulcera alla soglia dei quaranta». Secondo me lui è ancora ben lontano da quel traguardo anagrafico, ma è ovvio che la sua vita di prima facesse schifo. Intendo dire, per trovare questa incredibilmente meravigliosa...

«Be', per tua fortuna la serata è stata piacevole. Per cui ho deciso che non mi riterrò mortalmente colpita dalle tue parole», gli concedo magnanima.

«Ti sono davvero riconoscente», afferma solenne.

«Anche perché, nonostante l'idea sbagliata che puoi esserti fatto di me, nemmeno io sono interessata a conoscerti meglio», mi affretto a fargli sapere. E lo penso davvero: Greyson sa tanto di grossi guai. È la personificazione vivente di una pessima idea. Come dicevo, brilla ma non scema. E ancora in grado di valutare in modo corretto i rischi che ho davanti.

Si volta a scrutarmi con una certa curiosità. «La storia del periodo sabbatico senza orgasmi?», mi chiede con un mezzo sorriso.

Oh, cielo! «Sì, quella...», ammetto in imbarazzo. «La mia migliore amica è andata da poco a convivere con l'uomo della sua vita e sono felici da far schifo. Una cosa da carie immediata. Diabete mortale. Ma io non sono tipo da storie simili. La convivenza è qualcosa contro natura, se vuoi il mio punto di vista».

Senza che io me ne sia accorta siamo arrivati di fronte a casa di mia zia. Greyson parcheggia e spegne il motore.

«Il tuo è un punto di vista davvero particolare, questo lo devo ammettere. Per cui, sì, sono interessato ad ascoltare fino in fondo la teoria», mi sorprende. «Quasi contro il mio stesso volere», aggiunge.

La serata è molto limpida e la luna rende il suo volto perfettamente visibile. È chiaramente divertito. Immagino che incontri con pazze simili gli capitino di rado. Si vede che vuole trarre il massimo vantaggio da questa situazione improbabile. Chissà tra quanto tempo una come me ripasserà da queste parti. Potrebbero volerci decenni.

«La cosa migliore per la razza umana è vivere ognuno a casa propria. E avere delle relazioni aperte», inizio con tono solenne. Lui mi lascia proseguire senza alcun commento. «Così eviti tradimenti e bidonate, non trovi?».

Lo osservo meditare sulle mie parole. Per un attimo il suo volto si è fatto cupo. Qualcuno deve averlo ferito, e anche parecchio.

«Non saprei, non sono un grande esperto in materia», ammette dopo una lunga pausa. «Immagino che la maggior parte di noi abbia alle spalle esperienze non positive, per cui stare alla larga dalle fregature ci pare la scelta più logica», commenta cauto.

«Altro che logica, nel mio caso è mero istinto di autoconservazione».

«Ma, d'altro canto, esistono anche esempi positivi», prosegue. «Sono pochi, è vero, ma quei pochi bastano comunque a bilanciare tutte le relazioni disastrose di questo mondo. I miei nonni erano così: l'amore si è conservato intatto negli anni. Non so davvero come abbiano fatto. Se quel genere di legame fosse possibile solo allora oppure se anche oggi può capitare…».

L'atmosfera, scherzosa e leggera fino a un secondo prima, di colpo è diventata strana. Non pensavo che un tipo come lui fosse disposto a mettersi a nudo, metaforicamente parlando…

«Credo che la mia amica stia vivendo qualcosa di simile», ammetto a bassa voce.

«E secondo te durerà?», mi chiede serio, voltandosi verso di me. «O è solo l'illusione di un momento?».

Questa almeno è una domanda facile. «Durerà. Mi ci giocherei le gambe».

«Incluse le scarpe?», prova a scherzare per risollevare l'umore di entrambi.

«Certo, scarpe incluse! È proprio per quello che puoi crederci», affermo decisa.

«Le scarpe sono sacre, a quanto pare…».

«Più delle mucche in India. Be', Greyson, conoscerti è stato se non altro interessante. Direi che siamo entrambi d'accordo che non frequentarci troppo sia la cosa più saggia da fare, per cui… a presto, ma non tanto presto?», gli propongo e gli do la mano per suggellare il patto.

Lui l'afferra e poi si blocca, quasi indeciso se lasciarmi andare. Non diceva che era meglio non approfondire la conoscenza? Ritraggo la mano con uno scatto esasperato, sperando di non apparire ancora più squilibrata di quanto già non gli sia sembrata oggi.

Mi rendo conto che è dura, ma al peggio non c'è limite.

Apro la porta della macchina ed esco con tale velocità da non sentire l'avvertimento di Greyson. «Attenzione alla… altezza», conclude dopo aver sentito un tonfo.

Si sporge oltre il mio sedile per assicurarsi che io sia ancora viva.

Per la cronaca, a malapena.

«Ti direi che evitare le scarpe con il tacco alto potrebbe salvarti da situazioni simili…», ride mentre mi osserva lottare per alzarmi da terra, nel tentativo vano di salvare quel pochissimo amor proprio rimasto. Spero si rigeneri dal nulla, perché in una sola giornata devo aver fatto fuori la scorta di un mese.

«Me lo diresti, ma…?», domando, spolverando il mio sedere dolorante.

«Ma mi sembrerebbe di vincere facile», conclude scoppiando a ridere.

Afferro la borsa, anche quella per terra, e cerco di incamminarmi lungo il sentiero che conduce verso casa della zia

Jill, senza zoppicare troppo. Prima di andarmene, mi giro un'ultima volta verso la macchina. «Tu, Greyson, non sei affatto un gentiluomo! E non farti illusioni in proposito!».

Lo sento ridere forte e chiaro, prima di mettere in moto e andarsene.

Capitolo 3

Mi stiracchio sulla sedia della cucina di zia Jill e rileggo un'ultima volta l'articolo che sto per spedire a Roger. Mi pare buono, modestia a parte. L'ironia è sempre stata un mio marchio di fabbrica, per cui non vedo perché non continuare anche qui in Arkansas. Le donne newyorkesi moriranno dalle risate nel leggere delle mie disavventure, ma almeno simpatizzeranno con me riguardo al blu elettrico. Che che ne dica Greyson e tutto il resto di Heber Springs, è un gran bel colore!

Premo invio sul mio portatile e mi rilasso un secondo, gustandomi il caffè e la colazione casalinga della zia. In realtà questa vita non sarebbe poi tanto male, se solo eliminasse da qui dentro la tonnellata di fiori freschi che ha sparso in ogni angolo.

Non faccio in tempo a pensarlo, che la zia entra dalla porta sul retro della cucina con in mano un grosso mazzo di fiori. Appunto.

«Ecco qui! Questi sono freschi di giornata! Vuoi sentire il profumo?», mi chiede avvicinandosi.

Spalanco gli occhi terrorizzata. «Non ti preoccupare, lo sento benissimo anche da qui!».

Ed è vero, lo sento fin troppo. Il mio naso sta per esplodere. Questo mi fa ricordare di essermi del tutto dimenticata l'antistaminico. Oggi devo assolutamente trovare la farmacia. Questione di vita o di morte, a questo punto.

«Il giardinaggio è una mia grande passione. Ormai l'unica che mi sia rimasta...», sospira sedendosi accanto a me.

«E le altre erano?», le domando per fare conversazione. Poi porto la tazza alla bocca e riprendo a bere caffè.

«Ma è ovvio, cara! Il sesso!», esclama come se si trattasse di una cosa banale.

Un litro di caffè bollente invade prima la mia gola e poi il mio esofago, portandomi a tossire con violenza. La osservo imbarazzata. «Zia!», la riprendo. Ma lei non si scompone affatto. Anzi, si mette a scrutarmi con attenzione.

«Non vorrai mica dirmi che non ne fai abbastanza? Kayla, il sesso è fondamentale alla tua età! Hai idea di quanti radicali liberi sconfigga un po' di sesso? Rischi di invecchiare prematuramente se non ti applichi...». La frase suona molto di minaccia. Be', pare che sia destinata a morire piena di rughe.

Provo a chiedermi quando esattamente la mia vita, non certo perfetta ma nemmeno così male, avesse deciso di tirarmi questo tiro mancino e di spedirmi a vivere in Arkansas, con una vecchia zia dai capelli blu, in una casa che pare uscita da una versione esagerata di un telefilm inglese. Per di più, a parlare di sesso – o meglio, della sua mancanza – una tranquilla domenica mattina. Forse, dopotutto, non è troppo tardi per scongiurare Roger di riprendermi al volo e di incaricare qualcun altro per l'indagine relativa allo shale gas. E a proposito di quello...

«Zia, hai mai sentito parlare di shale gas da queste parti?», le domando cambiando bruscamente argomento.

Lei aguzza il suo sguardo e mi fissa dubbiosa. «Stavamo parlando di sesso e tu mi chiedi del gas? Dico, sei certa di sentirti bene?».

No, non tanto. Ma per motivi che lei deve continuare a ignorare. «Dài, sono seria. Lo shale gas... che tu sappia qualcuno da queste parti ha concesso l'utilizzo del suo terreno per un pozzo?».

Solleva il capo e si ferma a riflettere. «Davvero non saprei. Non sono argomenti che trovo molto divertenti. Dovresti chiedere a Greyson, lui…».

«Lui sa tutto», concludo al posto suo. Sono qui da solo un giorno e ripeto già il mantra del paese. Dovrebbero concedermi la cittadinanza onoraria. «A questo proposito, mi spieghi una volta per tutte perché l'intera popolazione lo considera questo pozzo di scienza? Chi è? Un tizio che ha vinto qualche quiz televisivo, uno che conosce l'enciclopedia intera?». Sto scherzando, ma non così tanto come voglio dare a vedere.

Zia Jill scoppia a ridere. «Oh, cara. Che buffa che sei. Greyson è semplicemente il nostro…».

Ma la frase non arriva alla sua naturale conclusione, perché veniamo interrotte da qualcuno che bussa insistentemente alla porta sul retro. «Avanti!», esclama la zia, prima che possa fermarla e farla ragionare riguardo al fatto che non sappiamo di chi si tratti. Voglio dire, potrebbe anche essere un serial killer. E no, la mia non è un'ossessione, esiste davvero la possibilità che qualche malcapitato si presenti prima o poi al nostro uscio!

Per la cronaca, la porta è aperta. Decido di soprassedere su questo preoccupante dato di fatto, perché scopro di avere urgenze ben più gravi da trattare. Davanti a me c'è Greyson, stessi jeans di ieri, senza cappello questa volta, con indosso persino una maglietta nuova: questa è grigia e se non altro pulita. Ma anche lei deve aver avuto una vita avventurosa.

«Greyson, caro! Quale buon vento!», lo saluta la zia.

«Jill, lei è sempre un fiore», le dice galante. Come, non ha da ridire sul *suo* colore blu? È solo il mio a essere tanto inaccettabile? «Kayla…», mi riconosce. E basta.

«Vuoi fare colazione con noi?», chiede la zia.

«Fatta ore fa», la ringrazia. Certo, uno come lui deve essere in piedi dalle sei del mattino. Riconosco quel suo sguardo critico di fronte al mio pigiama.

«Stavo lavorando. Ho appena inviato il mio articolo», mi giustifico. Anche se non me l'ha chiesto e non sono affari suoi.

«Oh, bene. E hai parlato di me?», mi chiede ridendo, sedendomi di fronte.

«Per tua informazione, sei citato come l'uomo con la maggiore probabilità di rivelarsi il serial killer del Paese. Se la gente dovesse iniziare a guardarti in maniera strana, almeno saprai perché». E gli sorrido a trentadue denti. Sia lui che la zia scoppiano a ridere.

«Tua nipote è una donna molto divertente».

«Dono di famiglia, cosa credi...», gli fa l'occhiolino. «Peccato che tu non sia arrivato cinque minuti prima, stavamo parlando di un argomento davvero interessante».

Non so se intenda lo shale gas oppure il sesso. E davvero non riesco a decidere quale sia peggio. Nominare il sesso alle dieci del mattino sarebbe piuttosto drammatico e totalmente fuori da ogni etichetta, ma allo stesso tempo sarebbe ben più grave se la zia si facesse scappare la storia dello shale gas. Non ho la più pallida idea di chi sia davvero quest'uomo e non posso rischiare di destare troppi sospetti. Prima ho bisogno di farmi un'idea precisa del posto, capire di chi mi posso fidare e di chi no. Motivo per cui decido di sacrificarmi sull'altare del ridicolo. Tanto, peggio di così...

«Sesso», me ne esco all'improvviso.

Lui si irrigidisce e mi fissa cupo, nemmeno avessi nominato qualche strana tortura cinese.

«Cosa?»

«Parlavamo del fondamentale potere del sesso nello sconfiggere i radicali liberi», gli spiega paziente mia zia. «Molto meglio di una crema antirughe».

«Che argomenti complicati... di prima mattina...», commenta perplesso. Per una volta ha tutta la mia comprensione.

«Motivo per cui io sono ancora in splendida forma», conclude lei.

Greyson spalanca i suoi occhi chiari, ora non solo stupito ma addirittura spaventato. La scena sarebbe comica, se questa non fosse la mia famiglia. E se quello stesso DNA non scorresse nel mio sangue.

«Stavo cercando di convincere Kayla», va avanti mia zia, incurante di tutto. Qualcuno dovrebbe fermarla. Costi quel che costi.

«Ma Kayla non le ha raccontato del suo periodo sabbatico?», le chiede come illuminato.

Lo fulmino con lo sguardo. E lui non coglie, oppure lo fa e decide comunque di andare avanti. Sadico.

«Che genere di periodo sabbatico?», si interessa subito lei.

«Dal sesso. Kayla ha messo una grossa croce sugli uomini...», le spiega cercando di rimanere serio. Ma gli angoli della sua bocca sono pericolosamente vicini a incurvarsi verso l'alto.

Ti prego, pavimento: apriti e inghiottimi per sempre!

La zia si volta nella mia direzione, viva preoccupazione nel suo sguardo. «Fammi capire, sono off limits solo gli uomini oppure tutto il sesso? No, perché nel caso ci sarebbero anche i vibratori...».

Mi sollevo con violenza dalla sedia. «Okkkkaayyy, direi che abbiamo parlato anche troppo di questa cosa! Perché sei qui?», domando esasperata a Greyson.

Lui impiega del tempo per riprendere il controllo della sua mimica facciale. Ridi, ridi pure...

«Non devi recuperare la tua macchina?», mi domanda innocente.

«Sì, certo», rispondo incattivita. «E allora?». Figure di merda colossali tendono a rendermi poco collaborativa.

«Qui al tuo servizio, per darti un passaggio», esclama serio.

Ah ah, questa non me la bevo. Ieri sera era intenzionato a starmi lontano esattamente come lo ero io. Cos'è cambiato nel frattempo? Dubito che abbia sviluppato un'improvvisa passione per me durante la notte. Peccato per la presenza di mia zia, che mi impedisce di essere troppo schietta e brutale. Lei pare venerarlo come una divinità pagana. Meglio procedere con circospezione.

«Splendido. Qualche minuto per cambiarmi...», e mi incammino in direzione della mia camera.

«Per me puoi anche venire vestita così! Ho un debole per i pigiami con gli elefantini». E scoppia a ridere.

Gli farei un gestaccio. Ma poi la zia avrebbe un mezzo infarto, perché per lei parlare di sesso con uomini dubbi è assolutamente normale, ma mandare al diavolo la gente un reato mortale. Per cui decido di soprassedere, intenzionata a vendicarmi alla prima occasione utile.

«Allora, come mai tutta questa gentilezza?», gli domando sospettosa, mentre siamo seduti in macchina.

Lui si volta a fissarmi, fingendosi offeso. «Ma io *sono* una persona gentile!», esclama.

«È vero, sei gentile. In fondo ti sei fermato a soccorrere una perfetta sconosciuta sul ciglio di una strada», ammetto malvolentieri. «Ma non sei qui per questo. Avrei potuto anche camminare fino alla macchina. Sarei sopravvissuta», ci tengo a informarlo.

«No, se avessi messo le tue solite scarpe....», mi punzecchia.

«Io credo che tu, sotto sotto, sia un feticista in fatto di tacchi alti. E che abbia delle fantasie segrete su di me e le mie scarpe».

Lo osservo ridere divertito. «Il tacco alto è sexy», mi concede. «Ma non molto pratico se devi fare cinque chilometri».

Su questo ha ragione. «E infatti mi sono organizzata». E sollevo il piede per mostrargli le mie ballerine verde acido.

«Tu, ragazza mia, hai qualche serio problema in fatto di colori».

«E tu, ragazzo mio, non sai scegliere una maglietta. Come vedi ognuno di noi ha i suoi limiti. È la vita, immagino», gli faccio il verso. «Sono davvero cinque chilometri fino in città? Chissà come fa mia zia».

«Lei e la sua vicina si dividono la macchina. Ma al momento è dal meccanico», mi informa come se fosse normale per lui avere una risposta a ogni quesito. Anche quello più ridicolo.

«E tu ne sei informato perché...», lo invito a completare la frase.

«Perché io so tutto», conclude ridendo, intuendo la mia reazione.

«Sto iniziando davvero ad averne le scatole piene di quella frase», mormoro rassegnata.

«Eccoci qui», mi dice parcheggiando accanto alla mia macchina. Se non altro pare che qui non rubino le macchine rimaste per strada. Un grande vantaggio rispetto alle metropoli.

Sto per saltare giù dal suo pick up, questa volta ben preparata al volo, quando mi ricordo di avere ancora qualcosa da chiedergli. «A proposito, uomo gentile, ho urgenza di trovare una farmacia aperta. Non è che saresti così di buon cuore da indicarmi dove andare?».

Si massaggia la mascella con fare perplesso. «Di domenica? Prima di domattina la nostra *unica* farmacia non apre mica...».

«Ottimo...», commento cupa, cercando di contenere il fastidio al naso, che sta aumentando di minuto in minuto. Tutta questa natura finirà per uccidermi. E poi osano dire che il verde è un bene. Questione di punti di vista. O di allergie.

Apro la porta ma Greyson mi blocca con una mano. «Cosa ti serve?», domanda interessato.

«Un antistaminico. Forte».

«Sei allergica», constata sorpreso, probabilmente rendendosi conto solo in quel momento dei miei occhi rossi e lacrimanti.

«Sì, be', per quanto tu possa ritenerlo incredibile, non sto piangendo perché mi sto per separare da te», provo a buttarla sul ridere. E ci riesco alla perfezione, a giudicare dai suoi occhi divertiti.

«Potrei aiutarti...», inizia vago.

«E come?». Saprà anche tutto, ma ancora non fa miracoli. O almeno credo.

«Semplice, conosco la farmacista». Certo, lui conosce tutti.

«E aprirebbe di domenica? Per me?». La mia voce è piena di incredulità.

Mi scruta come se fossi pazza. «Certo che no! Ma per me sì».

Appunto.

Mezz'ora dopo usciamo dalla farmacia con l'antistaminico in mano. Per non rischiare ho comprato sia la versione spray che le pillole classiche. Mai temere l'abbondanza in casi disperati.

«Allora?», chiede gonfiando le sue penne da pavone. Per una volta ha persino motivo di farlo. Voglio dire, hanno aperto la farmacia dopo una sua semplice telefonata... Mi sembra che per lui non rappresenti un'eccezione, ma piuttosto la conferma dell'immenso potere che ha su questa gente. Non mi rimane che scoprire il perché di tutto ciò.

«Ci siamo riusciti...», devo ammettere. «Non ti vergogni di aver sfruttato in maniera scandalosa quella che era un'evidente simpatia della signora nei tuoi confronti?».

Lui alza le spalle, per nulla toccato dalla mia frase. «La signora potrebbe essere mia madre», mi fa notare. E con questo per lui l'argomento pare chiuso.

«Anch'io pensavo che mia zia fosse una normale donna di ottant'anni. Come vedi, tutti ci sbagliamo...».

Greyson si blocca di fronte alla sua macchina e inizia a giocare con le chiavi. Ha l'aspetto di uno che vorrebbe scappare e insieme rimanere. È indeciso, stato d'animo che immagino provi di rado. Ho il sospetto che, per quanto non voglia ammetterlo, io non gli sia proprio così tanto indifferente come vorrebbe farmi intendere.

«Allora, com'è che hai detto ieri sera? Speriamo di non vederci troppo presto?», prova a congedarsi.

«Io l'avrò anche detto. Ma tu ti sei presentato a casa di mia zia poche ore dopo», gli faccio notare.

«Vero, vero... Sciocco da parte mia preoccuparmi che potessi rimanere a piedi».

Gli sorrido ammorbidendomi. «È stato un gesto sorprendentemente gentile». Ormai non ci sono quasi più abituata. Vedo sempre del marcio nelle azioni delle persone. E per una volta non voglio farlo.

Mi avvicino e gli do un bacio sulla guancia leggermente pungente. Ha un buon profumo, qualcosa di maschile e di non ben decifrabile. «A non troppo presto», ripeto a mia volta.

«Guarda che sono serio», mi ammonisce.

«Vai pure, avrai cose migliori da fare...», lo spingo in direzione della macchina.

Lui apre la portiera e sale con facilità. Accende il motore e poi abbassa il finestrino. «E comunque, il verde acido è davvero orrendo», non resiste dal dire prima di schiacciare l'acceleratore.

«È alla moda!», gli urlo. Ma non sono certa che mi abbia sentito.

Capitolo 4

Il giorno seguente mi sveglio con un ottimismo quasi eccessivo. In fondo, nel momento in cui riapro le palpebre sono ancora in Arkansas, sempre circondata da un giardino floreale. Una delle cose che mi inquietano maggiormente è l'assurdo silenzio che avvolge tutto. Dove sono le sirene? Dov'è il rassicurante baccano di sottofondo?

Il rumore della vita che scorre senza mai fermarsi è una delle caratteristiche che apprezzo di più dell'esperienza metropolitana. Non si ha mai il tempo di sentirsi soli, circondati da tanto caos.

Ma la giornata odierna è decisamente più promettente delle precedenti, grazie al fatto che i miei occhi hanno smesso di lacrimare. Potere magico dell'antistaminico. Amo il fatto di essere nata in un'epoca avanzata dal punto di vista medico. Fossi stata una donna del Medioevo, non avrei potuto uscire di casa.

Inoltre, oggi inizia a tutti gli effetti il mio lavoro di detective. La prima tappa sarà, come suggeritomi ieri sera da Roger, il Comune. Ho intenzione di ficcare un po' il naso tra le delibere del sindaco di Heber Springs, dare un'occhiata alle concessioni di utilizzo del sottosuolo e fare qualche domanda. Niente di troppo aggressivo. Giusto per tastare il terreno. Il mio piano è quello di non dare nell'occhio, per quanto possibile, motivo per cui ho indosso i miei jeans più vecchi, una banalissima maglietta blu scuro e scarpe da ginnastica. Una sorta di eresia, me ne rendo conto. Ma, come dicono, quando si è a Roma bisogna comportarsi da romani. E io sto facendo il massimo per farmi accettare.

Parcheggio la macchina di fronte all'edificio del Comune, la cui facciata non è certo destinata a passare alla storia come capolavoro architettonico, e salgo al primo piano, seguendo le indicazioni alle pareti. L'unico vero vantaggio delle cittadine piccole, per quel che mi riguarda, è che le file in posti simili sono piuttosto limitate.

«Buongiorno, con chi devo parlare per avere qualche informazione in merito alle concessioni di utilizzo del sottosuolo?», chiedo affacciandomi al banco delle informazioni.

Il dipendente solleva la testa e mi scruta sospettoso. Perché non mi conosce, evidentemente. «Deve rivolgersi direttamente al sindaco», risponde soppesando bene le parole.

«Ma non vorrei disturbare…». Non è affatto mia intenzione destare attenzione, interagendo direttamente con il sindaco. Sì, prima o poi conto di arrivare a parlare anche con lui, ma solo dopo aver racimolato qualche informazione preliminare. Non sono mica nata ieri.

«Grace!». Il dipendente richiama un donnone dall'aspetto burbero che sta marciando lungo il corridoio in quel preciso momento. «La signora ha bisogno di vedere il sindaco».

Signora? Ma non sono così tanto vecchia!

Grace devia dalla sua traiettoria per venirmi incontro, occhi ancora più diffidenti del suo collega. Qui dentro la simpatia abbonda. Deve essere tra i requisiti per l'assunzione.

«Lei è?», mi chiede con voce quasi baritonale. Uh, la femminilità fatta persona.

«Kayla Davis. E sono signorina», specifico con un sorriso, nella speranza di corrompere in qualche modo il cerbero. Il mio tentativo sembra non andare a buon fine, a giudicare dalla mascella serrata della donna. Manca solo che si metta a ringhiarmi contro e il quadro sarebbe completo.

«La giornalista nipote di Jill», commenta per nulla impressionata. Sto iniziando a odiare il fatto che in questo paese tutti siano al corrente di tutto. Temo sia impossibile mantenere un segreto per più di cinque minuti. A New York il mio vicino di casa ignora persino il mio nome. Sono cinque anni che condividiamo il pianerottolo, senza essere mai andati oltre un cenno del capo come saluto. Anzi, per arrivare a quello abbiamo impiegato secoli.

«In persona. Ma non c'è davvero bisogno di disturbare il sindaco per una sciocchezza simile… Voglio dire, se gentilmente mi mostrasse il registro delle delibere comunali…».

Gli occhi di Grace si riducono a due fessure. «Aspetti qui», mi ordina con voce severa. E si allontana ticchettando con le sue scarpe completamente fuori moda. Una punta quadrata simile andava negli anni Novanta.

A questo punto la mia speranza è che il sindaco sia impegnato in qualche riunione o che semplicemente abbia di meglio da fare che ricevere perfette sconosciute che, tra l'altro, nemmeno risiedono sul serio nella sua città. Ma questa è Heber Springs, e corro il serio rischio di essere l'unico diversivo di un sindaco che di certo non soffre di stress da lavoro. I ritmi del posto mi paiono molto rilassanti. A voler essere gentile…

Grace torna da me due minuti dopo. Tre al massimo. «Il sindaco la riceverà. Di qua, prego». E mi indica la porta da cui è appena apparsa.

Ma chiaro che mi riceverà: sono o non sono la regina dell'assurdo?

Bussa due volte e dopo aver udito l'avanti pronunciato da una voce maschile, apre per permettermi di entrare. «Sindaco Moir, la *signorina* Kayla Davis ha bisogno di farle qualche domanda».

Io faccio appena tre passi e poi mi blocco sull'uscio, bocca spalancata in modo molto poco elegante, perché su una poltrona di pelle scura siede nientemeno che Greyson.

E porca puzzola, indossa persino un completo.

«Grazie Grace. Richiuda pure la porta», le chiede con tono formale.

Io sfrutto quei pochi secondi per cercare di riprendermi. Qui non scherzano di certo in quanto a tiri mancini. Mi ha totalmente preso alla sprovvista. Non solo, mi ha lasciato apposta credere che fosse una specie di ragazzetto tuttofare.

La sua assistente richiude la porta con un colpo secco e io mi risveglio dal mio stato di ipnosi.

«Sei il sindaco?», gli chiedo giusto per evitare ulteriori fraintendimenti.

Lui mi sorride con una punta di compiacimento. Oh, si sta divertendo da matti, questo è evidente.

«Così pare...». Indossa pantaloni e giacca grigi e, stupore, una camicia bianca. Immacolata, a voler essere precisi, con un colletto ben stirato. Mi pare persino di scorgere le sue iniziali ricamate. Allora è capace eccome di vestirsi in maniera decente!

«Un cambiamento enorme rispetto alla tua mise di sabato», gli faccio presente con tono d'accusa.

Lui alza le spalle, che fasciate dalla giacca paiono risaltare persino più del solito. Non che fosse davvero necessario. È piuttosto notevole anche impolverato. «Mai giudicare un uomo dalla maglietta che indossa nel suo giorno libero», mi riprende con evidente ironia nella voce.

«Fammi capire, sei un ragazzo cresciuto in città e ora sei qui a fare il sindaco?». Se mirava a una carriera politica avrebbe fatto meglio a fare la gavetta nella metropoli.

«Mi sono trasferito tre anni fa, quando è mancata mia nonna, e qualche mese dopo il mio arrivo l'allora sindaco ha avuto un infarto. Mi hanno scongiurato di occuparmi dei suoi compiti in attesa che si ristabilisse. Ma quando è accaduto, i cittadini non hanno voluto lasciarmi libero e un anno fa mi hanno eletto a tutti gli effetti».

Decido di sedermi, per il mio bene. «Ecco perché sai tutto e conosci tutti...».

«Esagerata...», tenta di ridimensionare la cosa. Ma ormai non mi frega. Imparo in fretta dai miei errori. Per fortuna.

«Oh, io non credo proprio...». E gli sorrido angelica. «Proviamo a ricominciare da capo? Kayla Davis, giornalista di New York».

«Greyson Moir, sindaco di Heber Springs», mi risponde. «Al tuo servizio». Lo dice con un tono che all'apparenza è serio, ma nasconde qualcosa che non saprei ben definire.

Uomo banale... sì, certo, come no... E io faccio la modella per Victoria's Secret.

«Sono felice di aver scoperto la tua vera identità, Clark Kent, ma non c'era bisogno di scomodarti...».

Lui si appoggia allo schienale e finge di rilassarsi. «Nessun problema. Sono qui apposta. Allora, cosa volevi sapere?».

Be', visto che ormai sono qui e non ho modo di sfuggirgli... «Ho chiesto di vedere le concessioni comunali di utilizzo del sottosuolo». Cerco di mantenere un atteggiamento serafico. Se non mi mostro agitata, non avrà motivo di sospettare qualcosa.

Ma dall'altra parte della scrivania Greyson si irrigidisce all'istante. «Cosa hai detto che sei venuta a fare qui?», mi chiede subito.

«Tengo una splendida rubrica che parla un po' di tutto: vita mondana, divertimenti serali, locali, tendenze... Insomma, non mi faccio mancare niente», spiego vaga, fingendomi una perfetta sciocca.

Lui mi scruta con attenzione, senza sbattere mai le palpebre. «È da sabato che ci penso e che non riesco ad arrivare a una risposta convincente», mormora.

«Riguardo a cosa?», domando curiosa.

«Che diavolo sei venuta a fare qui», e rimane in attesa di una qualche reazione da parte mia.

Mi spiace per lui, ma dovrà attendere ancora a lungo. «Parlo delle mie vicissitudini di ragazza cittadina trasferitasi in un piccolo centro, di come mi adatto, di come si vive diversamente e così via».

«E infatti sei qui a chiedermi dei permessi di concessione dei terreni», mi fa notare.

«Curiosità personale», rispondo, sorriso angelico stampato sul viso.

Lui solleva un sopracciglio in segno di dubbio. «Ma certo...», commenta senza bersela affatto. «Qualche concessione in particolare?».

Prendo del tempo a lisciare i miei jeans. «Non saprei... magari il gas?», azzardo sforzandomi di apparire stupita io stessa della mia richiesta.

I suoi occhi si riducono a due fessure. Vai Kayla, stai andando che è una bomba! Sì, di quelle che ti esplodono in faccia.

«E pensare che anch'io ti ho così mal giudicata: sospettavo fossi una fissata per i cocktail e le scarpe e guarda un po', invece sei una grande ambientalista», mi provoca con un mezzo sorriso.

Quest'uomo è un tantino troppo perspicace per i miei gusti. «Perché lo dici?»

«Non penserai mica di essere la prima giornalista arrivata fin qui con queste domande?»

«Hai avuto una fila di gente fuori dalla tua porta?»

«Un fila no. Ma non sono scemo. Lo so che ultimamente si fa un gran parlare dell'estrazione del gas con questi metodi innovativi».

«Be', i vostri vicini di casa a Fayetteville hanno fatto notizia. Girano parecchi soldi nel settore. Sono solo curiosa di sapere qual è la posizione di Heber Springs a riguardo».

Lui ispira a fondo. «La posizione della mia amministrazione non ti riguarda», mi risponde con un tono molto più duro del solito. Non so quale lavoro facesse in città, ma non ho problemi a credere che fosse uno che sapeva il fatto suo.

«Ma certo che mi riguarda, visto che per qualche mese farò parte della vostra comunità», ribatto tranquilla.

«Sempre decisa a rimanere?», domanda.

«Qui è un paradiso, davvero non capisco perché dovrei andarmene…».

Greyson sbuffa ma non commenta.

«Allora, cosa devo fare per accedere all'elenco delle concessioni comunali?», insisto.

«La mia assistente ti darà un modulo di richiesta. Devi compilarlo e attendere. L'amministrazione comunale ha sessanta giorni di tempo per risponderti», mi ribatte a tono.

«Caspita, siete davvero impegnati da queste parti, se avete bisogno di due mesi per mostrarmi un banale elenco…», lo provoco.

«Che tu ci creda o no, siamo molto impegnati. Il territorio è vasto e il personale ridotto all'osso. Ma accettiamo volontari, se ti interessa impiegare il tuo tempo libero», mi provoca.

Devo avere qualche rotella fuori posto, perché questo Greyson così padrone della situazione mi stuzzica parecchio. Era sexy prima e lo è ancora di più adesso. Certo, se solo la smettesse di mettermi i bastoni tra le ruote e iniziasse a rendersi utile…

«Ci penserò», gli rispondo fingendo.

«Ma certo», mi sorride impertinente. «Be', se questo è tutto…», mi congeda.

«Per il momento», ci tengo a specificare. Amo avere l'ultima parola nelle discussioni.

Greyson trattiene a stento una risata divertita e mi porge la mano. Io mi alzo dalla sedia e la stringo, facendo del mio meglio per non riflettere sulla piacevole sensazione irradiata dal mio corpo. Devo trovare al più presto qualche attività sportiva per sfogare la mia tensione, prima che faccia qualche sciocchezza come molestare il primo cittadino di Heber Springs.

Cielo, non esiterebbe due secondi per farmi arrestare.

Mentre sono in città a fare qualche domanda con la scusa delle compere, mi imbatto in Amanda, anche lei con il cestino pieno tra i corridoi del supermercato locale.

«Ciao», mi saluta con un sorriso. Poi scruta il mio abbigliamento, molto meno appariscente di quello di sabato sera, e scuote la testa. «Non dirmi che ti sei già convertita alla moda locale».

«Affatto. Questo è solo un travestimento. Speravo di dare meno nell'occhio», le confesso a bassa voce.

«E ci sei riuscita?», chiede ridendo.

«Fino a questo momento, per niente». Ed è vero, la gente è comunque diffidente ad aprirsi con me. Sarà che sto facendo domande non così usuali, ma finora i miei progressi sono stati scarsi. La persona che conoscevo meglio, zia Jill a parte, si è rivelata essere il maledetto sindaco di questa città ed è probabile che abbia telefonato a tutti per avvisarli di tenere la bocca chiusa con me, una volta uscita dal suo ufficio!

«Devi dare tempo alle persone», mi spiega Amanda. «Magari provare a integrarti nella vita di città. Che ne so, partecipare a qualche comitato…».

«Comitato?», apro le orecchie, subito interessata.

«Qui si fanno comitati cittadini per qualsiasi cosa. Ma di fatto è un modo per socializzare. Sai, organizziamo eventi di beneficenza, fiere e così via».

«Ma non mi dire…».

«Saresti interessata a partecipare?».

Se lo sarei? Aspiro a diventare la regina dei loro comitati! «Assolutamente!».

«Bene! C'è bisogno di un po' di gente giovane, se capisci il mio punto di vista. Allora propongo di scambiarci i numeri di telefono e ti farò sapere quando sarà la prossima riunione».

Ora siamo ufficialmente in contatto.

«Non aspettarti grandi progetti. Qui si organizzano sempre le solite cose. Ma se aspiri a farti accettare, forse è il modo migliore per iniziare». Ha ragione da vendere. E quanto alle "solite cose", io ho una mente aperta e veloce. Non è detto che la mia presenza non possa vivacizzare l'atmosfera.

«Sono qui proprio per questo, per provare l'esperienza di essere coinvolta nella vita della vostra città», la rassicuro.

«Ci vediamo qualche sera al bar?»

«Certo!».

Meno male per Amanda, o sarei di certo morta dalla noia.

Capitolo 5

Il venerdì sera ritorno di nuovo al bar in cui lavora Amanda, dopo aver passato qualche giornata molto produttiva a studiare mappe della zona e alcuni documenti che mi sono stati girati da Roger. Il mio capo deve avere le sue fonti, perché quello che mi sono trovata tra le mani mi ha fatto comprendere molte cose. Ora mi pare di avere una visione d'insieme decisamente più completa. Mi mancano solo le delibere comunali, che sospetto Greyson non mi consegnerà senza un'ulteriore battaglia. Poi sarò pronta a fare la mia mossa.

Ho infatti scoperto che da questi parti si era già parlato di concessioni per lo shale gas a metà degli anni Duemila, ma all'epoca i residenti erano stati contrari perché volevano rilanciare l'economia della zona puntando sul turismo, sul potenziamento delle attività legate al lago e sull'acqua minerale. Esisteva un progetto per costruire un grandioso centro SPA che potesse sfruttare le proprietà benefiche dell'acqua che sgorga non lontano da qui e che avrebbe dovuto portare parecchi turisti a Heber Springs. Ma poi è arrivata la crisi – prima finanziaria e poi reale – e dei finanziamenti non se n'è fatto più niente. Il centro SPA non è mai stato realizzato e anche il lago, sebbene i cittadini avessero fatto l'impossibile, non ha mai attirato chissà quali turisti. Ed è un peccato, perché l'area è meravigliosa a sentire tutti. Tra i miei buoni propositi c'è quello di esplorare direttamente il territorio. Con la differenza, rispetto ai miei *soliti* buoni propositi, che questo intendo davvero portarlo a termine.

Quando entro nel locale sono le nove e l'atmosfera è già rilassata. Amanda mi saluta con un cenno del capo mentre serve una birra a Jim. Lui si volta verso di me e mi osserva stupito. «Wow», commenta. Io gli sorrido soddisfatta, perché era proprio a questo che miravo quando ho scelto di indossare un abito nero molto accollato, ma anche molto stretto. Senza contare che il nero e il blu elettrico funzionano alla perfezione. Ho infatti deciso che esistono dei limiti al mio volermi inserire a tutti i costi. E consistono appunto nelle scarpe.

«Grazie», gli rispondo senza falsa modestia. Il mio geniale piano prevede di ottenere la collaborazione del sindaco con qualche lusinga e un bel vestito. È un uomo giovane, mi pare di aver capito pure single – perché nessuna donna sana di mente lo avrebbe lasciato girare da solo con addosso quella maglietta attillata della settimana scorsa – quindi perché non provare la tattica più vecchia del mondo? Il fatto che io lo consideri un uomo oggettivamente molto attraente rende la cosa ancora più divertente. Che male c'è a giocare un po'?

Faccio vagare lo sguardo in lungo e largo e per quanto l'illuminazione del locale non sia il massimo ho la quasi certezza che Greyson non sia qui. Una sensazione di profonda delusione mi prende allo stomaco. Ho il brutto sospetto che non si tratti solo di sconforto dovuto a una delusione lavorativa. «E il tuo amico sindaco?», chiedo a Jim, quasi contro la mia volontà.

Lui ridacchia. «Alla fine si è svelato?», chiede avvicinandosi.

«Certo che no», rispondo seccata. «L'ho dovuto scoprire da sola. E meno male che indagare fa parte delle mie prerogative professionali».

«Arriverà...», promette vago. «Non c'è davvero nient'altro da fare a Heber Springs in questa stagione, se non ritrovarci qui. Interessata, eh?», mi stuzzica divertito.

Mi irrigidisco di colpo. «Affatto. Ho solo bisogno che sia un po' più collaborativo con noi povere reporter in trasferta».

«E quindi il vestito...», coglie subito.

Non vedo perché mentire. «E quindi il vestito», confermo senza nemmeno un briciolo di senso di colpa. Le donne usano questo trucchetto da milioni da anni, vuoi vedere che adesso sono proprio io a non doverlo fare? «La domanda vera è: funzionerà?».

Jim afferra un boccale di birra e si avvicina. «Difficile a dirsi. Greyson è, come posso spiegarti...». Si blocca in attesa di trovare la parola giusta. Pur non volendolo fare, mi ritrovo a pendere dalle sue labbra. Vorrei affermare di non essere interessata alle sue parole, ma è dura mentire a se stessi.

Prima che possa venirgli in mente qualcosa di adatto, la porta si apre e il signor sindaco fa il suo ingresso nel pub. Indossa dei jeans neri e una giacca di pelle dello stesso colore. Non capisco come mai in America nessuno si sia preoccupato di varare una legge che impedisca agli uomini – già eccessivamente sexy – di girare con indumenti di pelle. Si eviterebbero molte scene imbarazzanti.

«Tu, caro mio, hai un tempismo pessimo», gli rinfaccio, consapevole di aver perso un'occasione ghiotta per scoprire di più sul suo conto.

Lui non si scompone e si avvicina al banco. «Ma cosa ne è stato di quei bei saluti tradizionali, come per esempio "ciao"?», ironizza. Poi si sfila la giacca e rimane con quella che presumo essere una camicia da lavoro. Si arrotola le maniche, di certo per essere più a suo agio. Il mio sguardo però si incolla ai suoi avambracci e non ne vuole sapere di mollare la presa.

Cielo, Kayla, sono solo delle braccia!

«Oh, oggi niente maglietta bucata?», chiedo sarcastica, nella speranza di riuscire a smettere di fissarlo.

«E tu, niente scarpe da ginnastica? Cosa c'è, la tua tattica da infiltrata è già morta e sepolta?», rilancia. E così facendo solleva un sopracciglio.

Mi avvicino a lui e bisbiglio in un orecchio. «Diciamo che l'abbigliamento poco appariscente non mi appartiene granché…».

Lui scoppia a ridere. «Ma non mi dire…».

Se non altro, dovrebbe sbrigarsi a consegnarmi la lista richiesta, perché, da quando sono arrivata in questa cittadina, non faccio altro che contribuire al suo buon umore. Ho come la sensazione che non ridesse così tanto prima di conoscermi.

«Sì, sto prendendo la questione di petto».

«In senso letterale, a quando pare», aggiunge staccandosi quanto basta per far scorrere il suo sguardo sulla mia figura fasciata dall'abito scuro.

«Cosa, solo perché ho messo il primo straccetto che ho trovato nell'armadio?». Il mio è il volto di un angelo innocente.

«Tu, donna, sei pericolosa».

Jim si sporge verso di noi. «Su questo non mi sento di dargli torto».

Fisso entrambi con costernazione. «Chi, io? Sono solo una povera newyorkese che non può nemmeno bersi un cocktail decente da queste parti. Ma a questo proposito, se non avete nulla in contrario, avrei pensato di porre rimedio alla mancanza. Heber Springs non può andare avanti senza Cosmo!».

«Davvero, non capisco come abbiamo fatto finora», borbotta Greyson sarcastico.

«Mi sono procurata tutto l'occorrente», affermo fiera, e

mostro loro un grosso sacchetto da cui tiro fuori una bottiglia di vodka, succo di mirtilli, un paio di limoni e una bottiglia di cointreau.

«Ma oltre a recensire locali, ci lavoravi anche?», si stupisce Amanda.

«No, purtroppo. Ma dove non arriva l'esperienza diretta, arriva internet», mi tocca ammettere.

«Lo dico spesso che si stava meglio senza tecnologia», commenta Greyson.

«Cosa sei, un centenario incastrato in un corpo da trentenne? Libera il corpo per qualche anima che sa almeno come divertirsi!».

Jim scoppia a ridere. «Su questo, amico mio, non ha poi tutti i torti!».

«Io so divertirmi eccome!», si difende risentito.

«Dimostracelo», lo sfido. «Ti bevi un Cosmopolitan fatto con le mie dolci mani e poi accetti una partita a biliardo».

«Wow, la cosa inizia a farsi interessante», commenta Jim colpito. «Una bevanda da donne e un gioco da uomini duri».

«Il tuo piano è uccidermi con il Cosmo?», domanda sinceramente preoccupato Greyson. E solleva quei suoi bellissimi occhi su di me.

«Cosa?», domando come un'ebete.

«Non puoi pensare sul serio di battermi a biliardo. Ergo, non stai nemmeno calcolando di giocare. Come minimo mi vorrai fare fuori prima».

Scoppio a ridere sonoramente e vado avanti per un bel po'. «Ma io lo so di non poterti battere!».

La frase pare sorprenderlo. «Davvero? E allora perché lo proponi?».

Ho abbastanza esperienza con uomini di ogni genere da sapere che la migliore tattica è sempre quella di coglierli di sorpresa. Le reazioni sono spesso impagabili. «Semplice, sono molto sexy distesa su un tavolo da biliardo. Specie con questo vestito e con queste scarpe. Le tue *preferite*», lo fisso sbattendo le ciglia.

Greyson scuote la testa ma non riesce a evitare di sorridere. Un bellissimo sorriso che, mi pare di capire dall'espressione dei suoi amici, non credo usi molto spesso.

«Allora, affare fatto?». Gli porgo la mano e lui l'accetta con una certa riluttanza. E la famosa scossa, quella che compare tutte le volte che mi è vicino, torna a farsi strada con prepotenza lungo il mio corpo. Il suo volto guardingo mi svela che deve averla avvertita anche lui e che non è molto intenzionato a lasciarsi sopraffare. Può stare tranquillo: io sono brava a scherzare, ma quando si tratta di qualcosa di più serio, sono la prima a fuggire. E pure con le scarpe in mano! Perché con il tacco dodici ai piedi non si va da nessuna parte. O almeno, non abbastanza veloci da non farsi prendere.

E io scappo sempre. Nessun motivo per rimanere e dare a un uomo la possibilità di spezzarmi il cuore. Già dato. E pure parecchie volte. Da qualche anno la mia filosofia di vita è prenderli in giro io. Un po' di divertimento e ognuno per la propria strada. Il sesso può anche essere un'interessante attività da alternare a sedute di pilates, per quel che mi riguarda, ma non porta ad altro.

Certo, lì fuori il mondo non pullula di uomini con cui capisci al volo di avere un certo feeling. Motivo in più per dispiacersi che Greyson non voglia né aiutarmi con la lista delle concessioni né indagare a fondo la chimica esplosiva che sembra esserci tra di noi. Ma sono una donna razionale, poco male. Ci saranno altri treni su cui salire.

«Nessuna speranza che tu possa trovare altro da fare questa sera?», chiede Greyson con aria semiseria.

Sollevo un sopracciglio. «La tua è una proposta?».

A quel punto lui alza gli occhi al cielo, mentre a Jim va di traverso la birra. Greyson gli batte forte una mano sulla schiena. «Ucciderai il mio amico, a forza di frasi del genere. E lui, a differenza di me, non sa che quelle come te sono tutto fumo e niente arrosto».

Se non lo conoscessi almeno un po', penserei a una sfida. Una provocazione per mostrargli di che pasta sono fatta. «Signor sindaco, se lei vuole posso trasformarmi in un attimo in un incendio vero e proprio. Giusto per non farla rimanere solo con il fumo...», gli faccio l'occhiolino.

Ma questa volta, invece di battere in ritirata, Greyson si appoggia con un gomito al bancone e mi sussurra. «Vediamo un po' cosa sei capace di fare...». Il timbro della sua voce si abbassa pericolosamente, causandomi una strana sensazione di benessere. Più passo il tempo a così poca distanza da lui, e meno sento di avere il controllo della situazione. Motivo per cui arretro afferrando il mio sacchetto.

«Allora Amanda, inauguriamo la stagione dei cocktail?», domando incamminandomi dietro il bancone. Lei non solo mi lascia fare, ma mi passa pure uno shaker.

«Questo è qui dai tempi della guerra fredda. Non garantisco, sia chiaro».

«Non ti preoccupare. Tanto sarà Greyson ad assaggiare il nostro primo miscuglio. Se sopravvive, vuol dire che siamo al sicuro».

Nello shaker inserisco cinque misurini di vodka, uno di succo di limone spremuto, due di quello di mirtilli e infine due di cointreau. Agito bene e poi mi volto alla ricerca di un bicchiere adatto. Mi servirebbe il famoso bicchiere Martini, ma ho come il sospetto che qui non ne siano provvisti. Mi accontento quindi di un bicchiere da birra piccola che Amanda mi sta porgendo. Verso il contenuto e lo spingo in direzione di Greyson. Lui pare fissarlo concentrato, indeciso se andare fino in fondo o tirarsi indietro. Ma poi allunga una mano e afferra con decisione il bicchiere. Ne manda giù un sorso generoso, tornando a fissarmi con aria enigmatica.

«Allora?», gli chiedo curiosa.

Si prende qualche attimo di troppo per ragionare sul sapore. Con tutta probabilità si diverte a farmi rimanere sulle spine. «Il cointreau che hai usato è pessimo e il succo di limone dovrebbe sentirsi di più. Ma, a parte questo, è un perfetto cocktail da fanciulle con le scarpe blu elettrico», mi prende in giro.

«Fammi un po' sentire...». E così dicendo gli sottraggo il bicchiere dalle mani e procedo a testare di persona la veridicità di quello che ha appena affermato. Per la serie, non è l'uomo a cui credere senza prima toccare con mano. «Hai ragione....», borbotto stupita. «Il cointreau rovina tutto».

«Be', non sei mica una barista», prova a rincuorarmi Amanda.

«Riproviamo», insisto tenace. Questa volta nello shaker finisce la stessa quantità di vodka, ma solo una di cointreau, due di limone e due di mirtillo. Shakero con decisione e poi verso in un nuovo bicchiere. Senza offrirlo a nessuno procedo a un assaggio diretto e questa volta il gusto è molto più simile a quello che ricordavo. «Ora sì che iniziamo ad avvicinarci...».

Passo il bicchiere a Greyson, convinta che lo rifiuti dal momento che sono stata la prima a bere, ma pare che non abbia problemi alla promiscuità alcolica. «Stai migliorando», è costretto ad ammettere. «Non cercherei di farne una professione stabile, se fossi in te, ma almeno questa roba sarebbe bevibile, se io fossi una fanciulla metropolitana. Cosa che non sono...», mi ricorda. Come se servisse davvero. Ha testosterone da vendere.

«A questo punto avete provato tutti, voglio farlo anch'io», afferma Amanda e afferra una cannuccia. La immerge nel cocktail, aspettando che il sapore le arrivi appieno, e poi storce il naso. «Naaa, questa roba non fa per me».

Greyson mi osserva soddisfatto. «Perché non è una fanciulla metropolitana», mi punzecchia.

«Voi, gente, non ne capite niente di drink seri», affermo offesa.

«E ora vediamo quanto te ne intendi di biliardo...», mi ricorda il signor sindaco, che torna ad abbracciare un ben più rassicurante boccale di birra.

«Potrei non aver voglia di giocare, dopotutto...». E incrocio le braccia al petto.

«Come, il tuo piano non è quello di ottenere la mia collaborazione grazie alla tua mise di questa sera?».

Sto iniziando a odiare la gente sarcastica. E pensare che prima di conoscerlo era il mio tipo preferito. «Certo che è il mio piano», confermo.

«Allora da questa parte...». E così dicendo mi indica il tavolo da biliardo posto in un angolo remoto del locale e si incammina senza nemmeno controllare se lo stia seguendo o meno.

«Sicuro di sé, vedo...».

«In genere ne ha motivo», si sente in dovere di precisare Jim.

«Tu sei suo amico! Non conti», ribatto.

Amanda si volta nella mia direzione. «Ha ragione, in genere ne ha motivo».

Seccata da tutti questi complimenti mi metto a marciare in direzione del tavolo, dove Greyson sta raccogliendo le palline e le sta inserendo in un triangolo nero. Il problema principale del mio geniale piano è che il biliardo mi sembrava una buona idea perché sa di gioco sensuale, ma io non sono esattamente la regina della stecca. Anzi, non conosco nemmeno bene le regole. A parte quelle di base, ovvero che devi infilare le palline dello stesso tipo nella buca. Devo aver provato una volta o due al college, ma da allora è passato molto più tempo di quanto voglia ammettere.

«Spacchi tu?», mi chiede Greyson passandomi una stecca.

Lo fisso con espressione inebetita. «Eh?».

Lui scuote la testa. «Non sarebbe stato carino almeno imparare le regole?», chiede ironico.

Sì, lo sarebbe stato. Ma ho dovuto scegliere come investire il mio tempo. E ha vinto l'estetica. «Fanciullo, so tutto quello che bisogna sapere».

Si avvicina e mi osserva mentre appoggia un fianco al tavolo. Quei maledetti jeans lo fasciano talmente bene da essere quasi illegali. «Consolati, se anche lo sapessi, cosa di cui dubito fortemente, avrei comunque la meglio su di te...».

Devo ancora capire se la voce sensuale sia voluta oppure gli riesca del tutto naturale. Opterei per la seconda, se proprio dovessi indovinare.

«Questo lo vedremo...», gli rispondo cercando di emulare il tono.

Lui scoppia a ridere. Non proprio il tipo di reazione che speravo di ottenere. «Sei pregato di smetterla. Mi sto sforzando in tutti i modi di apparire sexy», lo informo seria.

«Ed è questo il tuo errore, Kayla: non devi sforzarti, ma essere naturale». E così dicendo si passa la lingua sulle labbra, lasciandomi completamente a bocca aperta. Mi sta ripagando con la mia stessa moneta, con la piccola differenza che io sto per svenire ai suoi piedi mentre lui non mi pare così colpito dai miei tentativi. Urge che io ristabilisca il normale ordine delle cose. Sono molto brava a gestire gli uomini che ci provano con me, decisamente meno a interagire con persone da cui mi sento sul serio attratta.

«Ah, quindi questa è una guerra?», chiedo provocatoria.

Lui alza le spalle. «Non iniziata da me, sia chiaro».

Ha ragione, sono stata io a pensare di trascinarlo dalla mia parte con un banale vestito aderente, ma è lui che ha messo di mezzo l'artiglieria pesante. «Ti basterebbe consegnarmi quella lista e per te tutto potrebbe tornare alla normalità», gli ricordo sfacciata.

«L'avrai, l'avrai. Tra cinquantacinque giorni. Cosa vuoi che sia un po' di attesa? Non ti stai divertendo da matti a stare qui con noi?», domanda ironico, sollevando un sopracciglio.

«Da *matti*. Non mi viene in mente niente di più divertente», confermo, cercando di mostrarmi superiore e di non abboccare alla provocazione. Colmo quel poco di distanza che ci separa e appoggio una mano sul suo petto. I suoi occhi si fanno subito sospettosi, quasi preoccupati. «Allora, questa partita?», gli ricordo abbassando la voce e invadendo del tutto il suo spazio con la scusa di farmi udire. E poi, giusto per ricordargli di non essere l'unico capace di giocare sporco, appoggio la mia bocca sul suo collo. Il contatto è brevissimo e appena accennato, ma a giudicare dalla sua reazione uno potrebbe pensare che gli abbia infilato la lingua in bocca e che abbia giocato a yo-yo con le sue tonsille. Effettua un vero e proprio salto all'indietro, tutelando il suo corpo con la stecca da biliardo esibita come uno scudo.

Ingenuo, non penserà sul serio di potersi proteggere con così poco?

Gli sorrido, compiaciuta di essere finalmente riuscita ad arruffare le sue penne. Anche gli ossi più duri hanno un punto debole.

«Giochiamo», risponde serio. E io non sono affatto certa di cosa abbia in mente.

Si avvicina al tavolo e con una mossa sicura rompe l'equilibrio delle palline che aveva raccolto qualche minuto prima. «Ho rotto per te, ma ora ti restituisco la mossa. Scegli le palline che intendi mandare in buca».

Apprezzo che di fatto mi stia spiegando come si gioca. Voglio dire, lo sapevo anch'io che era necessario mandare le palle in buca. Diciamo vagamente...

«Scelgo quelle tutte colorate». Mi avvicino al tavolo e inizio a studiare la situazione.

«La nera non la devi toccare», mi avverte, forse rendendosi conto che la sto adocchiando. Non per altro, mi pare quella più vicina a una buca. Mandarla dentro potrebbe essere un gioco da ragazzi, persino per un'impedita cronica come me.

«Perché no?», chiedo sospettosa. Vuoi vedere che sta cercando di fregarmi…

Lui mi osserva incredulo. «Tu non sai niente di biliardo». La sua non è domanda. La sua è una certezza. E poi scoppia a ridere.

«Ah ah… Cosa vuoi che ci sia da sapere? Sono palline, le devo mandare in buca, no?», rispondo a disagio.

Smette di ridere giusto il tempo di distruggere le mie poche certezze. «No», afferma sicuro. «La pallina nera deve per forza entrare in buca per ultima. Se la spedisci dentro prima, hai perso».

Questo proprio non me lo ricordavo. Forse perché le due volte che ho giocato non sono mai arrivata al punto di doverla spedire in buca.

«Certo… Lo so, per chi mi hai preso?», cerco di salvarmi.

Lui mi scruta dubbioso ma preferisce non infierire. E potrebbe, lo so persino io.

Visto che la nera è fuori questione, a quanto pare, scelgo di concentrarmi sulla pallina arancione. Quando ho pianificato questa storia della partita, mi sono immaginata di allungarmi in maniera sensuale sul tavolo e di impugnare con nonchalance la stecca. Mica potevo sapere che la realtà non sarebbe stata poi così tanto meravigliosa….

Cercando di raggiungere la pallina mi trovo imprigionata in una presa che non ha proprio niente di sexy. Anzi, a voler proprio essere precisi, sto ottenendo esattamente l'effetto contrario. Sono mezza inginocchiata e dubito che il mio fondoschiena stia risaltando come dovrebbe.

Riesco a colpire la pallina bianca, che sfiora quella arancione. Ma la forza che le imprime basta solo a muoverla, non certo a convincerla a rifugiarsi in buca. Sono grata a Greyson per il fatto che non stia ridendo a crepapelle. Di nuovo, avrebbe potuto senza problemi.

«Peccato...», commenta. Poi afferra la sua stecca e con un colpo che invece è insieme preciso e potente manda una delle sue palline nell'angolo dall'altra parte del tavolo. Non so se anche questo facesse parte del *suo* di piano, ma allungato su quel tavolo ha un aspetto quasi commestibile. Il suo fondoschiena non ha alcun problema ad apparire perfetto.

In questo momento la vita mi sembra davvero molto ingiusta.

«Tocca ancora a me», mi informa e si prepara a mandare in buca anche la seconda palla. Ha un'aria così seria e sicura che la pallina non osa fare altro che andare dritta nell'angolo designato.

«E ancora a me...», ride mentre manda in buca anche la terza.

«Sì, ho capito che andrai avanti all'infinito», borbotto seccata.

«Il biliardo è stata un'idea tua, no?», mi chiede dopo aver fatto centro con il quarto colpo.

«Sono piena di idee brillanti, come puoi notare...», mi tocca ammettere. «Certo, tu potresti anche sbagliare per farmi contenta».

Greyson contiene a stento una nuova risata. «È ovvio che non mi conosci bene: sono un tipo molto competitivo».

Sì, ci stavo arrivando... «Ragione per cui vivi a Heber Springs», non resisto dal fargli notare.

«La vita qui è molto rilassante», risponde senza abboccare.

«Anche troppo. Di dove hai detto che sei, esattamente?».

Scuote la testa. «Non l'ho detto», mi ricorda serafico.

«Tu, Greyson Moir, sei un uomo con cui non è divertente giocare», sentenzio incrociando le braccia al petto.

«E tu, signorina giornalista, sei invece l'ideale». E dopo questa frase manda in buca anche la pallina nera, l'ultima che gli mancava per completare il suo percorso trionfale. «Be', direi che è tardi ed è ora che vada. Ti concederei una rivincita, ma forse è meglio attendere che tu abbia modo di esercitarti un po'...».

Appoggia la sua stecca sul tavolo, pronto per allontanarsi. Piano, signor sindaco, solo dopo che avrò avuto l'ultima parola.

«Sai Greyson, credo proprio che la prossima volta cambierò gioco», ribatto con un chiaro tono di sfida.

«Fossi al tuo posto, lo farei persino io». E si allontana fino al bancone, dove recupera la giacca, saluta gli amici e si avventura fuori dal locale.

Vorrei non doverlo ammettere, ma il signor sindaco ci sa fare. Anche troppo.

Amanda mi porge sorridendo quello che presumo sia il suo personale esperimento di Cosmopolitan. «Per tirarti su».

Per quello ci vorrebbe un miracolo, temo, ma un Cosmo può sempre aiutare. Anche perché il suo è decisamente meglio del mio. «Questa cosa è davvero buona!», mi congratulo.

«L'ho personalizzato un po'», mi svela.

«Senti, posso sapere una volta per tutte qual è il problema di Greyson?». Ho capito che sarà molto difficile che lui arrivi a svelarmi qualcosa di se stesso, per cui sì, sto facendo quello che avrei dovuto fare subito, ovvero domandare in giro. Tecnicamente è il mio mestiere.

«Problema? Greyson non ha problemi», prova a cavarsela.

Palle. E lo sappiamo entrambe. Quel suo sguardo preoccupato per la mia vicinanza nascondeva qualcosa. Un uomo senza problemi non si sarebbe fatto scrupoli a flirtare in maniera molto più decisa con me. Anzi, in genere gli uomini non aspettano cinque minuti per farsi avanti con proposte piuttosto esplicite. E non lo dico perché sono piena di me. È un dato di fatto: ho un aspetto piacevole, con i miei capelli castano ramati e i miei occhi castano verdi, ma sono soprattutto sicura di me stessa. E questo gli uomini lo apprezzano. Il mio vivere tutto con leggerezza attira molto più di un seno prosperoso o di gambe da modella. Ma Greyson è diverso, è attento a non svelare quasi niente di sé. E quando scorgo una piccola fessura nella sua corazza, lui non perde tempo e corre a richiudere anche quella. Di questo passo mi toccherà davvero attendere cinquantacinque giorni per avere la dannata lista delle concessioni di utilizzo del sottosuolo. Senza contare che sarà solo il punto di partenza per la mia indagine. Non oso nemmeno immaginare per quanto tempo rimarrò bloccata in questa ridente cittadina, se non riesco a smuovere il sindaco a compassione.

Amanda si sporge dal bancone per sussurrarmi: «Davvero, non sappiamo molto sulla sua vita privata. Ma gira voce che fosse sposato, a Boston».

Sgrano gli occhi per la sorpresa. Questa sì che è una notizia bomba. «E la moglie dov'è finita?».

La mia nuova amica controlla che non ci siano orecchie indiscrete prima di rispondermi. «Non credo che sia più sulla scena. Secondo me si è trasferito qui dopo il divorzio».

L'informazione rende subito molto più complessa la mia impresa: gli uomini con un pesante bagaglio alle spalle sono persone con cui non mi diverto affatto a giocare. Anche perché in un momento della loro vita sono stati tipi da matrimonio. Io e la gente pro-matrimoni non andiamo granché d'accordo...

«E che diavolo faceva a Boston? Intendo, che lavoro?»

«Io non sono molto brava a ricordare i dettagli, ma credo fosse un pezzo grosso in qualche mega società».

Questa volta la mia mascella si spalanca di scatto e quasi tocca il piano del bancone. Il suo divorzio deve essere stato davvero una sorta di guerra dei Roses per averlo fatto fuggire da un lavoro prestigioso e da una grande città.

«Il tuo è un interesse sincero oppure solo per passare il tempo?». La sua domanda non contiene alcun giudizio, è solo una sincera richiesta di informazioni.

Motivo per cui non mi sento di mentirle. «No, è solo un gioco. Niente di più».

«In quel caso, forse ti potrei consigliare qualcuno di più adatto. Vedi quell'uomo lì in fondo? Si chiama Jackson ed è il playboy della città. È un pompiere», mi svela indicando un uomo a qualche metro da noi.

Sì, Jackson lo vedo e sì, è carino con i suoi capelli scuri e la sua carnagione abbronzata, ma il mio stomaco non sta saltellando all'idea di andarci a parlare. Pare che sia diventato esigente.

«Interessante… Ma non questa sera. Sono stanca anch'io». Afferro la mia borsa intenzionata ad andarmene a dormire, quando Amanda mi blocca con la mano.

«Quasi dimenticavo, ci vieni domani mattina alla gita?»

«Quale gita?»

«Tua zia non te l'ha detto? Una volta al mese la comunità organizza una piccola spedizione qui vicino. Domani si va alle cascate di Collins Creek».

«Ci sono delle cascate qui vicino?», domando sorpresa.

«Siamo pieni di cascate, se è per questo. Niente di eclatante, niente in stile Niagara, per capirci, ma il paesaggio è piacevole. È un modo per socializzare e per esplorare il nostro territorio», mi spiega mentre asciuga un grosso bicchiere da birra.

«E partecipano in tanti?»

«Oh sì, un discreto numero di persone».

Forse può esserci un modo per stringere amicizia con i locali. E per fare qualche domanda. Quale occasione migliore di una bella gita all'aria aperta?

«A che ora si parte?», chiedo interessata.

«Alle dieci. Appuntamento dopo il fiume Little Red. Non puoi sbagliare, c'è una grande area parcheggio appena dopo la targa Collins Creek. Se ti perdi mi chiami», conclude ridendo. La sua è con tutta probabilità una battuta. Ma Amanda ignora il mio talento innato per lo svoltare nella via sbagliata al momento sbagliato.

«Affare fatto. Allora ci si vede domani mattina!», mi congedo in maniera definitiva. Ero triste e depressa solo un minuto fa e invece ora sento di nuovo la linfa della speranza germogliarmi dentro. Mai darsi per vinte!

Capitolo 6

Mi sveglio con un rinato ottimismo e una grande voglia di dare una svolta alla mia permanenza a Heber Springs. La gita mi aiuterà a farmi accettare dagli abitanti, che avranno modo di capire quanto sia dolce e simpatica. Ok, dolce non tanto, ma simpatica di sicuro.

«Zia, tu non vieni a fare la passeggiata?», le domando prima di uscire.

Lei mi osserva dubbiosa. «Kayla, cara, non è esattamente una "passeggiata". Camminano per ore e ore e per quanto io voglia illudermi di essere ancora giovane, il mio corpo ha dei limiti. Tu, piuttosto, sei sicura di resistere?».

Finalmente un po' di moto! Stavo impazzendo a forza di stare ferma. Sono abituata a frequentare la palestra due o tre volta la settimana. L'inattività non è nel mio carattere. «Ma certo!», le rispondo con una risata. Dico, mi ha visto? Sono in forma smagliante!

Arrivo all'appuntamento alle dieci e due minuti. Il posto è già invaso da macchine, persone, cani… insomma, chi più ne ha più ne metta. Quando esco dalla macchina e mi guardo in giro, noto che Amanda mi sta facendo un segno con la mano. Buona occasione per farmi presentare alcuni suoi amici. Jim è poco lontano da noi, ma ci sono anche la sua amica Mary e il marito Bob, che devono avere la mia età, con due pestiferi bambini tra i dieci e i cinque anni. E poi c'è Laura, una sua amica dai tempi della scuola.

A qualche metro di distanza riconosco anche Grace, l'assistente cerbero di Greyson. E, lupus in fabula, eccolo uscire dal suo pick-up appena parcheggiato. Ovvio che il sindaco partecipi a eventi simili. Non so perché non mi fosse venuto in mente prima. Impiega circa dieci secondi ad accorgersi della mia presenza e il suo volto, un attimo prima rilassato, assume quella stessa espressione diffidente con cui mi scrutava ieri sera. Si avvicina al nostro gruppo con passo deciso e occhi duri.

«Quale sorpresa…», mi dice poco dopo.

«Vero? Amanda è stata così carina da invitarmi».

Greyson le lancia un'occhiataccia ma lei finge di non accorgersene. Brava la fanciulla.

«Ha fatto bene! Abbiamo bisogno di gente giovane che possa partecipare attivamente alla vita cittadina», sentenzia Bob. Il suo tono è piuttosto entusiastico, motivo per cui la moglie si gira a osservarlo cupa. Ho capito: Bob è quello che fa il cascamorto con tutte. Cascamorto sposato, tra l'altro.

Greyson osserva con attenzione il mio abbigliamento e si ferma sulla mia maglietta scollata. «Questa è una passeggiata nel bosco. Pieno di insetti e cose simili», mi avverte.

Sollevo decisa il mento. «Ma certo».

Lui indossa i suoi soliti jeans che cadono a pezzi, una felpa sbiadita e degli scarponi da trekking.

«Il terreno è ripido, pieno di buche. E si scivola», aggiunge fermandosi a guardare le mie All Star arancioni.

«Ma certo», ripeto senza farmi intimidire.

Si ferma ancora un secondo a scrutarmi, indeciso o meno se aggiungere altro. Poi scuote la testa e si allontana.

«Allora, ci siamo tutti? Pronti a partire?», chiede a voce alta. «Ci dividiamo in piccoli gruppi come sempre. L'appuntamento è all'area di ritrovo, all'una. Chi dovesse avere problemi lungo il tragitto mi può telefonare».

Alzo la mano per richiamare la sua attenzione. «Signor sindaco, io però non ho il suo numero!», gli urlo.

Lui mi fissa belligerante, gambe divaricate ed espressione

cupa. Sta ragionando, probabilmente soppesando le varie opzioni. Una delle quali deve essere quella di uccidermi qui e farla finita, a giudicare dai suoi occhi, diventati di un azzurro molto più scuro e meno rassicurante del solito.

«Non ti serve il mio numero. Mi unisco al vostro gruppo», mi comunica dopo aver analizzato i pro e i contro. Cosa crede, che passerei la vita a tediarlo con messaggi e telefonate, se mi concedesse il suo numero? Sono una ficcanaso, non una psicopatica.

«Contento tu...», borbotto voltandomi dall'altra parte.

«Contento, no», afferma dopo essersi avvicinato. «Solo rassegnato».

La sua frase mi fa sorridere, mio malgrado. Decido di non replicare e di concentrarmi invece sulla prima parte della camminata. Per quanto io sia profondamente amante della città, c'è qualcosa di molto rasserenante nell'avventurarsi in un bosco che all'inizio si rivela molto rado e poi si fa sempre più rigoglioso. Una lenta scoperta, immersi in un clima quasi fiabesco.

Greyson è il capofila della spedizione mentre Amanda e io siamo le ultime. Ogni tanto non resisto e gli lancio un'occhiata. A lui e al suo sedere, che dovrebbero dichiarare monumento nazionale. O almeno specie protetta di Heber Springs. Fondoschiena simili se ne vedono davvero pochi in circolazione. Dico sul serio, dovrebbero brevettare la formula.

Accanto a me Amanda scoppia a ridere. «Ma stai davvero fissando il suo sedere?», mi chiede incredula.

«Cosa? No!!!», esclamo, imbarazzata per essermi fatta beccare.

«Oh sì! Stai guardando il suo sedere!», ripete ancora una volta, piuttosto divertita.

«Amanda, abbassa la voce!», la supplico. Con la fortuna

che mi ritrovo come minimo Greyson avrà sentito anche questa.

E infatti il padrone del fondoschiena perfetto si gira a scrutarci cupo. Pare che non abbia capito con precisione, ma gli è chiaro che stavamo parlando di qualcosa di sconveniente. Le mie guance devono essere paonazze. Per fortuna riprende a camminare incurante di noi due.

«Comunque il suo sedere è leggendario», mi bisbiglia Amanda, avvicinandosi al mio orecchio. «Credo esistano dei fan club in suo onore».

«Quindi non sono la prima a notarlo!», commento quasi rassicurata. Il problema non sono io. Capita a tutte!

«Sì, nessuna è mai riuscita a testare con mano, però».

La fisso allibita. «Stai scherzando? È qui da tre anni e nessuna gli ha messo le mani addosso?». Mi sento quasi male per lui. Stare così tanto senza sesso è una cosa che non può essere sana.

«Così pare. Voglio dire, se una delle donne di Heber Springs fosse riuscita nell'impresa, sono certa che la voce si sarebbe sparsa. Sai, qui si viene a sapere sempre tutto, prima o poi. Ma tu, cara mia, potresti avere delle buone possibilità».

La mia espressione è del tutto incredula. «Non credo proprio…».

Ma Amanda insiste. «Ho visto al pub come ti guarda. Specie quando pensa che nessuno lo noti. Noi bariste ci accorgiamo di tutto».

«Lascia perdere come mi guarda. Trovo purtroppo che sia molto più indicativo come si comporta».

«Magari è solo un bravo ragazzo e non vuole saltarti addosso…», ipotizza lei.

Magari. Ma io odio i bravi ragazzi. Niente da condividere con loro.

«Come ti ho detto, lasciamo perdere. Ho come l'impressione che smettere di fissargli il sedere sia la cosa più saggia da fare. Da ogni punto di vista».

«Ti dirò, finché ci limitiamo a guardare non facciamo del male a nessuno, no?». Sto iniziando ad amare profondamente questa ragazza. È molto più spiritosa di come mi sia apparsa la prima sera.

«Sai che ti dico? Hai proprio ragione, Amanda! Guardare e non toccare! La mia nuova filosofia di vita», affermo convinta.

Peccato che ai miei occhi, così concentrati sull'oggetto di cui disquisiamo da un po', sfugge del tutto una specie di buca nel terreno, per di più mezzo nascosta dal fogliame. Il mio tonfo è completo. E sospetto pure molto poco aggraziato.

«Aiuto!», urlo in maniera istintiva, cascando per terra come un sacco di patate. È umidissima, vista la mia fortuna. «Ma porca...», mi ritrovo a maledire cercando di resistere a un forte dolore alla caviglia. Non me ne sono mai slogata una prima d'ora, nonostante le mie maratone su tacco dodici, e ora mi capita a causa di una maledettissima buca, profonda sì e no venti centimetri? Ma dico, scherziamo???

Il gruppo si ferma e accorre in mio aiuto. Greyson, salvatore della patria, si fa largo tra gli altri.

«Fatemi passare», dice. E come per magia le acque si aprono per lasciarlo avvicinare. Mosé gli fa un baffo.

Si inginocchia e allunga le mani per ispezionare la mia caviglia dolorante. «Fermo lì con quella mano!», gli intimo allontanandomi da lui. Ma non si va molto lontano strisciando per terra, temo.

«Scusami?», domanda stupito.

«A meno che tu non sia un ortopedico, sei pregato di non toccare la mia caviglia!», borbotto agitata. Che io voglia ammetterlo o meno, la caviglia mi fa un male cane. Ci manca solo che ci metta le mani la persona sbagliata.

«Lascialo fare», mi rassicura Amanda. «Ha fatto un corso di pronto soccorso piuttosto approfondito».

Ma certo che l'ha fatto. I tipi come lui sanno sempre fare tutto. Probabilmente nel tempo libero sostituisce i San Bernardo sulle montagne e in vacanza soccorre specie animali in via di estinzione.

I bravi ragazzi non esercitano alcuna attrattiva su di me... I bravi ragazzi non esercitano alcuna attrattiva su di me...

Vado avanti a ripetere il mio mantra mentre Greyson afferra con delicatezza il mio piede, slaccia la scarpa e prende il mio tallone tra le sue mani. E sono delle belle mani: dita lunghe, forti, sicure. È possibile avere pensieri impuri nel bel mezzo di una colossale figura di merda?

«Adesso cercherò di muovere piano il tuo piede...», mi avverte.

Muoverlo? Assolutamente no! «Ahi! Fa male!», mi lamento.

Lui sposta quei suoi occhioni dalla caviglia al mio viso. E, eresia delle eresie, mi sento arrossire. Se esistesse un premio per la donna meno propensa ad arrossire, io sarei l'indubbia vincitrice. Giusto per chiarire. Ma con lui è un continuo di guance da Biancaneve. E la cosa mi infastidisce da morire.

«Ma non ho ancora mosso il piede!», puntualizza.

«Mi fa male comunque...», rispondo stizzita. «Sarà di certo una distorsione seria alla caviglia...», esclamo in piena modalità da tragedia greca. In effetti tendo a essere un tantino ipocondriaca.

«Naaa, non credo», mi contraddice dopo aver osservato con attenzione la mia gamba. «A me pare qualcosa di ben più lieve».

Inclino la testa e lo osservo. «Ci sarà un motivo se servono quasi dieci anni, a occhio e croce, per esercitare la professione di medico. Non trovi?».

Agli angoli della sua bocca compare un accenno di sorriso.

«Sentite, mi pare di capire che qui ci vorrà un po'. Dal momento che sono quasi certo che questo non sia un incidente mortale, per fortuna, aspetterò qui con Kayla finché non si sarà ripresa e poi vi raggiungeremo al punto di ritrovo», informa gli altri.

Sollevo la testa di scatto, espressione di panico piuttosto evidente. «Eh?»

«Davvero, andate pure. Non lasciatevi rovinare la gita da una che non possiede nemmeno degli scarponi adatti alle camminate nei boschi», ripete con convinzione. «Vi raggiungeremo quanto prima». Ma andate dove??? «*Amanda...*», la richiamo con un tono che dovrebbe essere un chiaro segnale.

Ma la mia amica si è messa chissà quali idee in testa e, alle spalle di Greyson, mi sta facendo strani segni. Io sarei tentata di alzare il dito medio, ma ho come il sospetto che i presenti potrebbero non apprezzare.

«Amanda!», la richiamo una seconda volta, quasi arrabbiata.

A questo punto lei, che non può continuare a ignorarmi come se niente fosse, si inginocchia e mi sussurra furtiva: «Non sprecare l'occasione...».

Apro la bocca per protestare ma, di nuovo, non posso certo mettermi a sbraitare in mezzo a tutta la gente. E in ogni caso, prima che abbia anche solo pensato a qualcosa di intelligente da risponderle, si stanno incamminando. Nessuno escluso. Lontano da me e da questo strano uomo enigmatico, di cui ho intuito qualcosa. Ma alcuna certezza a riguardo. Per quanto ne so, potrebbe essere Barbablù in versione sindaco. Lui dice e gli altri eseguono senza nemmeno interrogarsi sull'intelligenza di quello che propone. Se non è fanatismo questo...

Per qualche interminabile istante nessuno dei due emette

il minimo suono. Io studio la sua espressione da giocatore di poker e lui scruta il mio volto agitato. Sì, sono nervosa!

«E se il piede continuasse a farmi male anche dopo la pausa? Se non fossi in grado di arrivare fino in cima?», interrompo il nostro silenzio.

«In quel caso ti porto in spalla», risponde senza esitazione. Come se fosse una cosa normalissima e passasse le sue giornate con donne arrampicate sulla schiena.

«Tu sei matto completo…».

«Quanto peserai? Cinquanta chili?».

Nonostante tutto mi viene da ridere. Sì, certo. Come no. E magari possiedo anche delle ali…

«No? Di quanto vuoi che abbia sbagliato… Sei molto magra», insiste.

Forse, dopotutto, potrei riconsiderare le mie simpatie. Con una sola frase Greyson è riuscito dove molti hanno fallito. «Cos'è, una tattica per ammorbidirmi?», domando.

Lui si finge offeso. «Ma come? Non eri già burro fuso nelle mie mani?»

«Sono il genere argilla secca, nelle mani di un uomo. Altro che burro», lo correggo.

«Trattami bene… Se il tuo piede non dovesse migliorare, sarò io quello che suderà e ti trasporterà in spalla».

«Io ti ho trattato benissimo! Ma non mi sembra che questo mi abbia portato giovamento. Forse, dopotutto, dovrei cambiare tattica».

«Mi hai preparato un cocktail da donne e mi hai sfidato a un gioco a cui non sai giocare», sottolinea. «Se per te questo vuol dire "trattare benissimo"…».

«Attenzione! Stai dimenticando il pezzo forte: ho anche confermato che hai un bel culo!». Come mi escano certe frasi…

Greyson sopprime a stento una risata. «Che tu ci creda o no, non sei la prima».

«E chi altro?», domando nonostante tutto. L'autolesionismo non conosce confini.

«Tua zia Jill», mi svela sorridendo.

«Fossi in te non mi monterei la testa. L'ho sentita pronunciare la stessa identica frase questa mattina sul suo vicino John. Credo vada per i cento».

Scuote la testa, ma vedo che è divertito. Quando solleva il suo sguardo su di me, qualche attimo dopo, l'espressione però è seria. «Come mai sei venuta oggi?».

Sbuffo. «Sono annoiata. E sono fuori allenamento. Ma è mai possibile che da voi non ci siano palestre? Pensavo che camminare un po' mi facesse bene. E poi non faccio sesso da troppo tempo».

La mia ultima frase lo porta a irrigidirsi oltre ogni previsione. «Scusami?»

«Speravo magari di conoscere qualcuno...», sono pure costretta a spiegargli.

«Per il sesso?», chiede incredulo.

«Certo. Aiuta a sconfiggere i radicali liberi, come ti ha spiegato la zia. Non vorrai che mi vengano le rughe prima del tempo... E tu, da quanto non ne fai?», gli chiedo diretta. Questo gossip dei tre anni mi ha profondamente turbato.

«Io e te non faremo sesso insieme», specifica subito con troppa enfasi. La voce è piuttosto allarmata.

«Certo che non faremo sesso», confermo prontamente. «Sono giunta alla conclusione che tra noi due c'è troppa attrazione fisica».

Mi guarda con espressione interrogativa. «Lo so che non dovrei chiederlo, ma in che senso l'attrazione può essere troppa?».

Trovo interessante che non si sia minimamente preoccupato di smentirmi. Dubito se ne sia reso conto, però. «Semplice, i migliori rapporti sessuali sono con un partner che ti stimola il giusto, ma che ti permette sempre di mantenere la necessaria lucidità».

«Credo che tu mi abbia lasciato momentaneamente senza parole…», confessa.

«Perché non fai sesso da un sacco di tempo», affermo certa.

«E da cosa lo avresti dedotto?», domanda divertito.

«Sei rigido, Greyson. E quando ti ho toccato ieri sera, sei andato nel panico. Completo. E sei scappato», gli ricordo.

Lui si prende un secondo per meditare sulla mia frase. «Per quanto io stesso sia incredulo nel pronunciare una cosa simile – e sono pronto a dare la colpa alla tua cattiva influenza – sai, esiste anche l'autoerotismo», mi fa notare.

Questa, da lui, non me la sarei mai aspettata! «Certo che esiste. Ma non è la stessa cosa», lo liquido, dopo essermi ripresa dallo stupore.

«Meglio di niente», insiste. È ovvio che i tre anni gli abbiano del tutto annebbiato il cervello.

«Perché non ti ricordi più come si fa». E a quel punto scoppiamo entrambi a ridere.

«Te ne vai via presto da Heber Springs, vero?», domanda poco dopo.

«Se tu mi aiutassi con la lista, sarei già con un piede fuori di qui». Non è esattamente vero, ma non sto nemmeno mentendo del tutto.

«Se tu mi confessassi una volta per tutte cosa sei venuta a fare…», ribatte.

«A scrivere di life style».

Lui scuote la testa. «Kayla…», mi rimprovera.

«Ok, lo ammetto: sono qui per sedurre il sindaco», affermo ridendo.

«Il sindaco è fuori dai giochi», mormora.

«Cosa, solo perché ha divorziato?». Mi rendo conto di

aver alzato i toni della sfida, ma sono stufa di girarci intorno. È venuto il momento del jolly.

«Cosa diavolo ne sai tu del mio divorzio?». Da zero a cento in un secondo. Sono riuscita a farlo davvero arrabbiare...

«Wow, calma! Non ne so niente, giuro. Ma ho abbastanza esperienza con il sesso maschile da arrivarci da sola. Sai, non è così difficile tirare a indovinare... Che tu possa credermi o meno».

La mia frase pare rassicurarlo. «Be', non è nemmeno impossibile dedurre che anche nel tuo passato ci sia qualche sfregio emotivo piuttosto pesante», rilancia.

Sì, immagino non lo sia. Sento uno strano desiderio di raccontargli qualcosa di me. Non capisco bene il motivo. «Mio padre», confesso, «ma a onor del vero lui è stato solo la prima grande delusione della mia vita. Ne sono seguite altre. Tante altre. Da una decina di anni la mia filosofia di vita è cambiata. Per cui niente aspettative, niente relazioni durature e niente recriminazioni successive».

«Molta ginnastica», afferma Greyson, tornando quasi a sorridere.

«*Vorrei* che ci fosse molta ginnastica. Ma gli atleti validi non abbondano. Fuori il mondo è pieno di cretini che non sanno nulla di anatomia femminile. E cosa te ne fai di un amante se serve a poco?», mi trovo a rispondergli. Devo ancora capire come questa specie di pausa forzata si sia trasformata in un confessionale a cielo aperto.

«Fai da te», sentenzia. «Che fai prima».

Qualcosa mi dice che il suo divorzio sia stato atroce. A dir poco. «Allora, questa moglie cattiva cosa ha combinato?».

Greyson afferra un legnetto e si mette a disegnare strani segni sul terreno che ha assistito al mio capitombolo. «Sarei davvero molto stupido se decidessi di raccontare i fatti miei a una giornalista. Non trovi?».

Solleva lo sguardo, come in attesa di una spinta da parte

mia. «Non sono qui in veste ufficiale. Sono solo una povera donna che ha deciso di slogarsi una caviglia», gli faccio notare.

«Non è slogata», ripete. «E guarda che non c'è proprio niente di interessante da scoprire. Una storia come tante: grande amore nato sui banchi di scuola, grandissima delusione e gran brutto divorzio. Capita a un sacco di gente», mi risponde cercando di sminuire la cosa.

Non mi è chiaro se stia cercando di convincere me o se stesso.

«Figli?», chiedo.

La sua espressione è quasi comica da quanto è agitata. «No, grazie al cielo! Lei ha voluto aspettare. L'unica decisione intelligente presa insieme», risponde amaramente.

«Be', potresti fare anche tu come me...», tento di scherzare per alleggerire il clima.

«Intendi dire sedurre il sindaco? Ah no, quello l'hai visto tu per prima e ti lascio l'esclusiva», mi prende in giro.

È esattamente il tipo di frase che io avrei pronunciato se mi fossi trovata al suo posto. Il nostro modo di scherzare è molto più affine di quanto avessi immaginato in un primo momento.

«Certo che il sindaco è mio! Guai a chi me lo tocca. No, scemo, intendevo che potresti anche tu vivere le relazioni con leggerezza. Divertirti. Giocare un po'».

La sua espressione è piuttosto perplessa di fronte alle mie parole. «Quasi tutte le donne single di Heber Springs mirano ad accasarsi. Il fatto che tutti si conoscano è bellissimo, ma non depone a favore della promiscuità sessuale», mi fa notare. «Senza dimenticare l'impedimento più grave: io sono piuttosto monogamo per natura. Da sempre. Ci ho provato per un brevissimo periodo a vivere seducendo e dimenticando. E non fa per me. Non mi fa sentire bene. Né con me stesso né con l'altra persona».

«Uh, fai davvero parte della categoria dei bravi ragazzi», constato con ribrezzo.

«Una cosa grave?», domanda ridendo.

«Una categoria tremenda. Mai giocare a una botta e via con un monogamo seriale».

Greyson scoppia a ridere e pare non riuscire a fermarsi.

«Dovresti incontrare una brava ragazza», rifletto. «E risposarti. Non ti sei stufato di vivere isolato e per di più in astinenza?»

«Un po'. Ma per conoscere la donna giusta devi avere anche la predisposizione a metterti di nuovo in gioco. Essere empatico, aperto a conoscere qualcuno. E alla sola idea, io provo ancora una profonda nausea».

Sì, posso capire il suo punto di vista. «Certo che devi aver proprio sposato una stronza colossale».

La sua risata è già un buon segno, perché è molto più sincera di quanto potessi aspettarmi. «È che sono da sempre affascinato da donne dalla forte personalità. Troppa testa. Troppo tutto». Le sue parole sono accompagnate da uno sguardo intenso e penetrante che per un istante mi fa mancare il respiro. Quando vuole, anche lui sa essere troppo intenso per i miei gusti.

«Sciocchezze. Basta imparare ad accontentarsi…».

«Ma accontentarsi non è terribilmente triste?», domanda solenne.

Sbatto più volte le ciglia prima di decidermi a rispondergli. «Sì, immagino di sì». Le parole mi costano fatica. E non mi piacciono.

Greyson deve intuire almeno in parte il mio mutato umore, perché si solleva da terra, spolverandosi i jeans. «Senti, cosa ne dici se ci incamminiamo? Ti porto in spalla il primo pezzo e poi vediamo come ti senti».

L'ultima cosa di cui ho bisogno in questo istante è di trovarmi avvinghiata a lui. Proprio l'ultima cosa al mondo.

«Posso anche provare a rialzarmi», gli rispondo cercando di sollevarmi in qualche modo. Ma prima che possa anche solo provare ad appoggiare il piede per terra, eccolo al mio fianco. Quando vuole sa essere velocissimo.

«Non sforzare ancora la caviglia. Lasciala stare ancora per una mezz'oretta e vedrai che sarai in grado di scendere con i tuoi piedi».

«A proposito di scendere, non facciamo prima a tornare indietro?», domando con molto senso pratico.

«E rinunciare alle cascate?». Così da vicino ha davvero un buon profumo e un gran bel sorriso.

Alzo le spalle. «Posso sempre tornare».

«Ma siamo a due passi...».

Chi sono io per dire di no a un uomo sexy che non solo propone, ma addirittura insiste per portarmi sulle spalle? E dal momento che ci siamo intesi sul fatto che siamo assolutamente inadatti l'uno per l'altra, questa potrebbe essere la mia unica occasione di provare un certo tipo di contatto ravvicinato. «Ok. Se proprio ne sei sicuro...».

Lui si gira dandomi le spalle. «Forza, aggrappati».

L'idea non era male, ma la pratica richiede uno sforzo psicologico che non sono certa di riuscire a sostenere. «Eh?».

«Forza. Appoggiati e passami le braccia davanti».

Prima che io abbia modo di trovare una nuova valida giustificazione per oppormi a questa follia, Greyson afferra da dietro le mie braccia, mi carica sulla schiena come se non pesassi niente e infine, dopo essersi assicurato della mia presa salda, mi afferra le gambe e se le fa passare all'altezza della vita.

Pensieri peccaminosi, venite da mamma...

«Visto?», domanda soddisfatto.

Non ho visto un bel niente, ma mi sento invece le narici invase dal suo profumo. Stingerlo in questo modo è piuttosto masochistico. Non sono nemmeno passati dieci minuti da quando mi ha confessato di essere un monogamo convinto, motivo che avrebbe dovuto rendermelo subito poco attraente. Ma con Greyson sto iniziando a sospettare che le solite regole non valgono molto. È richiesta da parte mia una dose extra di attenzione.

«Senti, non per insistere, ma non hai mai risposto alla mia domanda», gli ricordo mentre avanza con passo deciso lungo il sentiero.

«Quale domanda?». Dal tono della sua voce capisco che ha intuito.

«Da quanto tempo sei in astinenza», gli mormoro all'orecchio.

Lui inspira profondamente, emettendo un suono strano. «Non te lo dirò mai...», risponde ridendo.

«Perché ti vergogni», lo incalzo.

«Perché è una cosa privata. E per quanto tu possa anche non crederlo, io sono una persona piuttosto riservata. Specie con gli estranei».

«Oh, ma ormai io non lo sono più...».

«Certo, abbiamo una conoscenza così lunga alle spalle», ironizza.

«Non conta la quantità. Ma la qualità».

«Potrei dire la stessa cosa del sesso», afferma convinto.

«Ah, no. In quel caso conta sia la quantità che la qualità!». L'argomento mi sta talmente a cuore che inizio a scivolare, costringendo il povero Greyson a rinforzare la presa.

«Attenzione, donna. La tua ossessione ti farà cadere», dice tra una risata e l'altra. «Sai, credo un periodo di astinenza potrebbe farti bene. Heber Springs potrebbe farti bene, tutto sommato».

«Come? Ma due secondi fa non vedevi l'ora di liberarti di me!», mi stupisco.

«Non ho detto che tu farai bene a *me*. Ho detto che Heber Springs farà bene a *te*. C'è una grande differenza».

Interessante punto di vista, il suo. «E tu? Tu mi farai bene?», chiedo cercando di farla sembrare una domanda innocente.

Il corpo di Greyson pare scosso da una risata. «Devo capire com'è possibile che ogni frase che pronunci possa contenere un doppio senso… Cos'è? Un'arte sopraffina? Dote naturale?»

«Hmmm, direi piuttosto un lungo esercizio nel corso degli anni. Sai, è esistita un'epoca durante la quale persino io sono stata una ragazzina romantica».

«Quale? Quella dei dinosauri?».

Cerco di colpirlo sul petto, ma ben presto il contatto con i suoi muscoli fa passare in secondo piano ogni mio desiderio di vendetta. «Sono seria! Sognavo anch'io un principe azzurro», insisto.

«E poi cosa è successo?», domanda incredulo

«A forza di baciare rospi mi sono svegliata dal coma».

«Ma per svegliare le belle addormentate non servono dei principi?»

«Sono di una specie evoluta: mi sveglio anche con i rospi. Avessi dovuto aspettare il principe, sarei ancora lì addormentata nel sarcofago di vetro», affermo senza la minima ombra di dubbio.

Prima che Greyson possa ribattere alla mia ondata di sano cinismo, sbuchiamo in una specie di radura in fondo alla quale si intravedono le cascate. Il rumore dell'acqua lo conferma. Aveva ragione lui, eravamo davvero a due passi.

Quelle di Collins Creek non hanno niente a che vedere con le cascate stile Niagara, ma non per questo sono meno magiche. Anzi, così nascoste in mezzo alla foresta, paiono davvero lo scenario ideale per qualche film romantico. Cosa che io, in teoria, odio.

«Wow!», esclamo stupita. Non so cosa mi aspettassi di

preciso, ma non mi sarei mai immaginata un simile spettacolo della natura.

Greyson si ferma e io cerco di scendere dalla sua schiena. Non vorrei causargli problemi lombari: sarò anche magra, ma non così tanto da farmi trasportare come se niente fosse. Lui mi lascia fare, ma continua a sorreggermi cingendomi la vita. Staccarsi del tutto da lui sarebbe senza ombra di dubbio la cosa più saggia da fare. Davvero un peccato che io sia così incredibilmente attratta dalle decisioni sbagliate.

«È una vista che non stanca mai».

«Devi contare che per me questa è la prima volta. E giuro che non ci sono doppi sensi!», mi affretto a precisare.

Lo osservo sorridere, mentre continua a concentrarsi sui giochi d'acqua davanti a noi. Un tale peccato che sia del partito dei monogami...

«Allora, raggiungiamo gli altri per il pranzo?».

Ora che me lo fa notare, ho una fame non indifferente. «Cosa c'è in cima? Ristorante carino?».

Mi fissa come se fossi matta. Intendo, più matta del solito. «Ristorante? Ma dove pensi di essere? Central Park?», domanda ironico.

Per l'esattezza, no, non lo credo. Non ho incrociato nessun corridore. E a Manhattan la gente corre a qualsiasi ora del giorno e della notte. E quando dico qualsiasi, intendo davvero qualsiasi. L'ho sperimentato direttamente per un articolo che ho scritto qualche anno fa. Quasi non riuscivo a crederci, ma c'erano dei gruppi di allenamento per la maratona cittadina persino alle tre di notte. Tutti alle prese con l'insonnia. Ho come il sospetto che, caso mai mi venisse in mente di fare qualcosa di simile da queste parti, nel cuore della notte non troverei nessuno.

«So bene che qui è tutto diverso. Inutile che ti prenda gioco di me», gli dico seccata.

«No, non è affatto inutile. Prendermi gioco di te si sta rivelando sorprendentemente divertente. Persino più di quello che avevo previsto all'inizio». Si gira verso di me, come in attesa di una mia reazione. Nel caso non l'avessi ripetuto a sufficienza – ma una volta in più non fa mai male – quegli occhi sono davvero notevoli.

«Vorrei divertirmi a mia volta». Le vogliamo condividere o no queste attività ludiche?

Mi fissa serio. «Per iniziare, sarò costretto a dividere il mio pranzo con te…».

«In che senso?», chiedo senza capire molto.

«Nel senso che il belvedere non ha alcun ristorante. Niente di niente. Non hai notato che avevamo tutti uno zaino?».

Ora che me lo fa notare, sì… «E il tuo dov'è finito?», mi mostro interessata, dal momento che ne è sprovvisto. La mia non è bontà d'animo, a questo punto sono preoccupata per il mio stomaco.

«Affidato a Jim prima che gli altri proseguissero. Sospettavo che avrei dovuto trovare un'occupazione più degna alla mia schiena».

«Avrei anche potuto camminare», mi difendo.

Mi guarda dubbioso. Sì, potrebbe avere ragione a nutrire qualche sospetto.

«O anche strisciare…», aggiungo dopo qualche secondo di riflessione.

A questo punto scoppia a ridere come matto e dopo essersi ripreso mi indica di risalire sulle sue spalle. «Forza, donna, raggiungiamo gli altri! Non vorrei che si facessero idee sbagliate e che pensassero che ti ho rapita».

Temo sia troppo tardi, ma evito di dirglielo. Amanda si è già fatta tutte le idee sbagliate del mondo. Spero solo che non le condivida con gli altri.

Sono seduta sulla coperta di pile di Amanda e in mano ho quello che è la metà di un hamburger davvero gigante.

È quello di Greyson, nel caso qualcuno avesse dei dubbi in merito.

«Non solo ti ha portato sino a qui sulle spalle, ma divide persino il suo cibo con te?», mi domanda lei ridacchiando. Non capisco cosa lo chieda a fare. Voglio dire, mi ha visto arrivare avvinghiata a Greyson peggio di una cozza sullo scoglio e ha continuato a guardarmi mentre lui recuperava il suo zaino e divideva il suo pranzo. Avrei dovuto rifiutare, ma avevo una fame imbarazzante. L'amor proprio ha dei limiti. Purtroppo.

«Se tu avessi diviso il tuo cibo con me, niente di tutto questo sarebbe mai successo», borbotto arrabbiata. Ho come il sospetto che questo maledetto panino abbia dato un'idea sbagliata della situazione a parecchie persone. Ho tutti gli occhi puntati addosso.

«Carotina?», mi domanda e mi porge il sacchetto.

«Ma hai solo verdure?»

«Sì. Sono nella mia settimana detox. Motivo per cui non mi sono offerta di dividere il cibo con te. Chi mai vorrebbe mangiare verdure crude se non ha una ragione più che valida per farlo? Per esempio, il masochismo… Dovresti ringraziarmi. E poi, quando un bell'uomo si offre di dividere il suo *panino* con te, tu accetti e basta», mi istruisce ridendo.

«Si è offerto di condividere il panino, mica altro», le faccio notare intuendo il significato nascosto – nemmeno troppo – delle sue parole.

«Si inizia dal panino e si va a finire… chissà dove…», afferma allusiva.

Rimaniamo entrambe zitte per qualche secondo, intente a osservare Greyson che sta mangiando e ridendo in compagnia di Jim, una decina di metri da noi.

«Figo è figo», commento sincera. «Ma non fa per me. Troppo complicato». Purtroppo lo penso davvero.

«Com'è che dicono? Nessuna cosa per cui vale la pena lottare è semplice».

«Questa te la sei inventata adesso!», la riprendo divertita.

«Sì, potrebbe essere… Ma lo penso davvero».

Noto che il suo sguardo si sposta veloce da Greyson al suo amico Jim. Forse non sono l'unica che ha qualcosa da nascondere.

«Che cosa c'è tra te e Jim?», la prendo di sorpresa. Non abbiamo fatto altro che discutere di me e della mia vita e l'argomento non merita poi chissà quale approfondimento. Trovo che possa essere molto più proficuo concentrarsi su di lei.

Amanda spalanca gli occhi per lo stupore. «Non capisco come possa esserti venuta in mente una cosa simile! Non c'è niente tra di noi, siamo amici di vecchia data!». Lei prova a negare, ma l'enfasi è un tantino eccessiva.

«Sì, certo, come no. Amanda, ho preso una storta alla caviglia, non al cervello», mi sento in dovere di farle notare.

«Sei incredibilmente perspicace», commenta stupita, scegliendo di non negare oltre. Adoro le donne che sanno prendersi la responsabilità delle proprie cotte.

«Sì», le rispondo compiaciuta. Io e la modestia non siamo mai andate granché d'accordo.

«Motivo per cui non capisco come tu possa continuare a negare di te e Greyson…». Colpita e affondata.

«Possiamo non parlare di Greyson per un secondo?», domando sofferente.

«Ma certo. Se possiamo non parlare di Jim». La fanciulla sa il fatto suo.

«Cosa fai, quando non ti occupi di servire birre?», le chiedo curiosa. Senza offesa per tutti i baristi di questo mondo, ma Amanda e il suo senso dell'umorismo mi sembrano sprecati dietro al bancone del bar.

«I miei hanno un grosso terreno con varie coltivazioni. E

io lavoro per loro. Ho un dottorato in agraria», mi dice alla fine, come se fosse una cosa qualsiasi.

«Tu hai cosa?». La mia mascella si apre in modo poco elegante per lo stupore.

«Anche mia madre la trova una professione poco femminile», mi confessa chiudendosi subito in se stessa.

«Cosa? No! Non intendevo questo. Io adoro le donne che si interessano di professioni anomale! E poi la tua non lo è affatto, se consideri che i tuoi avevano bisogno di una figura professionale simile. È stata una scelta quasi ovvia».

«Grazie», mi dice rilassandosi. «Sei l'unica persona a Heber Springs a pensarlo, ma ti ringrazio comunque».

«È perché non sono di Heber Springs», mi duole ricordarle. «E stai tranquilla, anche mia zia sarebbe d'accordo con me». Da che ho memoria la zia Jill è sempre stata piuttosto determinata nel definire le donne superiori agli uomini. Il fatto che non si sia mai sposata non è stata una grande sorpresa per nessuno.

Amanda scoppia a ridere. «Senza offesa, ma tua zia non è esattamente una vecchietta come le altre!».

«Se sapesse che l'hai chiamata vecchietta, credo ti ucciderebbe», mi trovo a confessarle. E sono serissima.

«Oh, lo so bene. Motivo per cui tu non glielo dirai!».

«Parola di scout che non sono mai stata», giuro solennemente.

«Certo che non lo sei stata. Ti sei storta una caviglia durante una banale passeggiata», ridacchia. Non c'era bisogno di specificarlo…

«Questa vostra natura è pericolosa. Io sono abituata a schivare tombini e fare lo slalom tra le persone, non certo a individuare buche nel terreno», mi difendo. Ma è dura: sono piombata in quella buca come una pera cotta.

«Come hai fatto a non vederla? Era grossa!», insiste.

A un'amica si può dire la verità senza essere giudicate, vero? «Amanda… io…».

«Non vorrai mica dirmi che eri ancora con gli occhi incollati su…».

La blocco prima che possa continuare oltre. «Sì, stavo guardando il suo culo», confesso a bassa voce. «E lo stavi facendo anche tu».

«Ma per mezzo secondo! E comunque non ho mai smesso di fissare il terreno».

«Grazie, ma non devi insistere. Mi sento una perfetta idiota anche da sola».

«Tu devi trovarti un hobby», mi suggerisce divertita. «Intendo, a parte Greyson…».

Che colpo basso…

Decido di ignorare la sua battuta ironica. In ogni caso ha ragione da vendere: sì, ho bisogno di sfogare in qualche modo tutta questa inutile tensione sessuale. «Senti, a proposito di quella vostra follia del nuotare nel lago ghiacciato…».

«Che esagerata!», ride mentre sgranocchia un pezzo di sedano. Non fa nemmeno il tentativo di offrirmelo perché la mia espressione d'orrore deve svelare a sufficienza. «Vuoi venire a nuotare anche tu?»

«Ma avete almeno un bagnino?», chiedo dubbiosa. In teoria, molto in teoria, anche la passeggiata avrebbe dovuto essere un'esperienza tranquilla. E per quanto sia stata molto divertente, la mia caviglia dolorante ha reso il tutto più complicato.

C'è un nemmeno troppo velato umorismo nei suoi occhi chiari. «Bagnino? Direi proprio di no… Be', mettiamola in questo modo: almeno niente buche».

Come non darle ragione.

La discesa dalla collina è un'esperienza che non avrei mai voluto fare e insieme che non avrei mai voluto finisse. E contando che in genere non sono una donna indecisa, la cosa è se non altro strana.

La buona notizia è che la mia caviglia sta migliorando, ma con una tale lentezza che si è reso necessario trasportarmi come un sacco di patate anche al ritorno. E non riesco a credere che Greyson abbia trovato la forza per riportarmi fino al parcheggio. Sotto quelle sue magliette orrende, deve nascondere dei muscoli d'acciaio. O una volontà di ferro, perché al suo posto io avrei mollato molto prima. O almeno avrei accettato la proposta dei suoi amici di dargli il cambio. Si sono offerti tutti, nessuno escluso, e più di una volta.

«Avresti dovuto passare la mia carcassa a qualcun altro. Ti verrà un mal di schiena folle». Mi sto sentendo terribilmente in colpa perché sono quasi certa che non si possa uscire del tutto indenni dal trasportare per un periodo prolungato il corpo di una donna che è stata abbastanza stupida da cascare in una buca.

«E farlo venire anche ai miei amici? Che razza di sindaco sarei se rifilassi i compiti ingrati agli altri?», domanda ridendo. Il suo punto di vista è sorprendentemente corretto.

«Prima di essere sindaco in questo posto dimenticato da Dio, che facevi a Boston?». La curiosità mi sta letteralmente mangiando viva. È da un po' che stavo meditando come domandarglielo. E sono molto felice che mi abbia servito l'occasione su un piatto d'oro.

«Vedo che ti sei fatta svelare la città. Brava giornalista. In quanto alla mia precedente professione, vorresti saperlo...», mi canzona.

«Hmm, sì. Altrimenti non avrei nemmeno fatto la fatica di chiedertelo, non ti pare?»

«Sei una donna che non sa aspettare. Poca pazienza», mi riferisce la sua diagnosi.

«Indubbiamente. La pazienza non è mai stato un tratto distintivo del mio carattere». Ho tanti altri difetti, se proprio vuole saperlo. La poca pazienza è solo la ciliegina sulla torta.

«Ma potresti sempre migliorare…», insiste tra una risata e l'altra.

Se non la smette di ghignare non mi rimarrà altro che dargli un pugno. Nonostante mi stia trasportando da ore. «Non credi che trentadue anni di onorata vita senza pazienza siano molto difficili da cambiare?»

«Non sei nemmeno a metà del percorso, puoi *sempre* cambiare», mi risponde con tono incredibilmente serio.

«Disse l'uomo che da anni si crogiola nell'autocompatimento», lo pizzico.

«Sbagliato. Non mi compatisco affatto. Sono solo attento».

«Ah ah, e io che pensavo di avere problemi relazionali…».

Greyson si ferma in prossimità della sua macchina e, ancora una volta, lascia che il mio corpo scivoli dolcemente lungo il suo, fino a che il mio piede sano non tocca terra. Sarebbe cosa buona e giusta che io evitassi di slogarmi seriamente – o, come sostiene l'uomo che sa tutto, distorcermi in modo lieve – altre parti del corpo, in modo da evitare la tortura di dovergli stare appiccicata senza poter fare nulla. È come mostrare un enorme bicchiere di tè ghiacciato a un poveretto perso in un deserto da giorni e poi impedirgli di bere. La resistenza umana ha pur sempre dei limiti.

Decido di mettere della sana distanza tra i nostri corpi e mi incammino saltellando in direzione della mia macchina. Se ce la possono fare i fenicotteri su un piede solo, non vedo perché dovrebbe essere impossibile per me.

«Dove pensi di andare?», mi domanda.

A me pare piuttosto ovvio che stia fuggendo. Non so cosa possa sembrare a lui. «Verso la mia macchina», provo con la risposta diplomatica.

«Non vorrai mica guidare con quel piede…». Il tono autorevole è sufficiente a farmi smettere di saltellare. Hmm, ora che mi ci fa pensare...

«Ti ho fatto scendere accanto alla mia macchina perché tu ci salissi». Si incammina verso di me. «Dammi le chiavi della tua».

«Eh?»

«Ti riporterò la macchina in un secondo momento».

Dio, ti prego, fallo smettere! Giuro che sarò buona! Ma ti scongiuro, fa' in modo che la finisca con i gesti carini. Non credo di poter reggere oltre.

Non sapendo bene cos'altro fare, frugo nella mia tasca e gli consegno le chiavi della macchina. Greyson le afferra con la sinistra e mi offre la destra come sostegno. Rimango impietrita a osservare quel palmo, aperto verso di me, tentata. In casi come questi sono molto grata alla mia razionalità di riuscire a primeggiare su stati d'animo molto più subdoli nei momenti di stress. Dopo un lungo respiro, ignorando la mano, ritorno a saltellare nella stessa direzione da cui sono arrivata.

L'espressione di Greyson diventa indecifrabile mentre mi supera in velocità – e non ci voleva molto – e mi apre la portiera della macchina. Le sue spalle sono rigide e la sua mascella tesa. Mi pare stia lottando contro la naturale tendenza di offrire il suo aiuto alla gente. Gli è chiaro che farò fatica a salire sul pick-up, ma non ha nemmeno frainteso la mia decisione di prima.

Mi avvicino e cerco di spingermi con la forza delle braccia. Quella che non ho, giusto per intenderci. Rifaccio un secondo tentativo e poi sbuffo seccata. A quel punto Greyson decide che ne ha avuto abbastanza: mi afferra per la vita, a dire la verità senza molte cerimonie, e mi issa sul posto del passeggero.

«Grazie», mormoro imbarazzata, dopo che è entrato in macchina.

Si gira a fissarmi, questa volta nessun sorriso sul suo viso. Non è accigliato, ma è solo intento a riflettere non si sa bene su che cosa. «Di niente».

Quando mette in moto, ho davvero l'impressione che sia una dura lotta a chi stia sperando più ardentemente che questa giornata nefasta abbia presto fine.

Capitolo 7

Il giorno dopo decido di non tentare la sorte e mi costringo a rimanere a riposo, inchiodata alla sedia che zia Jill si è gentilmente offerta di spostare sul porticato di casa. Ho una grossa fasciatura sulla caviglia, a ricordo della mia disavventura. La zia sta lavorando in giardino da ore, china e indaffarata tra un cespuglio di fiori e un altro. Io, invece, ho il portatile appoggiato sulle ginocchia e sto studiando alcune mappe della zona. Quando il cellulare prende a squillare, sono quasi felice di potermi distrarre. La mia gioia aumenta a dismisura quando mi rendo conto che a chiamarmi è Amalia.

«Oh, allora ti ricordi ancora che esisto!», fingo di sgridarla. «Temevo che l'eccesso di orgasmi avesse bruciato i tuoi neuroni». Non riesco a frenarmi dal prenderla in giro.

Nonostante non sia capace di vederla, so bene che la sua espressione si è fatta imbarazzata. Amalia è una donna estremamente prevedibile: anche se al momento ha una vita sessuale molto più intensa di quando io non abbia avuto nell'ultimo decennio, rimane sempre una pudica. Lei certe cose le fa, ma difficilmente le racconta. Io le racconto ma non le faccio. Tra le due, la sua è di gran lunga la posizione migliore.

«Che scema che sei. Mi ricorderei di te anche se battessi la testa, entrassi in coma e mi dimenticassi il mio nome…», mi rassicura.

«Ah, mi stai dicendo che sono memorabile», rido divertita.

«Ti sto dicendo che mi sei mancata terribilmente», torna seria. Questa sua storia con Ryan l'ha resa zuccherosa come mai nella sua vita. Ma in verità ho sempre sospettato che il suo cuore fosse molto meno di pietra di quanto le piacesse mostrare in pubblico. Se glielo confessassi si inalbererebbe subito. Motivo per cui non lo faccio, ma mi concedo il lusso di constatarlo. Non c'è niente di più divertente nel vedere una donna che, da dura e ostinata, si riduce a un brodo di giuggiole per un uomo. Specie perché non è mia intenzione chiedere la tessera del loro club. Né ora né mai.

«La cosa è del tutto reciproca», sospiro.

«Quando rientri a New York?», si interessa con voce piena di speranza.

Mi toccherà deluderla proprio come ho deluso me stessa. «Non a breve. Il mio capo mi ha fatto notare che sono appena arrivata e che non posso già lamentarmi».

«Sei lì da più di una settimana», constata Amalia.

«Appunto! Ma i piani di Roger prevedono mesi e mesi di sofferenza. Ho un capo sadico».

«A proposito, belli i tuoi articoli!», esclama entusiasta. «Mi dicono che nel settore non fanno che parlare di te. La rubrica della donna metropolitana e delle sue vicissitudini in campagna sta riscuotendo un enorme successo».

Sì, mi era giunta una simile voce... E mi fa piacere, davvero, ma sarei quasi tentata di barattare questo picco di popolarità con la mia vecchia vita cittadina.

«Sono episodi inventati oppure c'è del vero?», mi chiede.

«La caduta è verissima», borbotto cupa, massaggiandomi la gamba e alludendo all'articolo scritto ieri sera e apparso oggi.

«E il sindaco? Esiste?», chiede quasi speranzosa.

Se c'è qualcosa di veramente insopportabile nelle persone

felicemente innamorate, è la voglia di farsi portatori a tutti i costi del sacro verbo dell'amore. Così come l'arancio non fa per tutti – e no, non è il nuovo nero, checché ne dicano – così il grande amore non è un qualcosa che mi sentirei di prescrivere in massa alla popolazione. Per esempio, io credo da sempre di essere destinata a rimanere a una sana distanza dall'eccesso di palpitazioni. La cosa non mi rattrista e nemmeno mi impensierisce. È così e basta. Ma Amalia è nel pieno della demenza da innamoramento, è in quella pericolosa fase durante la quale la gente si illude di poter compiere miracoli quali camminare sull'acqua o sciocchezze simili. E non è nemmeno colpa loro: la scienza ha spiegato da tempo che una certa fase dell'innamoramento agisce sul nostro cervello al pari dei più potenti oppiacei. L'amore attiva particolari aree delle cellule grigie e ne disattiva altre, proprio come avviene sotto assunzione di sostanze stupefacenti. Le aree incaricate del giudizio rimangono come al buio, motivo per cui diventiamo incapaci di giudicare in modo oggettivo i difetti di chi amiamo. Addio lucidità, benvenuto eccesso di vasopressina, ossitocina e dopamina. Mi sono documentata a lungo sul tema e in chiave scherzosa ho scritto diversi articoli, ma la realtà è che la disperata brama di possedere la persona amata è, né più né meno, pari alla voglia che ha un drogato di trovare una dose. Ho come il sospetto che Amalia si mostrerebbe gravemente offesa, se cercassi di spiegarle che c'è un motivo scientifico per cui non è in grado di ragionare con lucidità da qualche mese a questa parte. O, almeno, di pronunciare il nome di Ryan senza quella specie di sospiro perenne nella voce.

«Il sindaco esiste, ma la storia nei miei articoli è molto romanzata. Fiction... Sai com'è, esigenze giornalistiche», provo a uccidere sul nascere le sue speranze. Sono una killer di ideali romantici.

«Oh, quindi non è un figo con un fondoschiena incredibile?», mi punzecchia con il tono di chi pensa di saperla lunga.

Mi sollevo dallo schienale piuttosto agitata. «Ho davvero scritto qualcosa di simile nei miei pezzi?», chiedo allarmata. Ero un po' su di giri ieri sera, di certo per l'eccesso di ossigeno condiviso con Greyson. Potrei essermi fatta sfuggire grandi sciocchezze.

Amalia scoppia a ridere. «Ma no, sta' tranquilla! È che io so leggere tra le righe…».

Sì, in effetti per quello ha un dottorato di ricerca. E le è servito non poco con il suo ragazzo. «Ah, ok. Sì, ha un bel culo», ammetto dopo aver tirato un sospiro di sollievo. La speranza è che sminuendo la cosa, convinca poi anche lei.

«Quando dici queste frasi, mi chiedo perché tu non abbia fatto la poetessa», continua a ridere.

«Senti un po', volevi che fossi sincera o no? Be', lo sono stata! Ha un bel corpo. Ma, nel caso la mente avesse smesso di funzionarti del tutto, lascia che ti ricordi che fuori è pieno di uomini attraenti. L'aspetto fisico è l'ultimo dei loro problemi. Sono i difetti caratteriali, quelli con cui ho qualche conto in sospeso».

«Quando ti innamorerai, adorerai anche i difetti», sospira sognante. Più che una rassicurazione, a me pare un malocchio. Sono costretta ad ammettere di essermi giocata del tutto una donna che prima era nota per la lucidità e la mente fredda.

«Tu sei fuori di testa», commento allarmata. «Com'è possibile che sia ancora più innamorata dell'ultima volta che ti ho visto? Allora eri già all'estremo della scala che io definisco "degli orrori"!».

Amalia si prende un attimo di pausa e poi sgancia la notizia bomba. «Sai, credo che proveremo ad avere un bambino».

Lentamente il mio portatile inizia la sua caduta verso terra, senza che niente o nessuno possa fermarlo. Perché sono sotto shock!

«Ehhhh?», urlo incredula, nemmeno interessata al danno che potrebbe aver subìto il mio computer.

Mia zia, forse spaventata dal mio tono o forse per il tonfo del mio PC, si solleva per controllare che io sia ancora tutta intera. Dopo la caduta precipitosa di ieri non mi sento di darle torto.

«Sei a posto?», mi chiede con espressione preoccupata.

Io sollevo il pollice nella speranza di rassicurarla, ma dentro mi sento morire.

«Tu non puoi uscirtene con una frase simile!», la rimprovero. «Posso rimanerci stecchita!».

La sento ridere. «Non ho detto che sono incinta, ma solo che ci stiamo pensando...», cerca di sminuire la portata devastante della notizia. Inutilmente.

«Scusami, la gente che fa sesso con la frequenza con cui lo fate voi due, è destinata ad avere molto presto un figlio, se improvvisamente smette di prendere le dovute precauzioni. Questo lo sai, vero? Un bambino, Amalia. Hai presente? Uno di quei cosi urlanti che ti incutevano tanta paura?». Non voglio passare per la strega Grimilde, ma la mia amica avrebbe potuto vincere il premio come donna meno incline ad avere figli di tutta la Costa Est degli Stati Uniti.

«Capisco il tuo stupore...», tenta di tranquillizzarmi.

«No, non capisci. Non *puoi* capire. È come se io ti chiamassi per dirti che ho conosciuto l'uomo della mia vita, quello con cui passerò il resto dei miei giorni e che mi vedrà invecchiare», tento di farle capire con un esempio che mi pare calzante.

«Be', non voglio arrivare ad affermare tanto perché è davvero molto presto, ma questo tizio di cui parli nei tuoi articoli non mi pare che ti lasci indifferente», ritorna alla carica.

«Ma cosa ho scritto di così rivelatore su Greyson?», domando a un tratto. A me pareva di essere stata ironica e leggera.

«Ti leggo il pezzo migliore: "Vorrei dare un consiglio spassionato alle donne metropolitane che pensano che passeggiare per i boschi sia come uscire per una corsetta a Central Park: ragazze, dotatevi di scarponcini adatti ai terreni scivolosi e non distraetevi a osservare fascinosi uomini dai muscoli scolpiti…"».

«Appunto, vorrei capire come hai fatto a intuire da questa frase dell'articolo che gli stavo guardando il sedere», insisto battagliera.

Amalia scoppia a ridere. «Ma perché tu sei un tipo da sedere!».

Oddio, lo sono davvero? «Sono così superficiale?», mi fingo preoccupata.

«Sì», mi risponde senza esitazione. «E ora non mi interrompere. Sto arrivando al punto migliore: "L'unico vantaggio della vita in una piccola cittadina rurale è che qui i muscoli degli uomini possono anche essere usati a proprio vantaggio. Se vi dovesse capitare di cadere malauguratamente in una buca e distorcervi la caviglia, sappiate che l'homo domesticus di queste zone sarebbe in grado di portarvi in braccio fino al belvedere e ritorno, senza versare nemmeno una goccia di sudore. E, non so voi, ma per me la cosa rappresenta un plus ineguagliabile"».

«Non mi ha proprio portato in braccio…», tento di difendermi in qualche modo. Forse, dopotutto, avrei potuto scrivere meno sciocchezze. Roger avrebbe dovuto cassarmi l'articolo invece che fare tanto l'entusiasta. «Mi ha caricato sulla schiena».

«Ah, quindi gli sei stata avvinghiata per bene?».

Quando ci si mette, Amalia sa essere veramente fastidiosa. «Qualsiasi cosa io dica, sono certa che tu finirai per interpretarla a tuo modo. Ecco perché non dirò più niente. Non voglio peggiorare ulteriormente la mia già precaria posizione».

«Fifona... Articoli a parte, a me interessa se hai un piano per portartelo a letto», aggiunge senza peli sulla lingua.

«Non me lo porterò a letto», le comunico con voce un po' cupa.

La notizia pare colpirla non poco. «Perché no, se è carino? La tua filosofia di vita non era questa?».

Appunto, *era*. «Questo tizio è pericoloso. Meglio stargli alla larga».

«Nel senso che è un killer della mafia e potrebbe farti a pezzi?», scherza Amalia.

«Scema... Nel senso che non è uno di quelli con cui puoi giocare come se niente fosse. Greyson non gioca. Punto e basta».

«Oh, è uno che farebbe sul serio...». Ora il tono di Amalia è quasi riverente. È in pieno stato di estasi da "troviamo un uomo alla mia migliore amica".

«Troppo. E io non ho bisogno di un fidanzato. Solo di qualcuno che mi faccia passare qualche ora piacevole».

«Be', cosa ne sai. Magari da cosa nasce cosa...».

Detesto questi discorsi. E la mia amica lo sa. «Pianeta terra chiama Amalia».

Ma oggi deve essersi svegliata particolarmente tenace. «Non buttare tutto sullo scherzo. Sono seria, dovresti dare una possibilità a questa attrazione che senti per il tuo amico sindaco».

«Ho un QI troppo elevato per fare sciocchezze simili. E poi Greyson è ancora meno propenso di me ad avvicinarsi. Mai visto un uomo capace di tanto autocontrollo», le confesso. Dovrei farmi dare lezioni da lui, deve fare uso di qualche tecnica super segreta di meditazione o roba simile, altrimenti non si spiega questo suo infinito periodo di astinenza.

Dall'altro lato del telefono sento Ryan che chiama la sua

bella. Il tono è una carezza. Uh, odio la gente che lo fa. «Kayla, devo scappare. Ma ci sentiamo presto!», mi saluta Amalia.

«Quando scoprirai di essere incinta, ti prego di annunciarmi la cosa con un messaggio per darmi il tempo di abituarmi all'idea. Il mio PC pare essere sopravvissuto a questo colpo, ma non ne reggerebbe un altro», le dico abbassandomi per afferrarlo. È ancora funzionante, grazie al cielo.

«Ho detto che ci stiamo ancora pensando...», prova a sminuire la cosa.

Certo, come no. «Am, ho detto un messaggio... Bacio».

Due giorni dopo sono di nuovo in forma, ancora più nervosa del solito, visto che sono stata costretta a rimanere a riposo, e con ancora meno pazienza in fatto di liste richieste. Quando mi presento in Comune, all'impiegato di turno quasi escono gli occhi fuori dalle orbite. Sì, ammetto di aver un po' calcato la mano con il mio abbigliamento: pantaloni neri strettissimi, giacchetta di pelle rossa e scarpe a spillo dello stesso colore. Voglio testare se il sindaco è almeno parzialmente corruttibile o se davvero si ostina a rimanere chiuso nella sua torre d'avorio. Nessun uomo eterosessuale può resistere a scarpe simili. O, per meglio dire, a donne con ai piedi scarpe simili. Se gli uomini iniziassero a condividere il nostro amore fetish per le scarpe, la cosa diventerebbe preoccupante.

«Buongiorno», canticchio allegra. «Sono qui per registrarmi come volontaria».

Il poveretto apre la bocca, incapace di proferire suono udibile dagli esseri umani – sui pipistrelli non posso giurare – e si mette a fissare un punto piuttosto preciso della mia persona. Ovvero la mia generosa scollatura che si intravede dalla giacca di pelle. Come volevasi dimostrare, questo look è a prova di bomba. Se gli uomini non si fanno problemi a mangiarmi con gli occhi, io di certo non mi faccio scrupoli a usare tutto ciò a mio vantaggio.

«Hmmm, dicevo...», cerco di richiamare la sua attenzione. «Sono qui perché l'altra volta Greyson mi ha parlato di un ruolo da volontaria...». Ieri sera, mentre scrivevo il mio articolo da mandare a Roger e bevevo insieme a zia Jill una generosa dose di un fantastico vino bianco, ho avuto questa specie di illuminazione: fare la volontaria in Comune! Il posto perfetto per una che mira a mettere le mani sui fascicoli riservati. E se non fossi stata tanto con la testa fra le nuvole a causa della presenza fastidiosa di Greyson, ci avrei pensato molto prima. Be', poco male, sono sempre in tempo per la mia grande mossa.

L'impiegato scuote la testa per ridestarsi dal coma e cerca in tutti i modi di alzare gli occhi fino a raggiungere il mio viso. Apprezzo se non altro lo sforzo.

«Volontaria?», chiede con tono allarmato. Uno potrebbe confondersi e pensare che io abbia detto di volerli rapinare e non di essere qui per offrire il mio aiuto. Gratuitamente. Ora, non dico lancio di confetti e lacrime di gratitudine, ma un sorriso potrebbe starci bene.

«Sì, volontaria», ripeto stizzita. «Il vostro capo mi ha detto che ne accettate da queste parti. Perché avete problemi con il budget. Vorrei un modulo, se possibile».

L'uomo continua a fissarmi come un ebete per un periodo piuttosto lungo e proprio quando sono sul punto di scavalcare il bancone e fare da me, eccolo che si riattiva e si mette a cercare il foglio da compilare. Senza alcun successo.

«Grace, hai visto per caso il modulo per registrarsi come volontari al Comune?», chiede alla donna cerbero, che sta prendendo un caffè alla macchinetta non distante da noi.

Il donnone, questa volta con una specie di vestito color cioccolato e scarpe sempre fuori moda, benché almeno in tinta, si volta e torna quasi a ringhiare, quando si accorge che appoggiata al bancone ci sono io. Sì, sempre quella che le stava antipatica la prima volta. Il suo sguardo si sposta velocemente sulle mie scarpe e lì rimane, quasi ipnotizzato. Forse, dopotutto, anche Grace ha un punto debole.

«Signorina Davis», mi saluta formale. «Ancora qui?».

Le sorrido angelica. «Ho così tanto tempo libero! Il mio cuore generoso mi impone di fare qualcosa di buono per la comunità. Non ho saputo resistere all'idea di lavorare *gratuitamente* per il Comune. Davvero», fingo mettendomi la mano sul cuore.

Gli occhi di miss cerbero si riducono a due fessure piccole e cattive. Sta per aggiungere qualcosa, ma il suo collega la batte sul tempo. «Ecco il modulo!», esclama trionfale. Ha solo dovuto ribaltare il contenuto di tutta la scrivania, ma in fondo era per una buona causa.

Io lo afferro con slancio atletico. Non sia mai che ci ripensino. Gli rubo una penna e inizio a compilare serenamente il foglio. Alle mie spalle sento il rumore di una porta chiudersi con un tonfo: di certo l'assistente modello è andata a riferire l'accaduto al grande capo. Mi sforzo di finire in fretta e poi riconsegno il foglio al dipendente.

«Firmi qui per ricevuta», gli intimo senza attendere un secondo più del necessario. Lui esegue in tutta fretta, probabilmente terrorizzato dal mio tono, facendo anche l'errore di apporre il timbro comunale. Pare che ce l'abbia fatta!

Esattamente mezzo secondo dopo la porta si riapre di nuovo e questa volta – proprio come da previsione – c'è Greyson. Se solo mi facesse il piacere di apparire un po' meno attraente…

«Kayla», mi saluta come se fosse quasi meravigliato di vedermi da queste parti. Come se Grace non fosse corsa a chiedere aiuto…

I suoi occhi impiegano solo qualche attimo per rendersi conto del mio abbigliamento. Quando si ferma alle scarpe, gli scappa persino una risata. «Le tue scarpe sono… come dire… *interessanti*», commenta in modo diplomatico. Uomo saggio. Pochi sono sopravvissuti a una critica alle mie scarpe.

«Vero? Le ho scelte apposta per te», lo provoco. Dietro di me il dipendente cerca di trattenere una specie di tosse improvvisa.

«Ti accomodi un attimo nel mio ufficio?», mi domanda Greyson, ignorando per il momento il mio tono allusivo. Ma lo capisco: anch'io preferirei non avere tutto questo pubblico.

«Certo. Aspetta solo che recuperi una cosa». E così dicendo mi riprendo il modulo e strappo via la parte timbrata, quella che prova senza ombra di dubbio che il Comune mi ha accettato. Col cavolo che il sindaco riuscirà a liberarsi della sottoscritta.

Facendo svolazzare il foglietto tra le mie dita, oltrepasso la porta e attendo che lui mi segua e mi faccia strada nel suo regno fatato. Mi fa segno di accomodarmi sulla poltrona e io eseguo subito, dal momento che ho la caviglia ancora un po' dolorante. Il tacco a spillo non aiuta. E meno male che aveva ragione lui sulla gravità della caduta, altrimenti sarei stata immobile per dieci giorni almeno.

«Grace mi dice che vorresti registrarti come volontaria», tenta l'approccio soft, dopo essersi seduto di fronte a me.

«Grace sbaglia», rispondo innocente. Il suo volto si distende in modo quasi automatico. È proprio un peccato che debba turbare così presto la sua pace ritrovata. «Mi sono *già* registrata. Mi avete accettato», lo informo. E non riesco a trattenere un gran sorriso. La mia è stata una vera mossa da maestro.

«Cosa?», domanda con espressione buffa.

Gli sventolo davanti al naso copia della certificazione che

mi è stata rilasciata. Tenta di afferrarla ma io sono più veloce nel farla scomparire. «Eh no, se permetti questa la terrei io».

«Andrew non può averti registrato...», borbotta cupo.

«Oh sì che lo ha fatto», lo rassicuro, imitando il suo tono.

Mi aspetto un gesto di stizza. Un segno più tangibile del suo nervosismo, ma è evidente che Greyson è un giocatore di poker, oltre che di biliardo: la sua espressione è indecifrabile. Sta ragionando. Spero non stia decidendo se buttarmi dalla finestra o giù dalle scale.

«Qual è esattamente il tuo piano?», mi domanda dopo qualche attimo di esitazione.

Come, deve anche domandarmelo? «L'esasperazione del sindaco?», ipotizzo.

«Sì, fino a quel punto ci arrivo anch'io. Ma poi? Non penserai mica di ficcare il naso in delibere che non ti riguardano...».

In effetti stavo mirando proprio a quello. «Chi, io? Ma figurati...».

Dal suo volto è evidente che non se la sta bevendo. «Sì, tu. Guarda che accettando di fare la volontaria ti riduci di fatto a essere al mio servizio. Potrei chiederti qualsiasi cosa e tu saresti costretta a ubbidire».

Credo che nelle sue intenzioni la frase volesse essere una specie di minaccia. Sarebbe brutto confessargli che a me è parsa quasi una promessa? Uomini così sexy non dovrebbero pronunciare parole simili di fronte a povere donne in crisi di astinenza.

«Farò tutto quello che vuoi», prometto solenne. Nemmeno la mia voce scherza, a quanto pare.

Sulle guance di Greyson compare un accenno di rossore. La scoperta mi fa sorridere. Ecco una reazione che non ti aspetteresti da un tipo come lui.

È ufficiale: stiamo entrambi pensando a cose che poco si adattano all'ufficio.

«Il mio primo incarico?», domando con un sorriso.

Il rossore si accentua come per magia. Sta pensando a cose molto, molto cattive.

«Hmm, forse è meglio se vieni con me. Devo fare visita al padre di Jim», mi informa cercando di tornare formale.

Non è proprio quello che mi aspettavo di sentire, ma nella vita tutto sta nel sapersi accontentare.

«Attenzione al fango», mi avvisa Greyson circa due secondi dopo essere scesa dal suo pick-up. Essendo io una tosta, è ovvio che ho centrato la pozzanghera al primo colpo. Sì, sì, sono disposta a concedere lezioni private su come fare sempre figure barbine. Ma non temete, vi farò un prezzo eccezionale per condividere la mia notevole esperienza.

«Ma cielo! Dirlo prima, no?», ruggisco mentre constato che ho fango ovunque, dalle ginocchia in giù.

«E tornartene a New York, no?», ribatte come se nulla fosse.

«No!», rispondo arrabbiata, cercando di pulirmi in qualche modo con un fazzoletto. «Hai una vaga idea di quanto costino queste scarpe?»

«A pois marroni sono ancora più belle», risponde sarcastico. «E per la cronaca, preferisco rimanere nell'ignoranza riguardo al loro prezzo».

«Ti manderò il conto per la loro pulizia!».

Greyson sbuffa, afferra uno straccio polveroso dal retro del pick-up e me lo porge. «Questo è persino gratis».

«Quell'affare polveroso non verrà mai a contatto con la pelle pregiata delle mie bellissime scarpe!», tuono minacciosa.

L'espressione seria di Greyson si incrina fino a sbocciare in un vero sorriso. «Tu sai, vero, di avere un'idea sbagliata delle priorità della vita?».

Vuoi vedere che adesso quella esagerata sono io? «Detto

dall'uomo che non esce più con nessuno… sai, è piuttosto ironico».

Lui solleva un sopracciglio e mi fissa dubbioso. Poi scuote la testa e si incammina lungo la stradina fangosa. Ma non poteva parcheggiare più vicino alla casa? Sto per urlargli qualcosa dietro quando lo vedo deviare dal percorso e, invece di tirare dritto fino alla porta della casa, scomparire dietro una sorta di cespuglio.

«Greyson! Aspettami!», urlo a squarciagola. Visto che ormai le scarpe sono andate, decido di fregarmene e mi metto a zampettare alla ricerca del signor sindaco. Lo raggiungo in poco tempo, per mia fortuna non è andato lontano. Sta parlando con un uomo sulla sessantina, immagino sia il padre di Jim. L'uomo si accorge della mia presenza e si zittisce all'istante. Di cosa stavano discutendo? Segreti militari?

«Charlie, non so sei hai avuto modo di conoscere Kayla Davis», mi presenta Greyson.

«Quella che si è slogata la caviglia durante la gita?», domanda lui. Amo essere famosa.

«Una banale storta», pronunciamo insieme Greyson e io. Unisono perfetto.

«Be', storta o slogata che sia stata, riesce a infilare già scarpe simili?», domanda dubbioso, massaggiandosi la mascella barbuta.

«Kayla riesce a fare cose incredibili, quando si tratta di tacco dodici», gli risponde serissimo Greyson. E io non posso fare a meno di lanciargli un'occhiataccia.

«Possiamo parlare anche in sua presenza?», domanda a bassa voce il signor Charlie.

Greyson non smette di fissarmi nemmeno un attimo mentre gli risponde. «Certo che possiamo. L'ho portata apposta. Kayla smania per conoscere qualcosa in più delle risorse energetiche della nostra zona. Sta letteralmente *morendo* di curiosità, non è così?». E si volta a fissarmi cupo.

Mi sento terribilmente a disagio, sapendo di essere il fulcro della sua attenzione. «Se per voi va bene, preferirei non dover morire», tento di scherzare. Il signor Charlie scoppia in una fragorosa risata. Ma non Greyson, che quasi non sbatte nemmeno le ciglia.

«Allora venite», ci fa strada l'uomo. Qualche centinaio di metri dopo sbuchiamo in una grande radura. Davanti a noi si erge una grossa zona collinare. «L'impresa mi ha detto che vorrebbero provare a bucare qui, per poi allungarsi sotto terra e raggiungere quella zona». Indica con la mano la parte sopraelevata.

«Stiamo parlando di shale gas?», chiedo in modo esplicito.

«Ma certo», mi risponde il proprietario del terreno. «Mi hanno fatto una proposta e io la sto valutando. Ho chiamato Greyson perché mi aiuti a decidere».

Non mi è del tutto chiaro cosa mi abbia portata a fare. Si rifiuta di consegnarmi la lista con le concessioni ma mi permette di incontrare una persona che sta pensando di distruggere il giardino dietro casa, in modo da consentire a qualche impresa scellerata di scavare buche profonde chilometri?

«Ma non siamo a breve distanza dal lago?», chiedo spaesata.

«Sì», risponde Greyson a monosillabi. Deve trattarsi del suo modo di fare abituale.

«E la falda acquifera?», provo a ricordare al signor Charlie.

«Cosa c'entra la falda acquifera?», mi chiede dubbioso.

«Be', ci sono stati numerosi casi di perforazioni finite molto male, con deturpazione del paesaggio e inquinamento dei corsi d'acqua», cerco di ricordargli. Il mio tono è volutamente sereno, non voglio innervosirlo alzando troppo la voce.

«Sciocchezze...», mi risponde ridendo, senza offrire alcun tipo di ragionamento.

Ma che razza di commento è?

«Forse non se ne rende conto, ma abbiamo un solo pianeta sul quale vivere. Per lei saranno sciocchezze, ma per i suoi figli e i suoi nipoti non sarà così», rispondo energica. Il mio piano per non agitarmi troppo è durato ben cinque secondi.

Il padre di Jim, se non altro, la finisce di ridacchiare. «Mi hanno garantito che non ci sarebbero stati problemi», asserisce duramente.

«Glielo hanno messo per iscritto?», lo incalzo con fare da giornalista.

Il signor Charlie sbatte gli occhi. «Me lo hanno confermato più volte».

«A voce», aggiungo io per lui.

Dal momento che non può confutare la mia affermazione, decide saggiamente per il silenzio.

«Ora con me non ho niente perché nemmeno sapevo dove mi stavano portando...». Lancio un'occhiataccia a Greyson. «Ma ho letto tantissime ricerche sul tema. Potrebbe farlo anche lei», gli propongo. Se si trattasse del *mio* giardino, io farei lo sforzo di informarmi. Altro che sciocchezze...

«I giornalisti scrivono un sacco di cavolate», afferma il padrone del terreno. Cerco in tutti i modi di mascherare la mia reazione offesa, ma in parte ha ragione: ci sono giornalisti che scrivono davvero un sacco di idiozie. Mi volto in direzione di Greyson, che sta faticando non poco per rimanere imperturbabile.

«I giornalisti seri sono soliti documentarsi in maniera molto approfondita», gli ricordo. «E poi non ho solo articoli di giornale da mostrarle. Ricerche condotte da istituti seri e affidabili».

Il signor Charlie mi fissa, per nulla impressionato dal mio

discorso. «Io non leggo un bel nulla. Greyson, leggili prima tu e dimmi che cosa ne pensi».

Va bene che è il sindaco, ma in questa città decide per tutti?

«Charlie, sai bene che non voglio essere messo in mezzo. La decisione è la tua. Al massimo, quando ci prendiamo una birra, posso dirti quello che ne penso. Ma il mio sarebbe il parere di un amico, non del sindaco», gli risponde, enfatizzando molto l'ultimo concetto.

Devo farlo ubriacare anch'io per scoprire una volta per tutte cosa passa per quella sua bella testa?

«Sì, prendiamoci questa birra», acconsento velocemente.

«Lei non viene», sentenzia burbero il signor Charlie.

«Certo che vengo!», ribatto con veemenza.

«Greyson, puoi mettere il guinzaglio alla signorina?»

Il guinzaglio??? I miei occhi si spalancano in preda alla furia. «Senta, lei…».

Prima che possa fargli sapere dove esattamente può ficcarsi il suo guinzaglio, Greyson si avvicina e mi prende per mano. La mossa è talmente inaspettata che mi blocco, del tutto incapace di andare avanti. La sua mano è calda, la presa rassicurante. Ma mi sta comunicando di tenere la bocca chiusa.

«Charlie, grazie per il tuo tempo. Quando devi dare una risposta alla compagnia?», si congeda Greyson.

«Hanno detto che ho due mesi al massimo. E poi si cercheranno un altro posto. Francamente, non voglio che lo facciano. Mi hanno offerto una montagna di soldi. A Heber Springs certe cifre sono in grado di cambiarti la vita, inutile che facciamo tutti gli ipocriti».

Su questo, non fatico a credergli. E capisco che possa essere un ostacolo molto difficile da superare. Sono una donna con i piedi per terra, mi è ben chiaro che l'interesse privato viene – per tutti, anche per quelli che hanno giurato sulla la nostra Costituzione – prima di quello pubblico. Persino per quelli che lo negano. Un grosso assegno è un argomento difficile da confutare di questi tempi.

«Be', due mesi non sono pochi. Farai in tempo a toglierti tutti i dubbi», lo rassicura Greyson.

Certo, sempre che il signor Charlie se li voglia togliere davvero. Molti preferiscono conviverci come se niente fosse, piuttosto che affrontare i problemi.

«Magari tra qualche giorno ci vediamo per la famosa birra?», lo incalza una seconda volta il padre di Jim, fissandomi con aria di sfida.

«Volentieri. Grazie per averci fatto vedere l'area che interessa all'impresa», si congeda il sindaco.

«Sì, grazie», borbotto a bassa voce incamminandomi subito dietro a Greyson, che sta per raggiungere la sua macchina con poche falcate. So già che mi farà la ramanzina.

Richiudo la portiera e osservo orripilata lo stato sempre più pietoso delle mie scarpe. «Altro che conto per la pulizia, ti chiederò direttamente di comprarmene un paio nuovo!», commento arrabbiata. Le scarpe paiono aver cambiato colore e sono ora di un marrone fangoso piuttosto uniforme. L'ultima volta che il marrone è stato di moda erano gli anni Ottanta. La cosa dovrebbe far riflettere.

«Ti sembra il modo di affrontare un tema simile con uno sconosciuto?», mi domanda con lo stesso mio tono. La rabbia potrebbe davvero essere l'unica cosa che abbiamo in comune in questo momento.

«Scusami? E cosa dovevo dirgli? Grandiosa idea! Buchi pure, eh...».

«Ti ho portato con me perché speravo potessi difendere le tue idee in maniera più pacata e intelligente», mi dice insofferente.

Io, pacata, non lo sono mai stata. Ma credo ci sia arrivato

da solo, a questo punto. «Senti, mi hai trascinato qui e nemmeno sapevo dove stavamo andando! E poi, cosa ne sai di quello che penso se non ne abbiamo mai discusso? Per inciso, tu sei il re dell'escapologia quando si tratta di affrontare un qualsiasi tema serio. Il signor dico tutto e non dico niente. Guarda che non è grave esporre un proprio parere…», borbotto risentita.

«È palese che sei qui per ficcare il naso nei permessi di perforazione che concediamo alle società dell'energia. Ed è altrettanto palese che ti illudi di essere portatrice della verità. Sentiamo un po'? Sulla base di quali ricerche dirette baseresti le tue convinzioni? Su due articoli che ti hanno girato? Se proprio vuoi documentarti, dovresti iniziare a prendere in mano anche le relazioni di chi ha deciso di perforare il terreno. La verità, cara, non è mai solo una. E alla tua età dovresti saperlo bene!».

Vorrei ribattergli qualcosa di molto intelligente, qualcosa che possa troncare una volta per tutte la conversazione, ma la verità è che ha ragione. Almeno in parte. Per natura tendo sempre a partire in quinta. Mi sono informata e ho letto una tonnellata di documentazione, ma sempre e solo scritta da persone per principio contrarie allo shale gas e alle sue modalità estrattive. Certo, uno potrebbe obiettare che lo sono perché hanno delle buone ragioni, ma in effetti, fino a oggi, non mi sono mai messa nei panni degli altri. A iniziare dal signor Charlie.

«Ok», ammetto malvolentieri.

«Ok cosa?», domanda diffidente.

«Ok, potrebbe essere che tu abbia ragione. Sono stata aggressiva».

«Eufemismo, cara mia».

«La potresti smettere di chiamarmi "cara mia"? Non sono né cara né tua». Ho da sempre un problema con parole simili. Specie se pronunciate da un uomo solitamente ben attento a non farmi avvicinare. «Quando verrai a letto con me, potrai usarlo, se proprio ci tieni».

La mia frase è una voluta provocazione, ma lui si irrigidisce all'istante. Che uomo prevedibile.

«Mi pare che avessimo deciso di comune accordo che fosse una pessima idea», mi ricorda. Mi scruta da sotto quelle sue ciglia, con la testa inclinata.

«Greyson, metti in moto che è meglio», borbotto stanca.

Fino a questo momento, la giornata si è rivelata un grosso buco nell'acqua. O, visto il tema, un grosso buco nel terreno.

Qualche ora dopo mi sento decisamente meglio: sono riuscita almeno parzialmente a ripulire le mie scarpe, ora di nuovo rosse, anche se con qualche sbavatura qua e là, e sono fresca di doccia. Condizione ideale.

Una delle mie grandi fortune è quella di avere un carattere battagliero. Finché non ho esaurito anche l'ultimo briciolo della mia forza di volontà, non cedo. La sconfitta non è nelle mie corde. E imparo dai miei errori piuttosto in fretta, se posso dirlo. Motivo per cui mi trovo nella cucina della zia con una busta della spesa piena di ingredienti che mi serviranno per preparare un dolce fantastico. Se non puoi prendere gli uomini all'amo con la scollatura o il tacco dodici, la gola può essere un valido suggerimento. Mi manca solo una ricetta e poi sono a posto.

In realtà, il mio piano geniale faceva molto affidamento sulla presenza in casa della zia Jill. Che invece è fuori chissà dove. Detesto doverlo ammettere, ma ha una vita sociale molto più intensa della mia. Non che ci voglia molto, visto come mi tratta il re della città, ovvero il nostro amato sindaco. Per forza tutti si tengono poi lontano da me.

Be', sono nota per essere riuscita a guadagnarmi le simpatie anche dei personaggi più ostici e improbabili. Non capisco perché il signor Moir voglia proprio rimanere l'unico immune al mio fascino.

Scoraggiata dalla mancanza della zia, prendo in mano il telefono. Amalia mi risponde al primo colpo. «Se mi senti affannata, è perché sto correndo in studio per un appuntamento. Ho avuto un pranzo di lavoro interminabile», si lamenta.

«Puoi continuare a correre. L'importante è che mi rispondi. La sai fare una torta?», le domando senza perdere tempo prezioso.

Potrei giurare sul fatto che la mia amica si sia fermata e abbia smesso di correre. «Eh? Sei seria?», mi domanda ridendo.

«Lo so, è una richiesta strana, ma sono disperata. Dovevo chiedertelo», sospiro rassegnata.

«Mai nemmeno tentato di fare una torta. E tu dovresti saperlo...». Sì, avrei dovuto, ma avevo voglia di sentire una voce amica.

«Magari, da quando sono partita, insieme alla voglia di fare figli ti è pure venuta la tentazione di sfornare torte. Il prossimo passo sarà quello di dirmi che ti vedi bene come casalinga», la punzecchio.

Amalia ride, piuttosto divertita. «Nemmeno in un milione di anni», mi rassicura.

«Cosa, la torta o la casalinga?»

«Entrambe», afferma senza esitazione. «Non so cucinare nemmeno una bistecca, figurarsi una torta. E credo che la probabilità che io faccia la casalinga sia pari a quella di risolvere tutti i conflitti mondiali in un colpo solo».

«Adoro il fatto che tu stia mirando alla pace nel mondo come una reginetta di bellezza qualsiasi», la sfotto con gusto.

«Cielo, almeno quello non lo sono mai stata!», esclama piccata.

«Quindi niente torta?», richiedo giusto per conferma.

«No. E lo so che la mia domanda successiva apre lo scenario a risposte potenzialmente molto pericolose, ma esattamente, cosa te ne fai di una torta?», passa al controinterrogatorio.

«Seduco un uomo. Cos'altro?».

Lei scoppia a ridere. «Bastasse questo, cara mia», mi avverte.

«Non ho detto che basta. Ma aiuta. E l'altro giorno ho fatto arrabbiare l'uomo sbagliato. Non otterrò un bel niente dagli abitanti di questo paesino se non troverò il modo di andare d'amore e d'accordo con il loro sindaco. Lo seguono tutti peggio di un gregge di pecore».

«Ergo la torta», comprende al volo.

«Ergo la torta. Possibilmente al cioccolato, perché, chi non la ama?»

«Vedi che tutte le strade conducono al signor sindaco? A proposito, come hai detto che si chiama l'uomo misterioso?»

«Greyson, il rompiscatole inflessibile si chiama Greyson», sospiro ben sapendo cosa sta per dirmi.

«Greyson è un nome da figo». Ha anni di allenamento alle spalle e sa dove colpire.

«Greyson *è* figo. Ma molto poco propenso a collaborare con la sottoscritta», le ricordo.

«Ma tu gli farai una splendida torta e ti presenterai a casa sua questa sera, vero?»

«Solo se troverò il modo per fare una torta...». Piccolo particolare non così trascurabile.

Amalia abbassa la voce come per svelarmi un segreto sconosciuto all'NSA. «Senti, ma in paese non c'è una pasticceria? Una bella Sacher già fatta?».

Ci avevo pensato anch'io, cosa crede... «L'effetto non sarebbe mai lo stesso. E poi no, non c'è una vera pasticceria.

Il panettiere sforna anche dolci, ma oggi aveva solo cheese-cake. E ne ha venduto i tre quarti. Non so cosa ne pensi tu, ma presentarsi con solo un pezzo di dolce…».

«Ah ah! Allora sei andata a vedere!». Colta in castagna.

«Secondo te io mi mettevo a fare una torta, se esisteva anche la minima possibilità di comprarne una già preparata?», le domando serissima.

Lei va avanti a ridere per un bel po'. «No, certo che no».

Siamo entrambe donne pratiche. Mi pare evidente.

«Dài, ti lascio andare ora. Vado a cercare una ricetta su internet. Spero di trovarne una che mi spieghi come procedere passo dopo passo», mormoro triste.

«Tu non sei mai stata brava a seguire le indicazioni», mi ricorda con voce divertita.

«E cosa vuol dire? C'è una prima volta per tutto».

«Me la mandi una foto del tuo capolavoro, una volta sfornato?»

«Perché vuoi ridere…».

Lei non prova nemmeno a negare. «Dio, sì!».

«Bell'amica che ho», mi fingo offesa.

«La migliore», conferma gioiosa.

E ha ragione.

Nelle mie previsioni il piano avrebbe dovuto filare molto più liscio. La verità, temo, mi ha regalato qualche intoppo di troppo. Per esempio, sbattere le uova: essendo una che cucina pochissimo e che, quando anche lo fa, ricorre a cose quasi pronte, come per esempio il preparato di uova liquide in bottiglia, mi sono dovuta scontrare con la dura realtà: nel supermercato di Heber Springs intrugli simili non li hanno mai visti. Mai. Quando ho chiesto di avere delle uova, mi hanno consegnato delle uova vere. Intendo, ancora con il guscio. Sconvolgente.

Una volta rientrata a casa, mi è toccato sacrificare il primo uovo sull'altare della mia totale incapacità, perché non ero mentalmente pronta per un compito simile: mi si è letteralmente sbriciolato tra le mani. Hmm, altro che colpo secco. Ho dovuto recuperare in qualche modo le altre, perché non potevo permettermi di sprecarne troppe. La ricetta ne prevedeva sei e io ne avevo già fatto fuori uno. Credo che tra cinque e sei uova non ci sia poi chissà quale differenza, ma tra quattro e sei le cose potrebbero complicarsi.

Ecco perché ho tolto diligentemente tutti i pezzetti di guscio caduti nella ciotola. Quasi tutti… Per fortuna Greyson ha l'aria di uno che può sopportare un po' di guscio qua e là. È grande e grosso, cosa vuoi che gli succeda? Io, dal mio canto, non ho la minima intenzione di assaggiare la torta.

L'indirizzo della casa di Greyson mi è stato gentilmente fornito da Amanda, che non ha nemmeno cercato di nascondere la sua ilarità di fronte al mio piano. La fanciulla è seriamente convinta che tra di noi ci sia qualcosa di romantico.

Amanda è giovane, avrà tutto il tempo per toccare con mano quanto poco romantiche siano le interazioni tra uomo e donna al giorno d'oggi.

Parcheggio la mia macchina e mi concedo qualche secondo per osservare la casa illuminata dal lampione che è nelle vicinanze: è piuttosto grande, con una facciata rassicurante, e si trova in una posizione molto strategica, in quanto il lago è a poche centinaia di metri da qui. La nonna di Greyson gli ha lasciato una gran bella casa, una spanna sopra quelle che ho visto in giro, se si può giudicare dall'esterno. E di giorno deve essere ancora più affascinante, perché il giardino è ampio e ben curato.

Mi faccio forza e afferro la torta che ho preparato, cotto e confezionato con le mie dolci mani. E, devo essere del tutto sincera, si vede. A iniziare dalla confezione di stagnola piuttosto improvvisata. Spero con tutta me stessa che sia almeno commestibile. È difficile convincere qualcuno delle proprie buone intenzioni se si finisce per causargli un'indigestione.

Attraverso con passo sicuro il sentiero che conduce fino al porticato, salgo i tre scalini e mi costringo a suonare prima di poter cambiare idea. Sono stata sul punto di fare inversione parecchie volte lungo la strada.

Attendo un periodo di tempo oggettivamente lungo prima di suonare una seconda volta. Seconda e ultima, sia chiaro. Sono quasi sul punto di tirare un sospiro di sollievo e tornarmene a casuccia, quando noto una luce accendersi dentro la casa e odo dei passi avvicinarsi. La porta si apre qualche attimo dopo, spalancandosi fino a rivelare Greyson, con indosso i suoi soliti jeans sdruciti e niente altro. Ha in mano un asciugamano con cui si sta tamponando i capelli bagnati. Per l'amor del cielo…

La mia salivazione si azzera e la mia mascella si spalanca in modo del tutto inappropriato. Tento di inspirare in qualche modo dell'aria per far arrivare ossigeno al mio cervello, ma l'impresa è ardua. A tratti impossibile.

I suoi occhi, un secondo prima rilassati, si fanno improvvisamente guardinghi. «Cosa ci fai qui?», mi domanda con un tono di voce non proprio carico di entusiasmo.

Io sollevo la mia confezione di stagnola e gliela metto davanti al naso. «Un'offerta di pace», rispondo cercando di sorridere e di non farmi influenzare dall'accoglienza non troppo calorosa.

Il suo sguardo non si ammorbidisce affatto. Anzi, si fa ancora più diffidente. Uomo sospettoso… «Cos'è?», mi interroga.

«Una meravigliosa torta di cioccolato. Fatta con le mie mani», gli sorrido angelica. Deve sbrigarsi a farmi entrare perché questo affare pesa e la mia paresi facciale non dura in eterno. «Posso entrare?», domando infine diretta, perché mi pare l'unico modo per velocizzare la questione.

Lo osservo riflettere – attentamente – sui rischi che pensa di correre nell'avermi in casa sua. È evidente che ce ne sono molti. Alla fine il suo senso dell'ospitalità ha la meglio, ma si è trattato di uno scontro dagli esiti piuttosto incerti.

Si scosta quanto basta per farmi passare e io non mi faccio sfuggire l'occasione per intrufolarmi.

«Ehi, che entusiasmo».

Lui solleva un sopracciglio e mi scruta a lungo. È l'uomo che più ricorre alla comunicazione non verbale tra tutti quelli che conosco. E già il sesso maschile non abbonda di esemplari loquaci…

«Sorridi Greyson», lo incalzo. «Sono venuta a trovarti, ti ho fatto una torta e ho deciso di far pace. Cosa vuoi di più dalla vita?».

Le sue labbra si inarcano involontariamente in un mezzo sorriso. Credo che potrei finire per smuoverlo. Avendo a disposizione un secolo o giù di lì…

«Ed è pure la tua serata fortunata perché è vero che ho indosso delle splendide scarpe nere con il tacco, ma ho desistito dall'indossare una minigonna inguinale», gli svelo. Ho compreso che con lui spesso si ottiene l'effetto contrario a quello sperato. Una mise eccessiva lo avrebbe reso ancora più diffidente nei miei confronti. Motivo per cui ho optato per una gonna stretta fino al ginocchio. Molto da segretaria. Spero lo trovi sexy.

Gli porgo la torta e lui, posando l'asciugamano attorno al collo, non può fare altro che afferrare il pacchetto. «Ti ringrazio, ma non dovevi farlo: tempo due giorni e mi sarei già dimenticato del tutto del nostro scontro». Sì, avevo già sentito parlare della memoria piuttosto a breve termine degli uomini…

«Perché farti passare notti intere a rigirarti nel letto, pieno di sensi di colpa per avermi trattato male?», domando fingendomi seria.

Questa volta la sua risata è vera e anche molto spontanea. «Cielo Kayla, hai totalmente sbagliato professione. Dovevi darti al cinema o alle trasmissioni comiche in TV. Sei brava», si complimenta impressionato.

«Sono la migliore», gli confermo senza giri di parole.

«Anche nel fare le torte?», mi domanda finalmente un po' più rilassato. Credo temesse che gli saltassi addosso o roba simile e si sta ricredendo, tutto felice.

«Ma certo», gli confermo senza battere ciglio. Angelina Jolie è nulla in confronto a me.

«Io in realtà non sono tipo da dolci...», mi avverte scusandosi. «Una torta intera è sprecata per uno come me».

«Tu hai bisogno di una montagna di zuccheri, se vuoi il parere di un'esperta», mi esce dalla bocca in un momento di sincerità reale. «Se non sfoghi le frustrazioni sessualmente, è il caso che tu ricorra almeno alle torte. Non puoi vivere senza entrambe le cose».

Si incammina lungo l'ampio soggiorno dai toni caldi e mi fa segno di seguirlo in cucina: è bianca, luminosa e molto moderna. Deve averla sostituita dopo essere venuto ad abitarci. Per qualche strana ragione faccio fatica a immaginarmi sua nonna in mezzo a tutti questi elettrodomestici di ultima generazione.

Posa la confezione di stagnola sul ripiano a isola e si volta alla ricerca di un coltello nel cassetto adiacente. Lo trova e sta quasi per aprire il pacco quando si rende conto della direzione che hanno preso i miei occhi. Mi sono seduta su uno sgabello dall'altra parte del tavolo e sto fissando il suo petto. In modo piuttosto insistente e senza il minimo imbarazzo. Se proprio si deve peccare, tanto vale farlo con convinzione.

Il suo è un torace notevole, con spalle larghe e muscoli al posto giusto. Si vede che non è solo questione di palestra, non mi pare gonfio come i fissati dei pesi. E poi ha una fitta peluria bionda che scende dall'alto in direzione dei suoi pantaloni, tracciando un percorso che pare promettere beatitudine. O almeno un coro celestiale. Strano che senta un tale interesse verso un petto simile, a New York mi ero abituata a uomini dalla pelle liscissima e dalla ceretta più frequente della mia. C'è qualcosa di piuttosto virile nell'osservare un uomo all'interno della sua cucina, con i capelli ancora bagnati dalla doccia e con addosso solo dei jeans lisi.

Se fossimo ancora negli anni Novanta, Greyson non avrebbe problemi a ottenere una di quelle parti in pubblicità con figaccioni mezzi nudi che lavano vetri o roba simile.

«Forse è il caso che mi metta una maglietta», mi dice spezzando l'incantesimo. Sempre il solito guastafeste.

«O forse no…», rispondo maliziosa. È esattamente il tipo di risposta che si attende da me, mi pare brutto deluderlo.

«Kayla…», pronuncia il mio nome con tono di avvertimento. «Ci metto mezzo minuto».

Nemmeno il tempo di curiosare per la sua cucina che è di nuovo tra noi, con addosso una camicia bianca che sta allacciando. Se sapesse la visione che rappresenta e la mia lunga storia di passione con le camicie maschili, avrebbe preferito rimanere a petto nudo. È molto più sensuale intravedere e immaginare invece che osservare direttamente. Specie quando si sa già cosa c'è sotto.

«Bella camicia», mi complimento ridendo. «A me starebbe ancora meglio», lo punzecchio.

Lui si avvicina al tavolo e riprende il lavoro che aveva abbandonato: ovvero aprire la stagnola per tagliare la torta. «Tu sei una che provoca molto. A parole. Mi chiedo se lo fai altrettanto anche con i fatti», si interroga fermandosi un attimo a osservarmi. Lo sguardo è di sfida. Mi sforzo di mostrarmi rilassata e a mio agio.

«Oh, non solo parole. Ti assicuro che sono anche una donna d'azione», mormoro con voce seducente. Se questa interpretazione non vince l'Oscar, non so quale altra potrebbe.

Allungo la mano e sfioro la sua, mentre lo aiuto ad aprire l'involucro della torta. La scossa è forte e francamente eccessiva per un mero tocco.

Greyson si schiarisce la voce, decidendo di far finta di niente, e poi procede a scoprire il suo regalo. Lo spettacolo di fronte a noi è piuttosto demoralizzante: la mia torta, che aveva se non altro un aspetto decente quando l'ho impacchettata, si presenta ora con una specie di cratere al centro.

«Hmm», commento dubbiosa. «Non era così quando l'ho tirata fuori dal forno».

Greyson scoppia a ridere. «Sì, be', sono cose che succedono quando la torta è ancora mezza cruda».

«Cruda? Impossibile...». Afferro il coltello prima che possa farlo lui e, partendo dal centro, taglio una grossa fetta con un colpo che farebbe onore a un macellaio.

Ok, potrebbe avere ragione: magari non è proprio cruda, ma di certo non era previsto che tutta la parte centrale e le zone limitrofe fossero così mollicce.

«Quanto l'hai cotta?», domanda più curioso che offeso.

«Mezz'ora, come diceva il filmato».

La mia frase fa inarcare al volo le sue sopracciglia. «Il filmato? Voglio sapere», chiede ironico.

«No, credimi, non vuoi», affermo senza alcuna esitazione.

La bocca di Greyson si distende in un sorriso mentre afferra una forchetta e si serve un grosso boccone. «Fermati!», cerco di bloccarlo dal portare alla bocca il pericoloso contenuto. Lui non ha ancora idea di quanto lo sia.

«Che c'è, è velenosa?», chiede con una risata. «Scrupolo di coscienza all'ultimo momento?».

Lo fisso con espressione incredula. «Ma per favore! Ho tanti difetti, ma non sono ancora arrivata all'avvelenamento. Questa torta è venuta male. Non c'è bisogno che tu faccia lo sforzo di assaggiarla».

Il volto di Greyson è piuttosto enigmatico. «No, l'hai preparata per me e voglio assaggiarla».

Inizio a mostrarmi stizzita del suo insistere solo per essere educato fino alla fine. Qualche minuto fa nemmeno voleva farmi entrare in casa. «Credimi, non la vuoi assaggiare…».

Scuote la testa ridendo e, incurante di tutte le mie suppliche, riprova una seconda volta a ingoiare il boccone. Afferro la sua mano a pochi centimetri dalla bocca. «Sia chiaro che io non voglio responsabilità: ti ho avvisato!».

«Tu sei una che non vuole mai responsabilità», commenta lapidario. E io ho la distinta impressione che non stia parlando né di torte né di veleni. Sebbene nominare due elementi così diversi in una stessa frase non sia comunque una buona idea.

Rilascio la mano e rimango a osservarlo ipnotizzata, mentre apre la bocca, vi infila la forchetta con pezzo di torta annesso e poi muove le labbra con un movimento che definirei volutamente sensuale. Oh cielo…

Qualche secondo dopo la sua masticazione si blocca e si sente il rumore di qualcosa di croccante sotto i suoi denti. Opss…

«Nocciole?», mi chiede diffidente.

«Hmm, no…», mormoro mortificata.

«Noci? Mandorle?», riprova sempre più allarmato.

I miei occhi sono una chiara ammissione di colpevolezza. «Gusci d'uovo…», gli confesso a bassa voce.

Gli occhi di Greyson si aprono all'istante. Si allontana per afferrare un tovagliolo e sputa al volo il contenuto. «Ma sei impazzita?», chiede incredulo.

«No, giuro che non l'ho fatto apposta! Ci ho messo ore a raccogliere tutti i pezzi… Ma sono scivolosi e qualcuno deve essermi sfuggito», mi difendo in modo debole.

«Vuoi farmi credere che non sai rompere un uovo?», domanda con occhi spalancati.

«Io compro sempre il preparato liquido!», rispondo piccata. «Ma qui non c'era!».

«Per fortuna», mormora. Butta via il tovagliolo e poi si ferma a una certa distanza a osservarmi. Il suo volto non è più offeso ma, anzi, quasi divertito. «Diciamo che apprezzo il pensiero ma non il risultato», scherza. «Come ti ho già detto, non c'era bisogno...».

Riesco a cogliere la vena ironica della frase. «Certo, lo dici ora che l'hai assaggiata».

«Se già non era il caso prima, ora *davvero* non lo è», conferma la mia intuizione.

Non posso fare altro che scoppiare a ridere. Ha ragione da vendere. «In cucina faccio schifo». Tanto vale confessarlo. «Altro motivo per cui non miro a relazioni durature: l'uomo in questione potrebbe non sopravvivere».

«O potrebbe cucinare lui», mi incalza senza abbassare lo sguardo.

Non mi è del tutto chiaro dove voglia andare a parare. «Potrebbe...», ammetto con cautela. «Ma gli uomini che frequento non rimangono mai per la colazione. O, se vuoi, sono io a non rimanere».

«Siamo una bella accoppiata», commenta sarcastico. «È una dura lotta a chi ha più problemi di relazioni».

Mi raddrizzo sentendomi punta sul vivo. «Noi non siamo una coppia».

«Certo che no», afferma con troppa foga.

E così, come per magia, una mera negazione rende l'atmosfera tesa. Elettrica. Se io fossi una donna dotata di un minimo di raziocinio, farei finta di niente, mi riprenderei la torta mezza cruda e me ne tornerei da mia zia. Ma quest'uomo è divino, e faccio un'insolita fatica a rimanergli lontano.

«Sto per fare una cosa che, per quando tu possa pensarlo, non è proprio da me», lo avverto. È giusto lasciargli il tempo per scappare.

Greyson non accenna a colmare la distanza tra noi due, ma nemmeno pare intenzionato a fuggire.

«Pensavo... forse... che potremmo anche esplorarla questa tensione». Pronuncio le parole con calma, senza imbarazzo. Non sono venuta qui per questo. Ma ora che mi trovo nella sua cucina e respiro la sua stessa aria, non dicendo, mi pare di mentire. E mi sono stufata.

Se mi aspettavo una qualsiasi reazione immediata da parte sua, sono però destinata a rimanere delusa. Greyson sembra una statua, tanto è immobile. Non sapendo bene cos'altro fare, inizio a mordermi il labbro inferiore per il nervosismo.

«Non farlo», mi avverte con voce cupa.

«Più tu mi dici di non fare qualcosa e più io sono tentata di farlo», gli svelo, rifacendo ora volutamente il gesto.

«Ti ho detto di non farlo». Il tono è teso. Ora che ci penso, è vero che non accenna a muoversi, ma ha tutto l'aspetto di un uomo pronto a esplodere.

«È l'astinenza che ti frega», rido cercando di alleggerire il clima.

«Non è l'astinenza. Sei tu. Prima che mettessi piede in questa città non avevo un problema che fosse uno». Incrocia le braccia sul petto per enfatizzare il tentativo di distanziarsi da me.

Ma, per quanto mi riguarda, non ci riesce affatto. La sua frase, tolto il tono da funerale del tutto eccessivo, è in verità molto dolce. E come tale va presa.

«Grazie», gli rispondo sinceramente colpita. «È una bella cosa».

La sua faccia assume un'espressione di profondo dubbio. «Non mi pare proprio di aver detto qualcosa di bello...», precisa.

«E invece sì», insisto.

«Tu sei una donna molto strana», commenta.

«Indubbiamente. Ma anche se sono strana mi vuoi baciare

comunque». Lo so che sto giocando con il fuoco, ma devo essere stata piromane in un'altra vita.

I suoi occhi si spalancano per la sorpresa. Ma la bocca rimane chiusa e non smentisce.

«Be', hai intenzione di baciarmi o no?», domando ridendo.

Lui scuote la testa all'istante. «Non ci penso nemmeno».

«Non è vero, ci stai pensando. Non dirmi che ti faccio paura? Sono solo una donna indifesa...». Mi appoggio al tavolo e lo scruto con attenzione.

«Tu, indifesa?». E scuote la testa. «Più o meno come un cobra».

«Ma che cobra e cobra. Ho sempre sperato di essere un animale molto più esotico. Che ne so... la rana velenosa, per esempio».

La sua risata è spontanea. «Kayla, basta con le sciocchezze», mi avverte.

«Ok, quindi tu non mi baci...», riassumo la situazione.

«No», risponde con assoluta convinzione.

Mi sollevo dal tavolo e inizio ad avvicinarmi lentamente. «Certo, potrei sempre farlo io...».

Nei suoi occhi passa un lampo che più che essere di terrore, mi pare di speranza. Mi fermo davanti a lui, lasciando giusto una ventina di centimetri a separarci. Sollevo una mano senza però toccarlo. E mi pare di avvertirla la tensione che irradia il suo corpo, tanto è forte.

«Interessante», mormoro seria, come se fossi una scienziata.

«Che cosa stai facendo, misuri i campi magnetici?», domanda con un mezzo sorriso.

«Questo è davvero forte. La tua astinenza sta causando tempeste ormonali».

Greyson inclina la testa e rimane a fissarmi. «Non è l'astinenza. Sei tu», mi ripete con una voce che si abbassa di due ottave rispetto al solito.

Qualcuno potrebbe venire a sventolarmi un attimo? Sto prendendo fuoco. Letteralmente. E quest'uomo non mi ha nemmeno sfiorato. Sono in lizza per vincere il premio di donna più sfigata dell'anno.

«Ok, visto che – parole tue, non mie – non è l'astinenza ma sono io, cosa ne dici di fare qualcosa a riguardo?», domando piano. Lo so che ho minacciato di baciarlo, ma nella realtà di tutti i giorni tendo a non saltare addosso a gente da cui non ho ottenuto il via libera. Un semaforo verde. Quello di Greyson è solo un giallo tendente al rosso e come tale va interpretato.

«Sono molto più tentato di quanto tu possa immaginare», mi risponde sibillino.

«Ma?»

«Ma mi pare una pessima idea. Sei qui di passaggio, tra qualche mese tornerai a New York. E poi vuoi mettere il naso in cose che non ti riguardano», ricorda a entrambi.

In questo preciso istante l'unico posto dove vorrei mettere il naso è dentro la sua camicia, o sul suo collo, ma pare brutto continuare a contraddirlo. «Lascia perdere per un attimo la questione del gas», gli dico in fretta. «Torna invece a concentrarti sul fatto che sarò qui ancora per un po'. Per come la vedo io, questa è una bella notizia, no?».

Stanca di tutta questa diffidenza gli afferro la mano e unisco i nostri due palmi. Potremmo mettere su una fonderia, tanto è il calore sprigionato. È incredibile come sia potente il contatto umano.

«Sei qui per poco. Io non cerco una storia da una botta e via», risponde cupo.

«Io non sono una donna da una botta e via!», rispondo offesa. «Si tratta di relazioni di breve durata senza grossi drammi. È diverso!».

La sua espressione mostra tutto il suo dubbio. «Kayla, quelle che voi donne emancipate chiamate brevi relazioni, noi uomini le definiamo una botta e via».

«Lasciamo perdere le definizioni, ora. Cos'hai contro una botta e via? Pensavo che voi uomini adoraste questo genere di relazioni...», borbotto seccata. Vuoi vedere che l'attrazione più forte della mia intera esistenza mi deve capitare proprio con uno che è contrario per principio?

«Non generalizziamo, per favore», risponde piccato.

E infatti io non lo farei, se la mia mano non stesse fornendo informazioni così tentatrici a tutto il mio corpo. Si può avere un orgasmo solo tenendo per mano una persona? E se anche fosse possibile, quanto pietoso sarebbe il mio caso?

Sto cercando di pensare a qualcosa di sagace da ribattere, quando Greyson mi sorprende avvicinandomi a sé. Il gesto è improvviso e insperato come la caduta di una meteora. Infila il volto nel mio collo e... mi annusa! Va avanti a lungo, scatenando in me brividi così forti che non sono certa la mia epidermide possa tornare alla normalità. Sto disperatamente cercando di razionalizzare questo strano momento, ma non è facile quando si ha il volto di uomo sexy premuto sul proprio collo. Si rifiuta di baciarmi ma trova che sia lecito continuare ad annusarmi per mezz'ora? Non che abbia qualcosa in contrario. Anzi. Solo che mi pare una stranezza non da poco.

Sono sul punto di lanciarmi in qualche mossa azzardata, quando si stacca da me e ristabilisce quei venti centimetri di distanza che parevano stargli tanto a cuore prima che mi annusasse...

Le sue guance hanno assunto un colore rossastro che gli dona e che lo rende quasi più simpatico. Gli occhi sono brillanti, persino più intensi del solito. L'espressione è guardinga, ma non del tutto neutrale come vorrebbe apparire.

«Mi hai annusato», mormoro dopo aver atteso invano un suo commento.

«Sì», conferma con una mezza risata.

«Perché?». Mi rendo conto di parlare a monosillabi, ma non sono capace di comporre frasi intere. Sono piuttosto scossa.

«Volevo sapere se profumavi di buono», risponde come se nulla fosse, come se il suo fosse un dubbio perfettamente normale.

«E…?».

«Sai di buono», conferma solenne.

«Anche tu», confesso. E non ho nemmeno avuto bisogno di annusarlo così da vicino per rendermene conto. È da un bel po' che custodisco questa preziosa informazione.

Il rossore appena diminuito torna con prepotenza sulle sue guance. «Ho un buon doccia schiuma», si schermisce. Sarà, ma non è solo quello.

«Quindi, giusto per ricapitolare: mi annusi ma non mi baci». Mi sembra che il gioco mi sia del tutto sfuggito di mano e che gli elementi siano tutti impazziti.

«Corretto», mi conferma serio.

Vuoi vedere che adesso pensa pure di avere la situazione in pugno… «Ok», fingo di essere d'accordo. «Senti, visto che è tardi e che tu non intendi fare altro, direi che è venuto il momento di andarmene». Prima di supplicare o fare figure barbine.

Mi avvicino con l'intento di dargli un bacio sulla guancia, ma all'ultimo non resisto all'infantile desiderio di provocarlo a mia volta. Così il bacio gli arriva sull'angolo destro della sua bocca. E il tempo pare sospendersi.

Mi allontano con estrema lentezza mentre stacco le mie labbra dal suo viso, catturando i suoi occhi e non lasciandoli andare. Per un attimo mi pare di scorgere in lui una strana determinazione e mi illudo che stia per fare qualcosa di folle. Come appunto baciarmi. Ma è un lampo e poi il suo sguardo torna a essere guardingo come sempre. La sua ex moglie doveva essere una stronza colossale per farlo chiudere così in se stesso.

«Questo soggiorno a Heber Springs mi ucciderà…», mormoro mentre mi incammino in direzione della porta d'ingresso.

Alle mie spalle si sente il rumore di passi di Greyson. «Perché?», chiede con voce tornata sollevata. Immagino sia felice di essere sfuggito al pericolo.

Apro la porta e mi blocco un secondo prima di scomparire dalla scena. «Perché Greyson, che tu ci creda o no, questa astinenza forzata non fa affatto bene. A nessuno dei due». E poi me ne vado con passo sicuro.

Grazie al cielo non sono arrivata a supplicare. Quello che Greyson ignora, è che mi è mancato davvero poco.

Capitolo 8

Amanda mi ha costretto – letteralmente – a incontrarla alla caffetteria cittadina alle dieci del mattino. Al telefono mi è parsa euforica. Se pensa che tra Greyson e me sia successo qualcosa, mi toccherà deluderla amaramente.

«Allora, voglio sapere tutto!», esclama con occhi eccitati, non appena mi accomodo al tavolo che sembra occupare da un po'.

La mia faccia si contrae in una sorta di smorfia. «Naaa, non vuoi saperlo». Ma sto giocando sporco, perché io al suo posto vorrei saperlo. Eccome.

«Partiamo dall'inizio. La torta?», mi interroga tornando seria.

«Un orrore. Ma tu lo sapevi che le bastarde si sgonfiano a tradimento dopo che le hai tirate fuori dal forno?».

Amanda mi fissa come se fossi matta. «Certo che le torte si sgonfiano. È normale. E lo fanno cinque minuti dopo averle sfornate. Non hai atteso di vedere come si fosse assestata prima di impacchettarla?».

Lo avrei anche fatto, se qualcuno me lo avesse suggerito. Il filmato non lo diceva! «No, non ho atteso. L'ho avvolta nella stagnola e via», ammetto imbarazzata.

«Perché avevi fretta di correre da Greyson…», ridacchia. Non mi è chiaro se stia cercando di convincere me oppure se stessa.

«Se avevo fretta per qualcosa, era perché non vedevo l'ora di lasciarmi l'esperienza alle spalle».

«Quindi la torta era brutta...», desume dalla mia espressione.

«Orribile. Una cosa pietosa. E dal gusto discutibile: non so come mai, ma Greyson non ha apprezzato la spruzzata di guscio che ho sparso con tanto amore», mormoro ironica.

«Oh cielo, il guscio?», esclama incredula.

Ma cos'hanno tutti contro i gusci? Capita che qualcosa sfugga, se ci si ostina a utilizzare il prodotto grezzo! Incidenti simili non succedono quando compri la versione liquida! «Si è trattato di un incidente! Non l'ho fatto apposta!».

Amanda alza gli occhi al cielo. «Hai perso la tua grande occasione», mormora sconsolata.

«Per fare cosa?», chiedo senza capirci molto.

«Per convincerlo che non sei una di quelle donne metropolitane che non sanno fare niente in cucina».

«Ma è vero, io non so fare niente!», esclamo. E ne ho le scatole piene di uomini che si attendono che le donne li accudiscano come dei bambini. Ne girano ancora troppi là fuori. Se vogliono una cuoca, che l'assumano. Una fidanzata dovrebbe avere tutt'altre caratteristiche, secondo il mio modesto parere.

«Va be', lasciamo da parte la cucina. Devi trovare un modo per riscattarti», riflette seria.

«Per cosa, per non aver cotto bene una torta?». La mia espressione è oltraggiata. Alla femminista che è in me questa storia non piace nemmeno un po'.

«Deve vederti sexy e competente...».

Alla sua frase scoppio a ridere a crepapelle. È più forte di me. «Sono entrambe le cose. Il problema non è che lui non mi trovi sexy. Greyson è attratto da me». Lo dico senza alcuna superbia. È un dato di fatto.

«E quindi?», chiede con espressione confusa.

«Non è un tipo da una botta e via», uso le sue stesse parole.

«Certo che non lo è», mormora Amanda arrossendo. «E nemmeno tu...».

«Ah no, io lo sono», la prendo in contropiede. La sua mascella si spalanca fino quasi a toccare il tavolo.

«Cosa?»

«Sì, dopo ieri sera non mi faccio problemi ad ammetterlo. Non è mica qualcosa di peccaminoso. È del tutto permesso alle donne, nel 2015, avere relazioni che siano incentrate sul sesso e che abbiano data di scadenza pari a quella di un yogurt». Il tema mi sta particolarmente a cuore e non voglio che Amanda si faccia illusioni romantiche. Sono senza ombra di dubbio la donna meno romantica del pianeta.

«Sei seria?», chiede ancora una volta.

«Guarda che certi yogurt durano fin troppo. Sai, queste innovazioni nel campo della pastorizzazione...», la prendo in giro.

Amanda mi lancia un'occhiataccia. «Te lo ripeto una seconda volta: sei seria?».

I giovani al giorno d'oggi non sanno più divertirsi. Non c'è altra spiegazione.

«Io non sto cercando una relazione per la vita. Ogni tanto riesco persino ad annoiare me stessa. Non ha senso infliggere la stessa sorte a un uomo solo. Chi è, Superman?», vado avanti a parlare con tono infuocato.

«No, ma se ti ama...», prova a farmi ragionare.

Oddio, non inizierà mica con queste assurdità? «Sciocchezze: se anche mi amasse, dopo un po' il suo grande sentimento sfiorirebbe. Succede sempre. A tutti. Anche a quelli che non lo confessano».

Amanda mi fissa inquieta, espressione di viva paura negli occhi chiari. Forse ho un tantino esagerato...

«Comunque, detto questo, Greyson mi piace», cerco di smorzare il tono e di tornare a essere una donna scherzosa e divertente. La gente tende a preferire le persone scanzonate, chissà perché...

«Ma non vuoi un "per sempre"», sintetizza come se fosse stato possibile aver capito male.

«Diciamo che i miei "per sempre" sono condensati. È un "per sempre" finché dura. Molto più onesto».

«Solo per evitare fraintendimenti...», mi sussurra avvicinandosi. «Greyson lo vuoi o no?».

La domanda è interessante. E forse ieri mattina avrei anche potuto rispondere in tutt'altro modo. Ma oggi è completamente un'altra storia: sono reduce dall'essermi quasi sciolta sul pavimento di casa sua dopo un breve contatto con la sua mano. Anzi, ho passato tutta la notte a fare inequivocabili sogni erotici dopo averlo solo sfiorato. Non oso pensare a quello che potrebbe succedere se mi baciasse. Certo, sempre che si presenti un'eventualità simile...

«Oh, lo voglio... Eccome», affermo convinta. Lui ha bisogno di risalire a cavallo, metaforicamente parlando, e io di spezzare per sempre questo vortice chimico che pare esserci tra noi due. Attrazioni simili non sono mai destinate a durare. Ma per il breve tempo che abbiamo a disposizione, sono una delle cose più sensazionali mai prodotte da madre natura.

«E hai un piano?»

«Io ho sempre un piano», le rispondo con un sorriso predatore.

«Come quando hai litigato con il padre di Jim?», non resiste dal prendermi in giro.

Il mio sorriso soddisfatto si spegne al volo. «In effetti quell'incontro non è andato come avrebbe dovuto...», mi tocca ammettere.

«Vedi Kayla, è da un po' di tempo che te ne volevo parlare: nelle piccole cittadine dimenticate da Dio, dove ogni anno il numero di abitanti non fa che calare insieme al reddito pro capite medio, vedersi offrire una grande cifra può fare davvero la differenza. Può cambiare la vita di molte generazioni future. E Charlie non è davvero un tipo attaccato al denaro. Solo non è stupido, e sta pensando a come garantire a Jim un futuro qui, senza che debba per forza allontanarsi e trasferirsi in città. Quindi, o troviamo un'idea che possa risolvere i problemi di Heber Springs a lungo termine, risollevando l'economia della zona, oppure sempre più persone saranno tentate da offerte come quella che è stata fatta a Charlie. Lui è stato sincero con la comunità e ci ha informato subito della proposta, ma chissà quanti altri hanno per le mani qualcosa di simile e nemmeno vogliono confessarcelo».

La fisso a lungo, quasi senza parole. Ha maledettamente ragione. Se si vuole ottenere una risposta positiva dai cittadini, per prima cosa si deve dare loro la possibilità di scegliere. Ma non una non-scelta, bensì una vera opzione alternativa. «Tutto quello che stai dicendo è molto… corretto».

«Conosco la gente del posto e so come ragionano. Il nostro piano deve essere maledettamente brillante, per fare concorrenza a un progetto tanto forte come quello dei pozzi di gas. Ci vorrebbe… non so… un colpo di genio», riflette a voce alta, espressione pensierosa.

Le sue ultime parole fanno scattare qualcosa dentro la mia testa. È l'abbozzo di un'intuizione che potrebbe trasformarsi in una grande idea. «Amanda, forse mi è venuto in mente un piano».

Se Andrew si stupisce di incontrarmi nuovamente nel giro di pochi giorni, questa volta non lo dà a vedere. «Buongiorno, voleva vedere il sindaco?», domanda ligio al dovere.

«In effetti sì, grazie», gli rispondo. Pare che l'insistenza abbia i suoi vantaggi. Sempre detto che rompere le scatole alla gente alla lunga paghi come poche altre cose al mondo.

«Un secondo solo…». Solleva la cornetta del telefono e

compone un numero interno. «La signorina Davis», dice solo, riattaccando tre secondi dopo. Greyson deve essere stato lapidario come al solito. «Prego, passi pure», mi comunica.

Sto iniziando quasi a essere di casa in municipio. Apro la porta e percorro il corridoio, meravigliandomi un po' di non vedere Grace al suo posto. La signorina Rottermeier non è al lavoro? Incredibile! L'ho sempre considerata una di quelle impiegate super esemplari che si trascina in ufficio anche con quaranta di febbre.

Prima che possa bussare alla porta di Greyson, lui mi precede aprendola e scostandosi per farmi passare. È un po' come il dr. Jeckyll e Mr. Hyde: al lavoro di un'eleganza perfetta, fuori da qui tutt'altro.

«Dov'è il cerbero?», gli domando seriamente preoccupata.

Il suo volto si corruccia confuso. «Chi?»

«La signorina Rottermeier! Il cerbero! La tua segretaria!». Davvero, c'è bisogno di spiegarlo?

Greyson scoppia a ridere mentre si rimette seduto alla sua scrivania. «Grace non sarebbe contenta dei tuoi nomignoli...».

«Sì, be', dubito che saprei conquistarmi le sue simpatie anche se la definissi la donna più amichevole d'America. Cosa che non è, sia chiaro», puntualizzo.

Greyson continua a osservarmi con un mezzo sorriso. «Ha un problema con le donne appariscenti», mi svela.

Come se non ci fossi arrivata anche da sola...

«Ah, no! Ha un problema con il suo armadio! Non è colpa mia se la sua è una palese invidia per il mio tacco dodici». Sollevo il piede per mostrargli la mia fantastica scarpa nera in vernice.

«Una cosuccia da niente adatta alla mattinata», mi prende in giro. Ma il tono è bonario, per nulla polemico. Credo si stia abituando alle mie scarpe. E che sotto sotto ne vada pazzo. È un uomo, è più forte di lui.

«Messe apposta per un incontro con il sindaco, cosa credi», ironizzo a mia volta.

Alza gli occhi al cielo, ridendo. «A New York hai spasimanti a ogni angolo di strada, vero?»

«Chi, io?», mi fingo sorpresa della domanda.

«Sì, tu, miss-spezzo-cuori-come-se-piovesse...».

«Greyson, io non spezzo cuori! Al massimo l'amor proprio», mi sento di confessargli in un raro momento di semiserietà.

«Sei una di quelle che spezzano cuori e nemmeno se ne accorgono», ribatte testardo.

«Sono quella che si faceva spezzare il cuore in passato. Ora, se permetti, niente cuori...». Non mi è chiaro perché un uomo come lui non faccia altro che mettere il dito nella piaga e insistere sul tema dei sentimenti. Pensavo che gli uomini condividessero con me una certa allergia all'argomento. A quanto pare, non Greyson Moir, unico esemplare vivente rimasto sulla terra. Ah, il mio karma...

Lo vedo fissarmi per nulla convinto. «Grey, lascia perdere ora le cose melense. Abbiamo questioni ben più importanti di cui discutere!».

Il suo volto diventa subito sospettoso. «Hai in mente qualcosa...». Non lo chiede, lo afferma. E ha pure ragione. «E io che pensavo che dopo il successo del tuo volontariato avessi finito con le idee brillanti...».

Scelgo di ignorare la piccola provocazione e continuo dritta per la mia strada. «Ieri mattina ero a colazione con Amanda e parlando mi è venuta una grande idea!».

«Le tue idee sono pericolose, Kayla», osserva spegnendo il mio entusiasmo.

«Non hai nemmeno sentito il piano...», gli faccio notare.

Sospira e si rassegna. «Sentiamo...».

«Vorrei organizzare una raccolta fondi!», esclamo incapace di contenere oltre il mio entusiasmo.

Greyson sbatte più volte le ciglia. «Ehh?», chiede dubbioso.

«Greyson, lo sai, vero, cos'è una raccolta fondi?», domando con innocenza.

Si raddrizza sulla sua poltrona e mi si avvicina. «Chiaro che lo so. Quello che invece non mi è chiaro, è se pensi di essere Paris Hilton che organizza eventi di gala al Metropolitan», mormora abbassando il tono della voce. Oh, si schiera l'artiglieria pensante…

Per non essere da meno mi spingo a mia volta in avanti, fermando il mio volto a una decina di centimetri dal suo. «Certo che lo so, bionda starei da schifo. La domanda che stai dimenticando di farmi è perché la voglio organizzare».

Nei suoi occhi passa un lampo, mi pare seccato di non averci pensato prima. «Ottima osservazione, signorina Davis. Brava, cosa diavolo vuoi finanziare?», domanda con un sorriso. Visti così da vicino, i suoi denti sono ancora più bianchi. E le sue labbra, cielo le sue labbra…

Inspiro per tentare di riprendere il controllo della situazione. «Voglio creare un sito e attivarmi per finanziare la pubblicità online di Heber Springs».

Greyson sbatte più volte le ciglia e intensifica il suo sguardo. «Perché?»

«Ho pensato che questa città debba puntare sulla sua risorsa più evidente, ovvero il turismo. È chiaro che i cittadini che stanno prendendo in considerazione di firmare le concessioni per lo shale gas finiranno con il farlo, se la città non presenterà loro delle valide alternative. Amanda è stata schietta e mi ha fatto capire che è facile giudicare, se non ci si trova con l'acqua alla gola», proseguo.

Lui mi osserva quasi impressionato. «È quello che speravo arrivassi a comprendere quando ti ho portato da Charlie», mormora. «Complimenti ad Amanda per essere riuscita dove io ho fallito».

«Non prendertela. Lei è stata piuttosto diretta. E poi, tu mi hai trascinato in un posto dove ho quasi fatto fuori le mie meravigliose scarpe rosse. Ti sei fregato già in partenza», gli rivelo seria.

«Buon per Amanda…». Ride e poi si ferma a osservarmi. Credo che siano le mie labbra a catturare tutta la sua attenzione.

Mi schiarisco la voce e mi impongo di andare avanti. «Pensavo, quindi, a una raccolta fondi per finanziare la costruzione del sito e un'adeguata campagna pubblicitaria. Siamo a inizio maggio, appena in tempo per rilanciare la stagione turistica estiva e riempire questo piccolo centro di altri esseri metropolitani come me».

«Tanti te?», ride fingendosi terrorizzato.

«Avete rifatto la spiaggia attorno al lago qualche anno fa, avete investito in attrezzature, divertimenti sportivi e altro. È arrivato il momento di dare una svolta e fare di Heber Springs quello che era negli anni Venti».

«Stai mirando molto in alto…», mi avvisa con circospezione, cercando di evitare che parta per la tangente.

«È un mio difetto. Da sempre», gli confesso.

Ancora una volta i suoi occhi ricadono sulla mia bocca. E io, bastarda che non sono altro, mi mordo in maniera appena percettibile il labbro inferiore. Lo sento inspirare prima ancora di vederlo, trattenere il respiro come per andare in apnea. Potrei baciarlo, ma non voglio essere io a provocare la valanga. Trascorrerebbe il resto dei giorni che mi rimangono da passare qui a incolparmi di averlo sedotto o scemenze simili. È pur sempre un esemplare della razza maschile, per quanto superiore alla media.

No, se decide di buttarsi, è perché lo desidera. Non voglio scuse.

«Dovresti allontanarti...», mormora con voce ipercontrollata. Ho imparato che il tono glaciale è invece sintomo di imminente esplosione.

«Essendo io una donna molto sfacciata, che – piccola nota non secondaria – si interroga da fin troppi giorni su come possa essere baciarti, non penserai sul serio di avere da parte mia la totale collaborazione?», domando sarcastica.

«Non ho mai conosciuto nessuno che si difenda con così tanta bravura, sfoderando una simile lingua biforcuta...», commenta pensieroso. Ma il desiderio di colmare quei pochi centimetri è ben visibile nei suoi occhi. E per una volta, nemmeno lo nasconde. Immagino sia un significativo passo in avanti.

«Sai come si dice, l'attacco è la miglior difesa».

«Kayla, mi sento in dovere di avvertirti che la mia forza di volontà non è infinita», mormora sofferente.

«Grazie al cielo. Stavo sospettando che tu non fossi umano».

È questioni di attimi... lo sento. Dio ti ringrazio! Sta per baciarmi! Un bacio e poi mi tolgo questa follia dalla testa una volta per tutte. Me lo spupazzo sulla sua ordinatissima scrivania da sindaco, faccio un giro sulla giostra e poi basta. Ognuno per la sua strada.

E forse Greyson mi avrebbe davvero baciato, se non fosse stato per un insistente bussare alla porta, che ci fa allontanare entrambi con uno scatto. Le nostre espressioni devono essere ugualmente colpevoli.

«Avanti...», borbotta Greyson, dopo essersi schiarito la voce.

Andrew, che solo pochi minuti prima pensavo di aver rivalutato – e che invece ora odio, sia chiaro – mette dentro la sua testa scura e ci osserva pensieroso. Manca solo che intuisca il perché dell'elettricità nella stanza. «Signor sindaco, il suo appuntamento delle undici è arrivato», gli annuncia un po' a disagio. Andrew non sarà l'uomo più perspicace del pianeta, ma non è del tutto scemo: muove il suo sguardo dall'uno all'altro con espressione dubbiosa.

«Ah già, grazie mille», risponde Greyson. E per una volta, non mi pare che gli sia grato sul serio. Non è davvero sollevato di essere stato salvato dal suo dipendente. È una piccolissima soddisfazione, ma è meglio di niente.

Andrew scompare con un tonfo della porta che fa sobbalzare entrambi. «Hai assunto gente strana, lascia che te lo dica».

«Non li ho mica assunti io... Me li sono ritrovati», ammette un po' sconsolato.

«Senti, stavo pensando che potrei darti una mano io. Ti faccio da segretaria finché non torna il rottweiler», mi offro con un improvviso slancio di bontà.

«Kayla...», mi riprende.

«Ok, ok, la chiameremo Grace, se preferisci». E alzo le mani in segno di resa.

«Preferisco. Vorrei evitare incidenti diplomatici. A differenza di te, che sarai di ritorno a New York a breve, io sono costretto a rimanere qui. Ci tengo a mantenere rapporti civili con tutti».

Non mi sfugge il fatto che stia cercando di mettere di nuovo le distanze tra di noi con la storia che prima o poi me ne tornerò da dove sono venuta. Certo che lo farò, ma ora sono qui. Perché vivere nel futuro quando esiste il presente? «Il mio capo sta adorando la mia rubrica da espatriata. Ergo, starò qui ancora per un bel po'...», lo rassicuro.

Lo sguardo è cupo e per nulla gioioso. «Non mi pare una grande idea che tu mi faccia da segretaria», commenta pensieroso.

«Perché no? Mi avete accettata come volontaria. E poi giuro solennemente di non allungare le mani quando passi», affermo ridendo, con la mano sul cuore.

«Perché, avrei potuto correre il rischio?». Mi pare piuttosto incredulo.

«Io sono una donna che è sempre attratta da un bel sedere. È il mio punto debole...», gli confesso ironica.

«Tu sei solo una un po' troppo abituata a prendere in giro gli uomini», ribatte convinto.

Se la mette così... «Mi stai istigando a metterti le mani addosso solo per dimostrarti di essere seria?». E gli sorrido angelica.

Greyson mi osserva terrorizzato. «Farò a meno della segretaria», sentenzia convinto.

«E corrilo qualche rischio nella vita...».

«Già fatto. È stata una grande fregatura. Kayla, grazie mille, ma farò a meno del tuo aiuto».

Se pensa di liberarsi di me così facilmente, è il caso che rifletta bene. «Stavo solo scherzando, ok? Secondo te sono una che si metterebbe a molestare il sindaco in Comune?».

La frase pare farlo riflettere. «No?»

«Certo che no! Fuori da questo ufficio, magari. Ma non qui», affermo decisa. Ecco perché era fondamentale che mi baciasse lui per primo. Ma non l'ha fatto e ora l'occasione si è volatilizzata.

«Prometti solennemente?», domanda diffidente.

«Giuro sulle mie scarpe blu elettrico...».

Lo vedo sorridere. Ho fatto centro. Sa bene che per me quelle scarpe sono l'equivalente della statua di Buddha per il Dalai Lama.

Il suo appuntamento è durato quasi due ore, durante le quali ho preso per lui le telefonate più strampalate. La gente pretende che vada a vedere di persona pozzi nuovi, capannoni, raccolti... Fare il sindaco, in una città come Heber Springs, è una grande seccatura.

«Le tue telefonate», gli dico avvicinandomi per consegnargli i biglietti.

Li spulcia in fretta e mi studia sorpreso. «Sei brava come segretaria».

«Al giornale ho fatto di tutto. Ero entrata come assistente di un giornalista importante. Facevo le cose più diverse per lui, compreso recuperare le sue camicie in lavanderia».

«Che sfruttamento barbaro», commenta serio.

«Erano solo camicie…».

«Finché sono solo quelle», aggiunge dopo un attimo di esitazione. Non mi starà mica chiedendo se mi faceva strane avances, vero?

«Sì, erano *solo* quelle», lo rassicuro con una risata. Trovo molto dolce che lui si preoccupi di quello che è stato. Insomma, è qualcosa che mi fa battere più forte il cuore. Anche solo per un attimo.

«Alle belle donne capitano un sacco di situazioni poco piacevoli, da quello che ho sentito dire…», si giustifica un po' imbarazzato.

«Anche a quelle brutte, se è per questo. Non essere razzista. Ma io mi so difendere egregiamente».

«Non ne dubito».

«Pranzo?», gli propongo per troncare la strana conversazione.

«Buona idea», acconsente. «Andiamo alla caffetteria qui vicino?»

«Perché, esiste un altro posto?», domando ridendo.

«No», ammette mogio.

«Come sospettavo…».

«Parliamo un po' della tua idea della raccolta fondi», riprende Greyson, una volta che ci hanno servito il pranzo: arrosto con patate per lui e Caesar Salad per me.

«Allora la cosa ti interessa», alzo lo sguardo soddisfatta.

«I comitati cittadini hanno organizzato negli anni varie raccolte fondi, ma si trattava di piccole somme per cause locali. Niente di troppo complesso, qualche torta all'asta e qualche fornitura di verdura. Ho come il sospetto che tu abbia invece in mente qualcosa di molto più grande. Senza contare che, fossi in te, abbandonerei per il momento la pasticceria... E non mi fraintendere, l'idea potrebbe essere più che valida. Ma di non facile realizzazione», ammette piano. «Investire in pubblicità, specie su internet e social network, potrebbe risultare vantaggioso. È un tipo di approccio che non abbiamo mai sperimentato».

«Perché siete antichi. E tu, lo sei più di tutti».

«La modernità non ha giovato chissà quanto alla mia vita precedente...», commenta cupo.

«Adesso mi dirai che hai scoperto che tua moglie ti tradiva proprio grazie ai social!».

La sua espressione passa dall'essere serena all'incupimento più totale in mezzo secondo.

«Oddio, Greyson! Scusami! Ogni tanto parlo senza pensare...», cerco di tamponare il mezzo disastro.

«No, ogni tanto dici cose giuste. I social non hanno rappresentato un grande valore aggiunto per la mia vita», commenta cinico.

«Sì, ma adesso vediamo di non dare loro colpe che non meritano. Vendono i tuoi dati di privacy per pochi spiccioli? Sì. Fanno di tua moglie una traditrice? No, è lei che lo è a prescindere», provo a consolarlo. A modo mio, sia chiaro.

«Sì, hai ragione...», borbotta e posa la forchetta sul piatto. «Ma questa storia mi ha comunque fatto passare la fame».

«Sciocchezze. La tua ex moglie ha già fatto di te un essere asessuato. Vediamo di non darle anche la gioia di saperti a dieta», affermo con convinzione. Poi afferro la sua forchetta, infilzo un grosso boccone di carne e la avvicino alla sua bocca.

L'espressione di Greyson se non altro diventa incredula. «Mezza città pensa già che io abbia una tresca con te e ti metti pure a imboccarmi? Cosa vuoi, alimentare ancora un po' il gossip?», mi accusa.

«Certo, questa città è un tale mortorio. Se mi togli pure il gossip, cosa mi rimane? Non di certo il sesso…», ridacchio convinta.

«È una parola che pronunci… quante? Mille volte al giorno?», domanda interessato.

Io gli sorrido angelica, senza mai allontanare il boccone dalla sua bocca. «Visto che non si pratica, almeno parliamone…».

I suoi occhi chiari si riducono a due fessure. È concentrato, fin troppo. Sposta più volte il suo sguardo dal boccone alle mie labbra, che ho tatticamente ritoccato di un rosso fuoco poco prima di recarci a pranzo. Una donna ha il sacrosanto dovere di usare tutte le cartucce a sua disposizione. Credo stia decidendo cosa mordere. Alla fine opta per la carne, ma la lieve esitazione mi fa pensare che non fosse così convinto della sua scelta.

«Buona?», gli domando sollevando il sopracciglio.

Lui mi fissa in maniera ipnotica mentre continua a masticare. Per qualche strana ragione una sorprendente pelle d'oca mi compare prima su un braccio e poi sull'altro. E non credo sia per il freddo. Piuttosto per il suo sguardo infuocato. Quest'uomo non può essere serio quando dice di non aver intenzione di venire a letto con me. Nessuno ha così tanto autocontrollo. Io no di certo.

«Ottima», risponde criptico e si passa la lingua sul labbro inferiore. Qualcosa di terribilmente somigliante a un mugugno mi sfugge dalla bocca senza che io riesca a contenermi.

I suoi occhi si spalancano prima per la sorpresa, poi si ammorbidiscono in un sorriso. «Kayla, Kayla…», mi riprende come si fa con i bambini. «Presto tornerai a casa tua, ai tuoi locali e ai tuoi aitanti uomini metropolitani».

In questo preciso istante il modello maschile newyorkese ha su di me lo stesso appeal che può avere una spogliarellista su un uomo gay. Voglio tutt'altra cosa. Ma ho abbastanza amor proprio da riuscire se non altro a fingere. «Per fortuna...».

«Nel frattempo dovrai accontentarti di organizzare raccolte fondi. E per tornare all'argomento principe, come pensavi di strutturare la serata?»

«Stavo pensando a un'asta», gli rivelo. Deve iniziare ad abituarsi all'idea.

«Sì, perché no. Potrebbe essere più facile convincere i locali a partecipare. Ma di preciso, cosa metteremo all'asta? Abbiamo bisogno di raccogliere una cifra considerevole».

Ed eccoci al punto fondamentale. Inspiro forte e sgrano al massimo i miei occhioni. «Noi stessi», rispondo come se niente fosse.

Lui smette di mangiare e posa pensieroso la forchetta. «In che senso?».

Come se ci potessero essere molti sensi... «Semplice, selezioniamo dieci degli scapoli più ambiti e dieci delle fanciulle più interessanti e mettiamo all'asta una giornata in loro compagnia».

L'espressione di Greyson si fa subito irata. «Ma sei fuori di zucca?», domanda alzando la voce. I presenti in sala si zittiscono all'istante, concentrando tutta la loro attenzione su di noi.

«Ma non intendevo di certo una cosa sessuale! Sta' calmo! Pensavo solo a una bella giornata da passare insieme. Con chiunque si aggiudichi l'asta. Per quanto ne sai, potrebbe essere mia zia a portarsi a casa la giornata con te».

«Con me?», domanda oltraggiato.

Riderei, e anche a crepapelle, se non temessi di peggiorare

la già precaria situazione. «Be', per quanto ne so, tu sei in cima alla lista per le donne di Heber Springs». Il mio è un tono neutro.

«E chi diavolo ti avrebbe detto una scemenza simile?», chiede lui, decisamente meno controllato di me.

«Mah, Amanda, mia zia, la farmacista, la bibliotecaria...», vado avanti con l'elenco.

«Sei andata fino in biblioteca per fare domande simili?», chiede costernato.

Lo fisso offesa. «No, sono andata in biblioteca perché mi serviva del materiale. Ho casualmente conosciuto Jody e ci siamo messe a parlare. Sai, da cosa nasce cosa... In ogni caso, lì fuori è pieno di donne che pagherebbero profumatamente pur di poter passare una giornata con te. A noi non rimane che sfruttare la cosa».

«Ma certo, perché è qualcosa di incredibilmente nobile...», commenta sarcastico.

«Gli animi nobili non vanno da nessuna parte. A noi servono soldi, come mi hai fatto notare poco fa. E tu sei il sindaco di una piccola cittadina che verrà rasa al suolo da pozzi di shale gas, se non trovi un modo per risollevare l'economia locale. Mi spiace essere brutale, ma le tue casse comunali sono vuote. Per cui, se le donne dell'Arkansas amano gli uomini che praticano l'astinenza, chi sono io per convincerle del contrario?», lo punzecchio.

Lo vedo riflettere. Ponderare una decisione che non gli piace. Ma non ha grandi alternative. Non è affatto stupido. «Ok, ma niente scene ridicole. Niente spogliarelli o sciocchezze simili...», mi intima.

«Senti, se i pompieri si offrono... Jackson, in particolar modo, mi suggeriva...».

Non finisco la frase perché mi incenerisce con lo sguardo. Sta per sputare fuoco dal naso. «Jackson???», domanda inviperito. «Sei andata da Jackson?»

«Non da sola. Con Amanda», rispondo in mia difesa. Jackson è il playboy della zona, uno tutto muscoli e niente cervello. Ma in quanto a muscoli, ha molto da mostrare e non pare granché timido. Se glielo avessimo chiesto, avrebbe persino posato per un calendario. Sospetto con tanto di nudo integrale, ma non me la sono sentita di approfondire. «Comunque, il signor capo dei pompieri non ha nulla in contrario a mostrare qualche pettorale per una buona causa».

«Ho detto niente petti nudi! E non voglio nemmeno sapere cosa gli hai offerto in cambio...», si lascia sfuggire in preda a chissà quale raptus emotivo. Si tratta di una frase meschina e vigliacca. Senza pensarci due volte, gli tiro un calcione sotto il tavolo.

«Ah!», esclama massaggiandosi il polpaccio.

«Senti un po', vediamo di non offendere! Sì, sono una donna schietta e sì, non amo girare intorno alle cose, motivo per cui ti ho fatto chiaramente capire che una notte con te non mi dispiacerebbe affatto. Ma non mi pare proprio di andare in giro a sedurre tutti gli uomini di questa città!».

Le teste curiose non hanno mai smesso di fissarci. «Vuoi abbassare la voce?», mi chiede Greyson allarmato. «A differenza di te, io devo continuare a vivere qui».

«Tu smetti di offendere gratuitamente. Non è colpa mia se sei acido perché non batti chiodo», lo provoco.

«Kayla!», esclama ancora.

«Greyson, abbassa la voce...», lo prendo in giro, ripetendo le sue parole.

Alza gli occhi al cielo invocando chissà quale pazienza. Per quel che ne so io, ne possiede molto poca. È bastato nominare Jackson e ha dato di matto. «Ok, vediamo di darci entrambi una calmata. Prima che questo pranzo rovini del tutto la mia reputazione», mormora sofferente.

«Io non stavo rovinando un bel niente», rispondo battagliera.

«Dicevamo: dieci uomini e dieci donne, nessuno spogliarello, asta libera con in premio una giornata da passare insieme».

«Esatto, niente di complicato», confermo, imponendomi di tornare calma.

«La cittadinanza sarà oltraggiata...», riflette cupo.

«No, non lo sarà», affermo. «Adoreranno l'idea».

Lui sta per ribattere, ma non fa in tempo perché Eddy, la nostra cameriera, compare alle mie spalle. «Oh sì Greyson, l'idea è assolutamente geniale. Ma se posso permettermi, perché non possiamo avere i petti nudi?».

Greyson fissa i suoi occhi pieni di astio su di me, trapassandomi da parte a parte, mentre io torno a mangiare l'insalata, sorridendogli con innocenza. «Già Greyson, perché non possiamo avere i petti nudi?», ripeto senza battere ciglio.

Una volta uscita da questa tavola calda mi toccherà correre, e anche molto forte. Ma cosa non si farebbe per un po' di divertimento?

Capitolo 9

«Calma, calma!», continua a ripete inutilmente Greyson alla folla riunita, ma gli animi sono piuttosto agitati. Di questo passo, a qualcuno verrà un colpo entro la fine della serata. Spero che l'ambulanza sia parcheggiata qui fuori. Giusto per non rischiare…

Ci troviamo alla riunione del comitato cittadino che deve approvare in via definitiva l'idea dell'asta e l'esito pare ancora molto incerto. Quelli contrari sono pochi, ma sono energici. Motivo per cui è ora di far ricorso all'artiglieria pesante.

«Si tratta di un'idea oscena e oltraggiosa!», sta sentenziando Grace, che si è ripresa appena in tempo dal suo raffreddore mortale per farsi portatrice delle idee oscurantiste delle represse del Paese. «Il prossimo passo quale sarà? Mettere all'asta la verginità delle persone?», chiede provocatoria.

Mi giro preoccupata verso la zia Jill, che invece pare divertirsi da morire. Mi aveva detto che i comitati cittadini erano una noia mortale. Oddio, a me non pare proprio…

«Che scemenze dici, cara», interviene la zia. «E comunque, se mai dovessimo farlo, puoi sempre decidere di offrire la tua».

La mia mascella si spalanca per la sorpresa, perché in quanto a colpi mancini qui a Heber Springs non sono secondi a nessuno. È ormai un'ora che tutti si stanno reciprocamente offendendo. Greyson mi lancia un'occhiata preoccupata, forse chiedendo il mio intervento diretto, prima che la situazione degeneri ulteriormente. A me pareva di aver toccato il fondo venti minuti fa, ma è evidente che mi stavo sbagliando, vista l'ultima perla.

Mi alzo in piedi cercando di richiamare l'attenzione. «Calma, calma... Zia, ti pregherei di non dire cose simili».

La zia Jill mi osserva fingendosi stupita. «L'ha detto lei che è vergine. Mica io...».

«L'ho detto in confidenza!», urla l'altra.

«Ho detto basta!», alzo la voce, questa volta seccata. «Non siamo qui per offendere ma per approvare la serata di beneficenza! Vi pregherei di concentrarvi non tanto sull'idea dell'asta, che è del tutto secondaria nel nostro piano, quanto sull'importanza della raccolta fondi. Abbiamo bisogno di promuovere in maniera seria Heber Springs e la sua capacità di offrire insieme divertimento, attività ricreative e splendidi paesaggi. E per farlo ci servono disperatamente soldi», ricordo a tutti.

«Greyson, le casse del comune sono davvero così vuote?», chiede Jim dal fondo della stanza.

Il sindaco non può fare altro che ammettere, desolato: «Vuotissime. E da oltre un ventennio», ammette serio. «Io stesso non sono entusiasta per quest'idea, ma non vedo alternative valide. Kayla, se non altro, sta provando a fare qualcosa. Forse non sarà così ortodosso mettere all'asta noi stessi, ma il fine è onorabile. Possiamo se non altro tentare. E vivere la cosa come se fosse un gioco».

«Grazie, signor sindaco», gli dico molto più serena, perché le voci contrarie si sono a mano a mano affievolite mentre parlava, fino ad annullarsi del tutto. Greyson è così, un vero incantatore di masse. Se dice qualcosa, gli altri lo seguono. Senza fiatare.

«Pensi di offrirti anche tu?», gli chiede Jim con una risata.

«Sono tra quelli selezionati da Kayla...», mormora senza grande entusiasmo.

La prospettiva di aggiudicarsi una serata con Greyson

pare far cambiare del tutto l'idea al rumoroso gruppetto delle pudiche, perché dall'angolo da cui prima arrivavano anatemi, si ode invece un rumore di monete. Stanno già contando il denaro?

«Sì, il signor sindaco ha gentilmente confermato la sua partecipazione al progetto, anche per dare il buon esempio agli altri selezionati». Vado poi avanti a leggere i nomi dei restanti nove prescelti, tra cui spiccano quello di Jim e di Jackson. Ma ce n'è per tutti i gusti e per tutte le età. La zia mi ha saggiamente suggerito di non dimenticarmi di lei e delle sue amiche, che amano guardare la carne giovane, ma che non scenderebbero comunque sotto la sessantina. Pare che abbiano da parte notevoli risparmi e che non vedano l'ora di spenderli.

Selezionare dieci donne che fossero disposte a partecipare al progetto è stato invece molto difficile, perché non solo quelle carine e spigliate spesso hanno già un fidanzato o un marito, ma anche perché gli uomini sono dei maiali. E preferiscono sempre e solo quelle giovani. Anche se hanno ottant'anni. Finisco di leggere l'elenco di quelle che hanno acconsentito a sacrificarsi per una buona causa, tra cui la mia Amanda – a cui ho rotto le scatole a tutte le ore del giorno e della notte fino a farle dire di sì.

«E tu?», mi domanda subito Greyson.

«Io, cosa?»

«Perché il tuo nome non è sulla lista?», mi chiede serio.

«Ma io non sono di Heber Springs!», gli faccio notare.

«Sciocchezze, al momento risiedi qui. Come noi tutti. E poi l'idea è stata tua! Non puoi tirarti indietro», mi fa notare.

Se solo avesse tenuto chiusa quella sua boccaccia... Nessuno se ne sarebbe mai accorto.

«Ma la gente non vuole passare una giornata con me...», provo a salvarmi.

«E questo chi lo dice? Io pagherei per stare con te», risponde come se nulla fosse. E mi fissa provocatorio. A che razza di gioco sta giocando?

«Anch'io!», afferma entusiasta Jackson, seduto accanto a Jim.

«Grazie Jackson», commento ironica. Ma lui non pare cogliere la sfumatura nella mia voce.

Il volto di Greyson si fa subito più scuro. «Visto? Pieno di partecipanti entusiasti, a quanto pare...», borbotta seccato. «Quindi, ora che sei richiesta a gran voce, direi di inserirti nell'elenco». E poi procede a scrivere il mio nome nella lista delle fortunate, infierendo sulla povera penna con sorprendete energia. Se non si spezza è un miracolo.

A me scappa una mezza risata, che però soffoco dopo l'occhiataccia che mi lancia. E se non fossi così certa delle mie convinzioni, penserei che sia geloso.

Cosa impossibile.

Del tutto incredibile.

Ma il dubbio rimane dentro di me anche mentre l'assemblea approva la raccolta fondi e decide di fissare l'asta per il seguente sabato, nel salone comunale. Più e più volte il mio sguardo incrocia quello di Greyson. È una strana comunicazione non verbale. E mi fa sentire viva.

«Bene, se non abbiamo altro da decidere...», riprende la parola Greyson dopo l'esito delle votazioni.

Stavo quasi per dimenticarmi del secondo pezzo forte della serata. «Io! Io!», mi alzo in piedi gioiosa.

«Tu, cosa? Non hai finito con le idee brillanti per questa sera?», chiede preoccupato Greyson.

«Sono una donna multitasking, posso fare tante cose insieme. E avrei avuto un'altra geniale idea!».

La sua espressione è poco rassicurante, ma io non mi scoraggio con poco. O nemmeno con tanto, se è per quello.

«In questa città mancano attività sportive alternative alla camminata per i boschi o alla nuotata nel lago».

«Certo, camminare si è rivelato piuttosto pericoloso per te...», mi incalza Greyson.

«Sì, be', quello è stato un mero incidente. Ma anche senza cadute, camminare non basta. Non smuove tutti i muscoli. Non fa sudare», sottolineo con la giusta punta di provocazione nella voce. Spero con tutta me stessa che mi stia immaginando, nuda e sudata, e che stia soffrendo terribilmente.

«Kayla...», mi riprende appena.

«Vorrei organizzare, a rotazione, dei corsi di pilates, yoga e zumba!», concludo.

Il comitato si blocca a fissarmi. Tutti quanti, nessuno escluso.

«Hai detto zumba?», chiede Greyson, espressione del tutto indecifrabile sul volto. Insomma, la sua solita.

«Sì, zumba. Sono dei balli fatti apposta per dimagrire e per mantenersi in forma», gli spiego paziente. Perché lui, per quanto voglia fare finta diversamente, è nato e cresciuto a Boston. E non può venirmi a dire di non aver mai sentito nominare la parola Zumba. Non me la bevo. «Sarebbe un bel modo per la cittadinanza per trascorrere del tempo insieme e tonificare i muscoli».

«Tu sei matta...», borbotta a bassa voce. «E poi è una cosa da donne».

«Sì, ammetto che a New York i corsi erano frequentati in prevalenza da donne. Ma non solo!», puntualizzo. L'esemplare maschile che in genere frequenta corsi simili non è molto virile, ma non vedo perché scendere in inutili dettagli.

Greyson mi lancia un'occhiataccia. L'ennesima della serata. Non pare essere un grande fan di questa disciplina.

«Potremmo fare una lezione di prova», propongo. «E tu potresti partecipare, in modo da toccare con mano». Lo istigo quanto basta.

«Certo, potremmo anche fare una lezione di prova. Peccato che non abbiamo una palestra», mi risponde soddisfatto di essersela cavata con così poco.

«Sì che ce l'avete: la vecchia palestra proprio dietro al Comune».

«Cade a pezzi...», borbotta quasi seccato.

«No, non è vero. Ci sono entrata ieri. Sì, l'ultima volta che è stata usata era con tutta probabilità il 1940, ma la struttura è perfettamente integra. Si tratta solo di ripulirla per bene». *Molto* bene, ma non vedo perché insistere adesso.

«Chi diavolo ti ha fatto entrare lì dentro?», domanda arrabbiato.

«I pompieri», rispondo con il massimo dell'innocenza. Dal fondo dell'aula Jackson alza la mano come un bravo cagnolino. La reazione di Greyson è invece come da manuale: dalle sue orecchie mi pare di veder uscire del fumo. Fino a questo momento è stato del tutto prevedibile.

«Hai fatto entrare Kayla in una struttura fatiscente?», gli ringhia contro Greyson. «Ma sei impazzito?»

«Amico, vediamo di calmarci! Prima di farla entrata ho controllato con attenzione tutta la struttura e, come ti ha appena detto la principessa, la palestra è perfettamente integra. Se tocchi qualcosa lì dentro è probabile che tu muoia per qualche strana malattia del secolo scorso, ma i muri non hanno alcun problema. Stanno su che è una meraviglia...», si difende Jackson.

Amico? Principessa? Jackson rischia davvero grosso e non mi è chiaro se sia semplicemente stupido o se il suo intento di provocare Greyson abbia radici più profonde. Qualsiasi sia il motivo, sta centrando l'obiettivo. E alle grande, a giudicare dalla vena che pulsa sul collo di Greyson.

«Con il tuo permesso Greyson, vorrei occuparmi di ripulire la palestra e organizzare il corso di prova. Ti inviterò a partecipare e poi giudicheremo se andare avanti o meno, ok?».

Il signor sindaco prima inspira con forza dalle narici, poi deglutisce sonoramente e solo dopo mi risponde burbero. «Se proprio ci tieni…».

Entusiasmo a mille, a quanto pare. «Grazie».

Per fortuna la riunione sta volgendo al termine. Gli equilibri centenari della cittadina sono stati sul punto di essere seriamente compromessi, ma ne siamo usciti vincitori. Ora non mi rimane che sperare che la serata di beneficenza si riveli un poderoso successo. In caso contrario, credo proprio che emigrerò… Ho sentito dire che i russi non si fanno problemi a offrire asilo a condannati politici americani.

Sono a qualche metro dalla mia macchina. Ancora pochi passi e la mia fuga potrà definirsi vittoriosa! Non che di solito io sia il tipo che se la svigna dalla porta di servizio – affatto – ma la serata è stata già abbastanza agitata. E Greyson aveva uno sguardo per nulla rassicurante, quando ha dichiarato chiusa la seduta. Per cui sì, non ne vado fiera, ma alla fine fuga è stata.

«Dove diavolo pensi di andare?», tuona una voce alle mie spalle. E io che speravo che la folla lo fermasse così da permettermi di andare via indisturbata…

«Chi, io?», mi fingo sorpresa e mi blocco per affrontarlo.

«Sì, chi altro! Proprio tu che te la stai svignando», borbotta con una strana sfumatura nella voce. È piuttosto raro che sia tanto arrabbiato da farlo percepire. Credo che preferisca di gran lunga ingannare la gente, illudendola che nulla lo scalfisca.

«Non sto mica scappando. Sono una donna intelligente e sto solo decidendo – del tutto volontariamente – di rimandare la mia litigata con te», rispondo serena.

«Perché ti è chiaro di aver fatto una sciocchezza e sai bene che sono nero per questo», aggiunge avvicinandosi. Oh sì, è decisamente incavolato. Sul perché, però, sono pronta a discutere.

«E sentiamo? Cosa avrei fatto di così oltraggioso? Ho solo chiesto ai pompieri il loro parere sull'agibilità di una struttura. Fa parte del loro lavoro. O sbaglio?», domando con tono di sfida, sollevando il mento per osservare meglio la reazione nei suoi occhi. Che non tarda ad arrivare.

«Non è questo il punto. Avresti dovuto…».

Lo blocco decisa con la mano. «No, non avrei dovuto chiamarti. Che tu ci creda o meno, in questa città le cose possono accadere anche senza che tu ne sia informato. Non sei un tuttologo e non sei Superman, quindi è ora che la gente la smetta di chiamarti per qualsiasi problema. Il tetto perde? Chiamiamo Greyson che tanto non ha niente di meglio da fare. Il raccolto è in difficoltà? Sentiamo cosa ne dice Greyson, agronomo a tempo perso. E pure idraulico, psicologo, medico, e chissà esperto di quante altre cose. Quindi no, non ho voluto chiamarti perché, per quanto tu non voglia dirmi cosa sei davvero, so che non sei un architetto o un pompiere mancato. E ho chiamato loro!».

Per un secondo mi pare di averlo zittito. Ma, appunto, si tratta di un mero secondo. «Non hai chiamato i pompieri, hai chiamato Jackson…», prova a insistere.

Uomini… Come volevasi dimostrare. «Eh no, io ho chiamato la stazione dei pompieri! Che ha mandato Jackson. Punto!».

La frase pare destabilizzarlo. Sa bene che quello che sto per dirgli non gli piacerà nemmeno un po'. La sua espressione sofferente ne è un chiaro segno.

«E a te l'idea che io abbia chiamato Jackson non è piaciuta perché sei geloso», gli dico con un mezzo sorriso. In tutta sincerità la cosa pare comica anche a me. Ma Greyson ha appena dato di matto. Del tutto senza motivo. E mi sta facendo una scenata peggio di quella di un telefilm per ragazzine.

«Non diciamo assurdità...», tenta di difendersi. Ma abbassa lo sguardo per non dovermi guardare.

«Voglio dire, non è una cosa grave», cerco di rassicurarlo. E allungherei persino una mano per fargli una carezza, se dal suo corpo non irradiasse una strana energia non proprio positiva.

«Non sono geloso», sospira con voce grave. Pare un animale in gabbia.

«L'idea che io mi fossi messa a giocare con il playboy cittadino ti ha un po' destabilizzato, posso capirlo...».

«Ho detto che non sono geloso...», ripete alzando appena la voce.

«Non è una cosa grave. Sei umano, come tutti noi...», continuo per provocarlo.

«Ho detto che non sono geloso!», esplode infine, sollevando la testa con uno scatto furioso. I suoi occhi sono luminosi, intensi. Poi mi afferra per la vita e, senza riflettere affatto, mi spinge indietro finché la mia schiena non va a toccare la portiera di una macchina. Forse la sua, vista l'altezza anomala.

Non faccio in tempo a pronunciare una sola parola che il suo corpo mi avvolge e le sue labbra trovano le mie in un bacio piuttosto rabbioso. Di un animale ferito, appunto. Non da me ma da qualcun altro, ma sono comunque capace di riconoscere la paura e l'esitazione, anche se miste a una grande attrazione. Le sue labbra sono prima irruente, poi indecise, poi di nuovo mosse da una foga che quasi non immaginavo gli appartenesse.

Fosse stato per me avrei scelto un momento un po' meno drammatico per un primo bacio, ma chi sono io per giudicare la mia buona stella? Gli cingo il collo con le mani e avvicino il suo corpo al mio, nella speranza di rassicurarlo. Lo sento inspirare, indeciso se staccarsi o proseguire. E prima che possa pentirsi di aver seguito l'istinto, mosso quasi solo dalla rabbia del momento, gli passo una mano tra i capelli con un movimento lento e dolce. Il suo corpo si rilassa, le sue labbra si aprono e abbandonano del tutto. Sento che le nostre lingue non stanno più duellando ma si stanno seducendo a tutti gli effetti.

I fuochi d'artificio? Bazzecole in confronto a questo bacio. Che va avanti. E avanti. E ancora avanti. Finché, senza un vero motivo, si interrompe nello stesso brusco modo in cui è iniziato.

Greyson si ritrae.

«Hmmm», cerca di schiarirsi la voce per prendere tempo. Inspira, espira. Più e più volte. Si passa una mano tra i capelli. Sono molto più morbidi di quanto possano apparire da lontano. «Hmmm», riprova di nuovo, «credo proprio di dovermi scusare», mormora con voce roca.

«Cosa, per avermi sbattuta sulla portiera della macchina e per avermi baciato fino quasi a perdere i sensi?», cerco di prenderla sul ridere.

«Sì... Appunto, quello», borbotta a disagio. «Di solito non sono il tipo che sbatte qualcuno sulla portiera di una macchina. A maggior ragione una donna. Non fa parte del mio carattere. Spero davvero di non averti fatto male».

Non so, ma forse preferivo la versione animalesca di Greyson a questa mogia. «Non mi sono fatta niente. Anche perché hai attutito il piccolo colpo con le tue mani. E credo in modo molto deliberato».

«Sì, be', di deliberato c'è stato davvero molto poco...», mi dice sofferente.

«Tanto meglio», rispondo in maniera provocatoria. E questo finalmente lo convince a incontrare i miei occhi.

«Scusami?», mi chiede senza comprendere.

«Almeno, per una volta, hai fatto una cosa sentita e non programmata».

Lo osservo ridere, ma nel suo sguardo c'è un velo di disagio. «Oh, credimi, lo era eccome. Ma gli argini non hanno tenuto. Si sono rotti».

«Be', almeno potrai dire di aver sul serio baciato qualcuno nell'ultima era glaciale».

«Si stava meglio quando si stava peggio…», borbotta.

Ah, è così che vuole andare avanti? Una serie di bugie e frasi fatte? «Nessun'altra banalità da aggiungere alla compilation della serata?».

Mi lancia un'occhiata seccata. «Sto cercando di ristabilire i limiti…».

«Sì, ci sono arrivata da sola», rispondo nervosa. «Ma la mia collaborazione te la puoi anche scordare».

«Perché?», domanda sinceramente stupito. Il genere maschile e la capacità di capire una donna…

«Perché, visto che io non ho paura di dire le cose come stanno, volevo che tu mi baciassi». Enfatizzo la frase incrociando le braccia sul petto con chiara aria di sfida.

«Oh», mormora sorpreso.

Ma dico, davvero?

«E quando anche tu inizierai a essere sincero con te stesso… be', chiamami!». Poi cerco le chiavi della mia macchina nella borsetta e mi incammino verso l'auto. Mi siedo dentro l'abitacolo e sbatto nervosa la porta.

«Ma… non ho il tuo numero», gli sento dire. La voce è ancora parecchio confusa. Credo lo rimarrà a lungo.

Metto in moto e abbasso il finestrino. «Lo so. Arrangiati!», rispondo incattivita.

E poi parto sgommando come se fossi sul set di *Fast and Furious.* Grazie al cielo la zia Jill ha preferito tornare a casa con la sua amica Paula. Donna molto saggia.

Capitolo 10

Sono uscita da poco dalla doccia quando sento il telefono squillare. Ho poche certezze nella vita, ma sono pronta a scommettere un rene che non è Greyson. Non lo è da ben nove giorni, durante i quali qualsiasi uomo con del sangue nelle vene avrebbe trovato un modo per farsi dare un banalissimo numero di cellulare. Perché, che lui lo voglia ammettere o meno, quel bacio era dannatamente fantastico! Imbattibile come primo bacio! E con tanto di quel potenziale da generare quasi orgasmi spontanei. Quelli con cui ho curato questa attesa infinita.

«Pronto?», rispondo nervosa, senza nemmeno controllare l'identità del chiamante.

«Ancora non si è fatto vivo?», domanda quasi oltraggiata Amalia, che intuisce al volo il perché del mio tono. Ecco una donna che ha dei giusti motivi per indignarsi!

«No! Non ti sembra assurdo?», le chiedo scoraggiata e mi siedo sul letto. Ok, più che sedermi, mi lascio sprofondare, ma poco importa.

«Io davvero non capisco… Se quel bacio è stato come me lo hai descritto…».

«Al massimo ho peccato per difetto, non per eccesso!», confermo inviperita.

«…avrebbe dovuto chiamarti quella sera stessa! E invece sono passati nove giorni!».

«Lo so! Li sto contando anch'io…». E non ne vado fiera. Per niente.

«Ma cos'hanno gli uomini al giorno d'oggi?». Il dubbio

amletico che attanaglia gran parte della popolazione femminile, quella che va dai quindici anni ai novantacinque.

«Io ho smesso di capirli. Davvero. Se ne incontri uno interessante si scopre o che è un dongiovanni incallito, di quelli che escono con te e nello stesso tempo con mille altre, oppure un pazzoide con problemi relazionali in confronto ai quali l'abbandono di mio padre è robetta. Mai uno normale. È davvero impossibile incontrare un uomo normalmente aperto alla possibilità di conoscerti? Non di quelli che ti vedono come la madre dei loro figli il giorno dopo averti incontrato, ma uno che sa come divertirsi e pure come rispettarti? Insomma, chiedo troppo?», esclamo alla fine del mio piccolo monologo.

«Dopo un lungo cercare io ne ho incontrato uno...», prova a smorzare il mio lamento.

«Sì, certo, come no. Perché ti sei già dimenticata le seghe mentali che si è fatto Ryan prima di mettersi con te...», le ricordo rabbrividendo. «E poi quello non è normale: sbaglio o ti ha chiesto di mettere su famiglia subito?».

Per fortuna lei scoppia in una risata e non si offende. Perché sa bene che un po' di ragione ce l'ho. «Lo dici solo perché l'uomo giusto ancora non te l'ha domandato...», commenta sdolcinata. Andata completamente.

«Ciccia, l'uomo giusto mi farebbe ben altre proposte. Quella di una notte indimenticabile! Quindi perché diavolo non mi chiama?»

«Perché non si è mai fatto dare il tuo numero. Ma non per disinteresse. No, no... Secondo me ha solo una gran paura di non resistere, se ti imprime nella sua rubrica».

«Mi piace come dici "imprime"... Mi fa pensare a tutt'altro», le confesso ridendo. «Vorrei che venisse a imprimere ben altro». Una battuta a sfondo sessuale è sempre d'aiuto quando le cose si fanno tese.

«Kayla...», mi riprende Amalia. Ok, con lei non sempre.

«Cosa mai ho detto?»

«Dietro quella tua corazza si nasconde il cuore di una grande romantica», sentenzia. Ma certo, come no. Sono appunto nota per essere la regina delle ultime romantiche. «Ti sforzi troppo di risultare senza cuore. E non mi freghi...», sta andando avanti a blaterare.

«Hai chiamato per riempirmi di frasi melense o vuoi aiutarmi in modo concreto?», la richiamo all'ordine.

«Voglio aiutarti, chiaro».

«Allora fallo scegliendo il vestito adatto all'occasione: cosa mi metto questa sera? Rosso o nero?». E così dicendo sposto il mio sguardo sui due abiti che ho appeso fuori dall'armadio. Quello rosso è semplice ma piuttosto stretto. Per la serie, non lasciamo nulla, ma proprio nulla all'immaginazione. Il vestito nero, invece, ha una gonna più morbida, un po' svolazzante, e mi permette di indossare le mie amatissime scarpe blu elettrico.

«Vai con il classico. Nero. Accessoriato con qualcosa di stravagante», concorda anche lei. Non siamo migliori amiche per puro caso... L'affinità per i vestiti è il giusto collante tra donne.

«Seguirò il tuo consiglio».

«E ignoralo...», si affretta ad aggiungere.

Come se avessi in mente altro. «Certo! Anche perché lui lo sta facendo da ben nove giorni! Lo sa che sto ripulendo quella maledetta palestra e mai che abbia smosso il suo odioso fondoschiena per controllare che fossi viva. Mezza città è venuta ad aiutarmi! Ma lui? Niente!», esclamo arrabbiata.

«Be', se ti evita, ti evita fino in fondo...», ride Amalia.

«E non potrebbe evitarmi passando ogni tanto?»

«La vedo dura...».

«Ma vedrà questa sera cosa gli combino». Mai fare arrabbiare una donna come la sottoscritta.

«Cosa?», domanda curiosa la mia amica.

«Hai presente il pompiere?». Sì che lo ha presente, ho scritto varie volte di lui nei miei articoli e tutta la costa Est sa ormai della sua esistenza. È diventato una specie di celebrità. D'altronde, come posso far sognare un po' le donne metropolitane se non con il solito stereotipo del pompiere di una piccola città? Roger lo ha definito un personaggio talmente arcaico da essere addirittura post-moderno. Ma Roger beve. È evidente.

«Oh sì, cara...», sospira. Lo ammetto, ho volutamente calcato un po' la mano nella mia descrizione. Ma speravo che Greyson la leggesse. E che gli andasse di traverso la colazione. Il pranzo. E magari anche la cena.

«Bene, il pompiere ha di nuovo offerto di improvvisare uno spogliarello questa sera, durante la sua asta. Dice che lo farebbe solo per il bene della città, per raccogliere più donazioni».

Amalia scoppia a ridere a crepapelle. «Davvero non capisco perché non facciano serate simili anche nei circoli di mia madre. Anzi, dovrei proporglielo. Per una volta potrei persino partecipare».

«È chiaro che Jackson sta all'altruismo come io alla clausura, ma se proprio insiste... chi sono per dirgli di no? Non sono mica il sindaco!». La vendetta è un piatto che va consumato freddo. O nudo, a seconda dei punti di vista.

«Be', a voler essere precisi il sindaco si era espresso contro spettacoli simili...», sottolinea Amalia, che non fa testo, perché passa la vita a puntualizzare.

«Se avesse partecipato anche a una sola delle nostre riunioni per organizzare la serata avrebbe avuto occasione per ribadire il suo interessante punto di vista. Così, temo proprio che non gli daremo retta. Io mi sono dimenticata tutto quello che mi ha detto quella famosa sera e la zia Jill e la sua amica Paula, responsabili organizzative a tutti gli effetti, sono entusiaste dell'idea». Per la serie, mi piace vincere facile.

«Si arrabbierà», mi avverte Amalia, tornata per un secondo seria.

«Spero davvero che lo faccia. E che esploda».

La non belligeranza non è mai stato il mio forte.

Amanda si sposta verso di me e mi sussurra all'orecchio: «Perché abbiamo pensato che far condurre la serata a tua zia fosse una buona idea?», mi domanda ridendo.

«Perché nessuno di noi voleva farlo. E perché la zia è molto folcloristica», aggiungo. In questo preciso istante la zia sta tastando il fondoschiena di Jim per dimostrare al pubblico presente l'ottima qualità della merce. Il poveretto è a suo agio come Maria Antonietta durante la decapitazione.

«Mi viene da fare un'offerta solo per salvarlo dall'imbarazzo», confessa ridendo.

«Siamo sincere, l'offerta la vorresti fare per ben altri motivi…». E la fisso in maniera significativa. Sono piuttosto brava a intuire quello che i diretti interessati spesso non osano confessare nemmeno a se stessi. Sfortunatamente non quando si tratta di me stessa.

Amanda arrossisce all'istante, come da previsione. «Jim e io siamo amici di vecchia data, te l'ho già detto», prova a giustificarsi.

«Motivo in più per fare una buona offerta. Non sei stufa marcia di tutta questa amicizia?». Spesso si sente dire che l'amicizia è meglio di niente. Ma secondo me la gente sbaglia: è molto crudele essere costretti a frequentare una persona a cui ti lega qualcosa di ben più importante. Raramente porta a grandi benefici e lascia solo amaro in bocca. Per come la vedo io, è il caso di buttarsi: se va, va, e se non va almeno si smette di sprecare giornate preziose dietro a meri sogni.

Lei solleva la testa e fissa a lungo il lampadario dozzinale della sala comunale, che pare più adatto a una comunità montanara che a una ridente località dell'Arkansas. Io ho anche provato a rendere ospitale l'ambiente, ma gli oggettivi limiti architettonici hanno inciso non poco.

«Sì, sono stufa», confessa dopo una lunga attesa. Credo che le sia costato ammetterlo.

«Ottimo! Dico sempre che essere sinceri con se stessi rappresenta già metà della strada da percorrere. E per aiutarti ecco qui qualche banconota...». E così dicendo tiro fuori dal mio portafogli i pezzi da venti che avevo prelevato per l'occasione. Sono solo quattrocento dollari, non potevo permettermi molto altro, ma sommati ai suoi potrebbero fare la differenza. Tanto, non avrei saputo come impiegarli.

«Ma non posso prendere i tuoi soldi! Non avevi intenzione di fare un'offerta per Greyson?», mi chiede abbassando la voce.

Certo, come no... «Siamo serie». La mia espressione è molto eloquente.

Come se avesse captato qualcosa, in quel preciso istante il signor sindaco, seduto qualche fila più avanti rispetto a noi, si gira di scatto e posa quei suoi occhi chiari su di me. Il suo sguardo è, come da manuale, piuttosto neutro. All'ingresso in sala mi ha salutato con un mero cenno del capo. E gli è pure costato.

«Prendi i soldi che è meglio», dico ad Amanda, che questa volta li accetta senza ulteriori dubbi. Anche perché sta per partire l'asta per portarsi a casa una giornata con Jim. La zia Jill inizia con l'offerta base di cinquanta dollari e chiama con incredibile precisione le varie alzate di mani, senza mai perdere il filo delle offerte. Pare che non abbia fatto altro in vita sua.

«E siamo a trecento dollari! Forza ragazze, non fatevi sfuggire quest'occasione! Non vi ho forse dimostrato con tanto di test la bontà della merce?», domanda la zia. La sala scoppia in una fragorosa risata. Persino Jim, l'uomo oggetto del momento, non può fare a meno di ridacchiare. «Potete sfruttarlo per vari lavori, casalinghi e non...», continua facendo l'occhiolino.

Al mio fianco Amanda alza la mano. «Quattrocento dollari!», offre trovando il coraggio.

Purtroppo per lei pare non essere l'unica interessata a Jim. Una ragazzina mora alle nostre spalle rilancia in fretta di altri cento dollari.

«Seicento!», si fa forza Amanda, le cui guance hanno preso una tinta quasi fucsia.

«Settecento!», ribatte subito l'altra.

Se solo potessi afferrare per il collo la ragazzina...

«Ottocento!», grida Amanda. E poi mormora: «O questa molla o io ho finito. Non ho altri soldi!».

«Novecento!», arriva l'altra offerta.

Rispolvero il mio portafogli e tiro fuori le ultime banconote rimaste: due da cento. Mi sarebbero servite per mangiare la prossima settimana. Ma posso anche stare a dieta per una buona causa.

«Prendile». Le passo la somma che lei accetta molto malvolentieri. Ormai è in ballo e non vuole perdere. Posso capire la sensazione.

«Mille!», esclama con una certa disperazione.

La sala si zittisce in attesa di una controproposta, che però non arriva. E zia Jill, che è un battitore eccezionale ma piuttosto di parte, non perde ulteriore tempo e decreta con decisione la fine con il suo martelletto. «Assegnato ad Amanda per la somma di mille dollari!».

La sala esplode in un fragoroso applauso, mentre Amanda cerca di nascondere la testa per l'imbarazzo.

«Eh no, bellezza. Hai trovato la spina dorsale per farlo, quindi vedi di andare avanti a testa alta e ritira il premio!».

Così non può fare altro che salire sul palco, nervosa come non mai, afferrare la mano offerta da Jim e scendere con lui dalla scalinata tra fischi di apprezzamento. Se non altro i locali sono gente che sa fare il tifo!

«E ora arriviamo al pezzo forte della serata!», esclama la zia, quando Jackson fa la sua comparsa sul palco tra urletti di donne adoranti. Lui elargisce sorrisi e ammiccamenti come se non facesse altro tutti i giorni. «Jackson ha preparato un piccolo spettacolo prima di iniziare con l'asta, in modo da scaldare l'atmosfera», promette con maestria la zia.

La testa di Greyson scatta di nuovo nella mia direzione e questa volta l'espressione non è poi così serafica... più che altro incavolata nera. Io faccio finta di non saperne niente e alzo le mani dubbiosa.

La musica di *Hot stuff* invade la sala mentre Jackson inizia a ondeggiare visibilmente soddisfatto, attaccando il primo bottone della sua camicia scura. Spero solo che il cretino si fermi alla camicia e non arrivi a farmi arrestare. Ho come il sospetto che Greyson non muoverebbe un dito per ridurre la mia pena.

Il signor sindaco, materializzatosi quasi grazie alla forza del mio pensiero, plana con irruenza sulla sedia occupata prima da Amanda. Se avessi saputo che bastava uno spogliarello maschile per convincerlo all'azione, mi sarei mossa già prima. Altro che nove giorni.

«Ma chi si vede...», mormoro sarcastica.

«Cos'è questa storia?», chiede a denti stretti.

«Non so cosa veda tu, ma a me pare un piccolo spogliarello da parte di Jackson», rispondo con il massimo dell'innocenza.

«Appunto. E non avevamo forse detto niente spogliarelli?», domanda arrabbiato.

Sbuffo seccata e mi volto verso di lui. «Non lo so. Non mi ricordo bene. Sai, ho cancellato tutto di quella serata».

«Kayla…», mi avverte con un tono basso. Vorrei poter dire di non trovarlo sexy, ma sarebbe una bugia più grossa di quella che sono capace di reggere. Forse, dopotutto, aveva ragione lui a evitarmi: la sua vista e il suo odore mettono a dura prova la mia lucidità. Per un attimo arrivo persino a pentirmi di aver regalato tutti i miei risparmi ad Amanda, perché una giornata con Greyson la vorrei, eccome. Piuttosto disperatamente. È risaputo che ho un debole per gli uomini che sanno indossare con tanta disinvoltura una camicia bianca e un paio di jeans blu scuri.

Decido di non rispondere e torno a concentrarmi sul palco. Dato che Jackson è un uomo di poche parole e molta azione, ha già slacciato del tutto la sua camicia e la sta lentamente sfilando dalle spalle. Non faccio parte delle estimatrici dei muscoli a tutti i costi, ma il ragazzo ha sollevato parecchi pesi durante la sua vita. La canottiera bianca è un capo che solo pochi si possono permettere di portare con disinvoltura. Ma Jackson può addirittura pavoneggiarsi con solo quella addosso, perché pare fasciarlo come una seconda pelle.

«Cristo, ma non può fare sul serio…», commenta sofferente Greyson al mio fianco.

Potrei quasi essere d'accordo con lui. Quasi, però. Sono pur sempre una donna bastarda. E felice di esserlo. «Oh, credo proprio che sia serissimo», rispondo ridendo.

«Finirò per essere lo zimbello di tutto il paese. Mi ricorderanno per decenni come il sindaco che ha permesso uno spettacolo simile…».

Lancio una rapida occhiata alla sala e ai presenti, tutti piuttosto divertiti e molto coinvolti. Le donne, in particolar modo. «Non starei a fasciarmi la testa inutilmente. Lo spettacolo piace. Non mi è ben chiaro perché, ma il successo è assicurato».

Alla nostra sinistra una Grace sorprendentemente rilassata

sta starnazzando come una donna normale. Anche Greyson si rende conto della scena e rimane a bocca aperta.

«Stai contribuendo a una buona causa: ho il sospetto che non abbia mai visto un petto nudo prima di oggi. Almeno, non dal vivo. E quello di Jackson va più che bene per un battesimo di fuoco...», lo punzecchio.

Due secondi ancora e il nostro ruvido pompiere si toglie la canotta e fa bella mostra dei suoi pettorali. Sarei fiera pure io di mostrarli, al suo posto.

«L'uomo più stupido del paese», borbotta Greyson.

«Sì, ma ci porterà un sacco di soldi. Le donne sono sul punto di picchiarsi per lui», gli faccio notare. «E ho come il sospetto che la tua amatissima segretaria ti tradirà per della carne più giovane».

La sua espressione diventa intensa. «Credo che sopravvivrò. Non so nemmeno perché hai insistito perché io partecipassi all'asta. Come vedi, i nostri valorosi giovani bastano e avanzano».

Oh, mister sarcasmo è offeso...

Mi avvicino al suo orecchio. «Non te la prendere. È solo perché ignorano cosa c'è sotto la tua di camicia. Posso testimoniare a tuo favore. Basta solo che mi chiami... Oh, ma aspetta! Non puoi perché non hai il mio numero!», mi fingo sorpresa.

I suoi occhi si riducono a due fessure. «Kayla...».

Se avesse una vaga idea di cosa succede dentro il mio stomaco tutte le volte che pronuncia il mio nome, la smetterebbe seduta stante. «Sì, Greyson?», domando con la massima innocenza.

Il suo respiro accelera e i suoi occhi si spostano sulla mia bocca. Pare che non sia proprio così tanto sola in questa mia debolezza.

«Lasciamo perdere...», dice poco dopo. E allontana da me il suo sguardo. Salvo poi tornare indietro. Pare che il suo disinteresse sia destinato a durare poco. «Non stai facendo offerte per Jackson», mormora stupito.

Lo osservo come se fosse matto. «Dovrei?», chiedo curiosa.

«Pensavo che...».

«Pensi sempre a sproposito. In genere usare il cervello aiuta, ma nel tuo caso... non tanto». La mia diagnosi è crudele ma necessaria. «Ho dato tutti i miei soldi ad Amanda», gli confesso poco dopo. «Mi pareva una causa molto più nobile».

Per la prima volta da quando è entrato in questa sala, vedo Greyson sorridere e, come sempre, il suo viso si trasforma da quello di un orco brontolone in quello di un uomo incredibilmente affascinante. «È stato un bel gesto».

«Perché sono una bella persona. E tu lo sapresti, se non fuggissi in continuazione». Ogni tanto penso che dovrei limitare la mia sincerità. Ma poi non resisto.

Lo vedo alzare gli occhi al cielo. «Per me è solo una questione di sopravvivenza», ammette a sorpresa.

«Ah sì, questo l'hai detto giusto! Tu non vivi mica. Tu *sopravvivi...*», sottolineo.

«Ognuno fa del proprio meglio, non ti pare?»

«A dire il vero, no. Non lo penso affatto. Questo non è certo il meglio a cui puoi aspirare. Ma non siamo qui per questo», gli dico, tornando a concentrarmi sullo svolgimento dell'asta che, come da previsione, sta per toccare cifre astronomiche per Heber Springs. Che Greyson lo voglia ammettere o meno, il petto nudo è stato un colpo di genio. Alla fine la vittoria va niente meno che a... Grace! Per la modica cifra di tremila dollari!

Io quasi non riesco a riprendermi dallo shock e inizio a sventolarmi per non svenire. «Queste donne sono matte complete...».

«Cosa, tu non pensi di poter generare altrettanto entusiasmo?», mi prende in giro.

«Chi mai offrirebbe anche solo cinquanta dollari per me?», rispondo seria. Io non lo farei.

«Puoi sempre spogliarti...», mi suggerisce con uno sguardo malizioso.

«Meglio di no», ribatto. «Il mio amore per questa cittadina sta crescendo in maniera esponenziale, ma non abbastanza da umiliarmi».

«Davvero? Sta crescendo?», si volta interessato.

«Certo. Sto facendo amicizia con i locali, ora che passo le giornate a pulire la vecchia palestra». Il mio tono è una critica indiretta alla sua mancanza, spero gli sia chiaro.

«Ah già, ancora quella storia», borbotta vago, nascondendo male un lieve senso di colpa.

«Sì, sempre quella. La famosa palestra agibile. Ma sporca da far schifo. Due mani vigorose in più mi avrebbero fatto comodo, sai?».

Mi scruta a lungo, come se ragionasse su chissà quali gravosi problemi. «Almeno hai fatto amicizia con gli altri...», cerca di salvarsi in corner.

La nostra strana discussione viene però interrotta dalla zia Jill, che chiama Greyson sul palco. Ottimo, ora tocca al nostro sindaco.

«E ora arriviamo all'ultimo uomo della serata», esordisce la zia. «Quello che tante di voi stavano aspettando...».

Mio malgrado scoppio a ridere divertita. La zia è una forza. L'applauso che accompagna Greyson è in effetti lungo e caloroso. Sarà un uomo molto richiesto, nessun dubbio in proposito. Le casse comunali ringrazieranno il suo fascino.

«Io non faccio spogliarelli», precisa subito, prima che qualcuna possa richiederlo a gran voce.

«Ma certo che no!», esclama la zia, che in realtà lo sperava, eccome. Vecchia volpe. «Nemmeno qualche bottone della camicia?», gli domanda furbetta.

Lui le lancia un'occhiataccia e piuttosto malvolentieri procede a slacciare un solo bottone della camicia. Oh sì, se le donne di questo posto sapessero cosa c'è sotto…

Le offerte si susseguono numerose e in men che non si dica siamo vicini alla soglia dei tremila dollari, toccati prima da Jackson. Greyson gode del favore di numerose donne, specie quelle tra i trenta e i cinquanta, che sono evidentemente affascinate da una figura di potere. Sembra che la bibliotecaria Jody stia per spuntarla quando sul palco compare Andrew, l'uomo ombra, che si avvicina alla zia per bisbigliarle qualcosa all'orecchio. Poi le passa un biglietto e scompare esattamente da dov'era venuto.

«Un momento di attenzione: pare che abbiamo ricevuto un'offerta telefonica da fuori città per il nostro sindaco. Wow, è diventato famoso anche oltre i confini cittadini», ride la zia Jill, che apre il biglietto e sbatte più volte le ciglia, del tutto incredula. «Signori! Abbiamo un'offerta di diecimila dollari da parte di un'anonima donatrice di New York, che desidera regalare la giornata a Kayla Davis!».

Anonima come le mie chiappe, mi viene da pensare mentre mi afferro la testa e cerco di non sprofondare per l'immenso imbarazzo. Nella sala si è infatti propagato un brusio intenso e tutti gli occhi sono puntati su di me. E ok che in genere amo farmi notare, ma pure io ho dei limiti!

«Kayla, vuoi salire?», mi domanda la zia, mentre un esterrefatto Greyson non la smette di osservarmi come se gli avessi fatto fuori la famiglia.

«Ma quei soldi non li ho pagati io! Non posso salire!», le faccio notare.

«Poco importa. Qui c'è scritto chiaramente che è un regalo per te. Quindi, vieni a ritirare il regalo», mi incalza con un sorriso a trentadue denti.

Non sapendo bene cos'altro fare, mi sollevo e mi avvicino in fretta, nella speranza di sbrigarmela in mezzo secondo. Per poi andare a buttarmi nel lago.

«Un applauso!», richiede la zia mentre Greyson afferra la mia mano. E io vorrei tanto poter dire di non essere felice della cosa, ma cielo se lo sono!

«La cosa non era preventivata», sto cercando di spiegare a Greyson qualche minuto dopo. «Ho un'amica con un sacco di soldi e un senso dell'umorismo piuttosto particolare». Quando la prenderò, incinta o meno, Amalia morirà dopo lenta agonia.

Forse, dopotutto, avrei dovuto scrivere quel famoso articolo su lei e Ryan. Vestita da zucchina sarebbe venuta un'amore nella foto del giornale…

«Diecimila dollari?», ripete sconvolto.

E posso davvero capirlo. «La mia amica ha tanti, tanti soldi», ripeto per la millesima volta.

«Tu frequenti solo gente fuori di testa?»

«È altamente probabile…», mormoro rassegnata.

Amanda ci raggiunge, ridendo divertita. «Wow, quando fate le cose voi newyorkesi, sono sempre in grande, eh?».

Sparate, sparate pure sulla Croce Rossa…

«Ah ah», mi fingo divertita.

«Senti, non per volervi separare, perché non lo voglio davvero…», ammicca in maniera significativa a entrambi.

Ti prego, pavimento, apriti e inghiottimi una volta per tutte! Poni fine alle mie sofferenze!

«…ma ora tocca a te Kayla. Io ho raccolto solo cinquecento dollari», mi informa mogia. «Spero che tu saprai fare meglio».

«Io non arriverò nemmeno ai cinquanta». Quale folle li sgancerebbe per godere della mia eccitante compagnia?

Quella possono averla gratis quasi tutti i giorni, mentre ripuliscono con me la palestra.

«Come mai così poca autostima?», ride Greyson. «Hai un vestito degno di nota».

Lo osservo dubbiosa. Non mi è chiaro il perché della frase gentile. «La mia autostima è sempre molto elevata, se proprio ci tieni a saperlo. Ma la realtà incombe».

«Ah, le donne pratiche!», sospira ironico.

«Già, una vera piaga...», confermo.

«Kayla, vieni!», mi richiama ancora Amanda.

Visto che devo...

«E ora tocca a mia nipote Kayla!», mi presenta la zia Jill.

«Sì, sì, sanno tutti chi sono...», cerco di smorzare il suo entusiasmo.

«Che non si spoglia ma è già mezza nuda», aggiunge la zia.

«Grazie!», esclamo offesa.

«Sei uno schianto!». La voce di Jackson arriva dal fondo della sala.

No, al peggio non c'è mai fine. Nel caso qualcuno avesse dei dubbi.

«Questo e altro per il bene della città», brontolo.

«Partiamo da cinquanta dollari!».

«Io!», grida Jackson.

«Cento!», rilancia Jim.

«Duecento!», gli fa eco Jackson.

«Trecento!», insiste cocciuto l'altro. Ho il serio dubbio che Amanda lo abbia scongiurato di inserirsi nell'asta per evitarmi una brutta figura. In realtà la sto facendo comunque, ma per tutt'altro motivo.

E poi, come spesso succede nei film, ecco il colpo di scena. Io, prima di oggi, non ne avevo mai visto uno dal vivo. «Duemila dollari!», esclama una voce dall'ombra.

Tutte le teste si voltano per scoprire l'identità del folle – perché solo un pazzo potrebbe aver fatto un gesto simile – e rimango a bocca aperta. E non sono nemmeno la sola, se è a giudicare dal più grosso sospiro collettivo della storia. Perché si tratta di Greyson. Proprio Greyson.

E io, donna pratica e razionale che non sono altro, sento un pezzo di ghiaccio staccarsi dal mio cuore.

Capitolo 11

«Non avresti dovuto farlo», gli ripeto per la milionesima volta. Ormai è diventato un mantra.

Lui alza le spalle come se nulla fosse, mentre mi accompagna verso la mia macchina, che ho dovuto parcheggiare piuttosto lontano, vista l'affluenza record e il successo della serata.

«E non avresti nemmeno dovuto accompagnarmi», insisto. «Cosa vuoi che mi succeda?». Oggettivamente, a Heber Springs posso al massimo rischiare di inciampare mentre attraverso la strada.

Greyson mi sorride. «Abbiamo creato parecchie aspettative questa sera. Vuoi deluderle subito? Almeno forniscigli del materiale per il gossip del prossimo anno».

«Già dato», gli faccio notare. «Con una sola serata ho riempito almeno cinque anni di cronache cittadine. Prima la mia amica. E poi tu con il colpo di grazia». Mi preme che comprenda che qui non sono l'unica a cui dare la colpa. Lui ci ha messo molto del suo.

«L'ho fatto solo per il bene della comunità. Tu o un'altra sarebbe stata la stessa cosa. Avevo dei soldi da spendere…», si giustifica malamente. Ok, so che non è razionale, ma preferivo la versione romantica della storia. Potrebbe gentilmente rimangiarsi quello che ha appena detto?

«Grazie per l'entusiasmo…», borbotto un po' risentita.

Lui scoppia a ridere. «Certo, non sono riuscito a eguagliare l'effetto della tua amica. Ma nel mio piccolo ho cercato di andarci vicino. E poi tu non ti sei spogliata....», mi punzecchia.

«Come ha gentilmente fatto notare mia zia, sono già mezza nuda». Il mio vestito nero è piuttosto scollato e corto abbastanza da farmi arrestare. «Sai, ogni tanto un "che bel vestito" ci starebbe bene».

«Che bel vestito», ripete diligentemente, con la mia stessa intonazione.

«Sì, ma in modo sentito!».

«Ma è sentito!», esclama ridendo. E poi avvicina il suo volto al mio, bisbigliando appena. «È talmente un bel vestito che non faccio altro che interrogarmi su quanto potrebbe essere divertente toglierlo di mezzo...».

Uno strano mugugno sfugge dalle mie labbra. «Non vale, lo stai facendo apposta!», lo accuso e mi allontano.

«Forse sì, forse no... In ogni caso, non gioco meno sporco di quanto non stia facendo tu indossandolo».

Punto di vista interessante, il suo. È ridicolo quanto poco serva al mio entusiasmo per rimontare in sella. «Trovi?»

«Hmmm. Lo metterai anche domani?», mi interroga.

Domani? Cosa succede domani? La mia faccia lievemente inebetita lo fa ridere di nuovo. «Kayla, paghi diecimila dollari per una giornata con me e poi non la reclami?», si finge offeso.

«Non li ho pagati io...», brontolo. Vorrei che questa cosa non passasse inosservata. Anzi, la vorrei incisa nella pietra.

«Fai fruttare almeno i soldi della tua amica. Reclamami», mi suggerisce con uno strano tono di voce. Non riesco bene a comprendere cosa diavolo gli sia successo di preciso da metà serata in poi. Prima pareva aver ingoiato un limone e ora è qui che flirta meglio di Marilyn Monroe con il vestito bianco e le sue due gocce di profumo.

«Hai bevuto?», gli chiedo preoccupata.

«Nemmeno l'acqua», ci tiene a precisare.

«Fossi in te non me ne vanterei: bere acqua permette di eliminare un sacco di tossine!». Dico cose assurde quando sono nervosa. E lui ormai dovrebbe saperlo. Il novantanove per cento del tempo che passo con lui, la mia sudorazione è pari a quella di un maratoneta olimpico.

«Credo che sopravvivrò...».

«Allora hai fumato qualcosa...».

Ancora quel sorriso impertinente. «Niente di niente. Sto solo provando a vivere in modo diverso dal solito. A vivere e non a *sopravvivere*, come diresti tu».

Sono colpita che abbia dato peso alle mie parole. Colpita e un po' lusingata.

«Ok, mi stai ufficialmente mandando nel pallone. Lo sai, vero?». Ora persino la mia voce è incapace di contenere il panico. Di bene in meglio.

«Sì, credo di essermene reso conto. È grave se mi sto divertendo a farlo?»

«Non lo so di preciso. Quindi... dicevamo... domani...».

«Pensavo a un pic nic», mi stupisce. «Cosa ne dici di tornare alle cascate di Collins Creek?»

«Dico che la buca che ho preso mi basta per un po'».

«Solo perché non eri attrezzata. E poi conosco una scorciatoia: non dovrai più camminare molto per raggiungere il posto».

Lo osservo colpita. «Se esisteva una scorciatoia, perché diavolo abbiamo preso il sentiero lungo l'altra volta?». Sono l'unica che pensa all'ottimizzazione dei tempi in questo posto?

L'espressione di Greyson è sinceramente divertita. «Perché camminare per i boschi è uno spasso».

«Questioni di punti di vista...», borbotto risentita.

«Credo di averlo capito. E per l'appunto avrei pensato alla scorciatoia. La vista è spettacolare e la volta scorsa non ti sei goduta a sufficienza lo scenario».

Sì, il posto era meraviglioso e mi piacerebbe ritornarci. Ma il motivo per cui non mi sono rilassata la volta scorsa è che ci sono arrivata sulle sue spalle. Avevo la mente totalmente annebbiata. Avrei potuto avere davanti a me le sette meraviglie del mondo tutte insieme e la cosa non avrebbe comunque fatto una grande differenza. Temo. Non amo ammettere i miei limiti. D'altronde, chi ama farlo?

«Se la scorciatoia è veramente corta...», cedo con una facilità imbarazzante.

«Ma certo. E ti porterò degli scarponcini adatti. Che numero porti?»

«Il quaranta», gli rispondo fingendo indifferenza. Per essere alta un metro e settanta porto un numero esageratamente grande. È ovvio che Cenerentola e io non siamo imparentate.

Per fortuna lui non batte ciglio. «Allora ti passo a prendere verso le nove?».

Mai dare l'aria di essere troppo ansiose. Una delle più importanti regole in amore. «Facciamo verso le dieci. Prima ho qualcosa da fare...», dico con fare misterioso.

La tattica pare funzionare perché i suoi occhi si accendono. Sta soppesando se chiedere o non chiedere. Certe volte sono davvero un genio...

«Va bene anche alle dieci», acconsente alla fine con un mezzo sorriso. È riuscito a domarsi, ma io l'ho visto e so che era a tanto così dal cedere!

Apro la borsetta e tiro fuori le chiavi della macchina. Devo dormirci sopra e trovare un modo per evitare di rendermi ridicola domani. Missione difficile, ma spero non del tutto impossibile.

Sollevo lo sguardo e incontro i suoi occhi, che stanno studiando con attenzione tutto quello che accade sul mio volto. E so che ho detto di essere arrabbiata con lui per non avermi calcolato per nove giorni, ma cosa darei perché facesse una follia simile a quella dell'altra volta...

«C'è qualcosa che non va?», mi chiede come se ignorasse del tutto i miei pensieri. In questo momento mi sento l'attrice peggiore della storia. Impossibile che non gli sia chiaro. Voglio dire, sto volutamente gelando con addosso un vestito assurdo nella speranza che lui faccia qualcosa. Lo so, lo so... ci vedremo domani. Ma io voglio che mi baci oggi! È chiedere troppo?

«No, assolutamente», mormoro affranta.

«Allora a domani». E così dicendo mi volta le spalle e inizia ad allontanarsi.

Cosa??? Nemmeno un bacio sulla guancia? E meno male che il vestito doveva essere memorabile! «Greyson! Fermati!», gli urlo senza riflettere. Tendo a non farlo quasi mai in sua presenza. Motivo in più per iniziare a fuggire a mia volta...

Lui esegue, girandosi solo a metà per controllare che diavolo mi sia preso. Per inciso, non lo so nemmeno io. Percorro quei pochi metri che ci separano e mi fiondo tra le sue braccia, intenzionata a rimandare a molto, molto dopo qualsiasi pensiero sulla poca intelligenza del gesto.

«Ti sono mancato?», domanda con evidente ironia.

«Hmmm...».

«Volevi un abbraccio?», mi prende in giro.

Ma che razza di mondo è diventato questo, se una povera donna deve fare tutto da sola??? Su Greyson, ci puoi anche arrivare da solo!

«Hmmm...». Mi sto trasformando nella regina della dialettica. Devo ricordarmi di ringraziare Roger per questa mia interessante evoluzione.

«Sì? No? Forse?», mi interroga con un sorriso. Se non altro, pare aver preso bene la mia momentanea mancanza di giudizio. «Ah, forse era questo...». E finalmente, dico *final-*

mente, abbassa la sua bocca sulla mia per darmi il più dolce e maledettamente casto bacio della buonanotte che sia mai esistito. La sue labbra indugiano a sufficienza perché io mi illuda che tra di noi stia di nuovo per divampare il fuoco, ma non vanno oltre, come ci si potrebbe aspettare da un perfetto gentleman.

Scusate un attimo, ma da quando gli uomini baciano con tanto candore le donne come me? Il mondo ha iniziato a girare al contrario e nessuno mi ha avvisato?

Lo so che è un controsenso, ma mi sento appagata e delusa nello stesso momento.

Greyson ristabilisce in fretta una certa distanza tra di noi. «Ancora una volta, a domani...», mi saluta con voce decisamente più roca di prima.

Così rimango lì, imbambolata, a chiedermi se valga la pena chiamare Amalia per insultarla o per ringraziarla.

Giusto per non sbagliare, magari posso fare entrambe le cose.

Il vero motivo per cui ho rimandato l'appuntamento con Greyson non era tanto per farlo rimanere sulle spine. O forse solo un po'. Ma avevo uno scopo ben più nobile da realizzare. Ovvero, preparare Amanda per la sua giornata con Jim. La fanciulla è graziosa e ha un grosso potenziale, ma commette il tipico errore da principiante in fatto di uomini: l'aspetto fresco e naturale è bello, ma fino a un certo punto.

Per esempio, una donna con dei lineamenti così belli e degli occhi chiari così incantevoli non può non accentuarli con sapiente dose di matita e mascara. Il viso acqua e sapone è accettato per andare in palestra. E visto che qui ancora non ne hanno una agibile, Amanda non ha scuse.

«Questa cosa mi fa lacrimare gli occhi», si sta lamentando dopo che ho finito con la mia linea di eyeliner.

«Sciocchezze», le rispondo per nulla intenerita. «Resisti stoicamente e poche scuse».

«Ma stai perdendo tanto tempo con me mentre potresti prepararti a tua volta», tenta di farmi ragionare.

«Il tuo è un caso molto più importante del mio. Tu a Heber Springs ci devi rimanere a vivere. E a Jim ci tieni veramente. Io posso anche sopportare una nuova umiliazione. Alla peggio, posso sempre scappare».

Amanda si blocca a fissarmi. «Non ci casco nemmeno per un secondo. Ci tieni eccome al tuo appuntamento!».

Sì, ha ragione, ma sarebbe meglio che non fosse così. Per cui ho in mente un piano che è, né più né meno, l'esatto opposto di quello che ho pensato per lei. Le ho fatto indossare un paio di pantaloni scuri e le ho prestato una maglietta celeste molto carina che fa risaltare i suoi occhi e il suo incarnato. Il trucco è semplice ma molto d'effetto, grazie anche alla tripla dose di mascara che sto finendo di applicare. La regola è: il mascara non è mai troppo. Bisogna applicare tutte le passate che le ciglia possono sopportare.

«Ho tutto il tempo del mondo per prepararmi», la rassicuro. Ed è vero: devo solo mettere ai piedi gli scarponi che Greyson mi ha promesso e poi sarò perfetta. Quasi senza trucco, con dei jeans sdruciti e con una maglietta nera molto essenziale. Ho intenzione di indossare sopra una banale felpa con cappuccio, ma preferisco aspettare di congedare Amanda. Potrebbe non reggere il colpo.

«Eccoti! Sei una meraviglia!», esclamo felice. Lei si scruta con attenzione nella maxi specchiera a fiori della zia e sorride.

«Dovresti fare la make-up artist. Fai miracoli», si complimenta.

«La materia prima era stupenda. È facile ottenere un effetto simile con una pelle come la tua».

«Dove andate?», chiede girandosi verso di me.

«Pic nic vicino alle cascate», le svelo.

«Oh, che cosa romantica…», mi prende in giro ridendo.

In effetti, un po' lo è. E la cosa mi spaventa, francamente. Motivo per cui mi sono travestita da contadina dell'Arkansas.

«Ma ho sempre saputo che Greyson era un uomo d'altri tempi», va avanti la ragazza. Lei non lo sa, ma sta solo peggiorando la situazione.

«Il problema è che lo penso anch'io: Greyson si meriterebbe un appuntamento con una donna di tutt'altro tipo». Finalmente trovo il coraggio di ammettere quello su cui sto rimuginando da ieri sera.

«Perché? Tu che tipo saresti?»

«Quello sbagliato…».

«Sciocchezze. Sei l'unica donna che abbia catturato la sua attenzione da anni a questa parte. Vorrà pur dire qualcosa, no?».

Sì, ma ha anche confessato di essere attratto dalle donne sbagliate. Capita molto più spesso di quel che si creda.

Osservo Amanda con aria affranta.

«Eh, non dirmi che ti stai facendo mille paranoie?», mi domanda.

«Mille? Facciamo piuttosto un miliardo…». E io odio comportarmi così! Non reggo donne simili!

«Senti, fa' un bel respiro. Così… E poi cerca di rilassarti. Posso capire che sei tesa. Ma, per come la vedo io, non ne hai motivo: stai per passare la giornata con un tizio oggettivamente attraente, con molto cervello e che sa come mettere a proprio agio le persone…».

Forse gli altri. Con me la cosa non ha mai funzionato molto bene.

«Il segreto sta nel non avere aspettative», borbotto a bassa voce. La frase è più che altro rivolta a me stessa.

L'espressione di Amanda è dubbiosa. «Oddio, io avrei

puntato a qualcosa di più epico, ma se per te funziona così…». E alza le mani in segno di resa, pronta ad abbandonarmi per uscire con Jim.

Vuoi vedere che alla fine quella tranquilla è lei e quella che sta dando i numeri sono io?

«Divertiti!», le raccomando prima di lasciarla andare, accompagnandola alla porta. «E fa' tutto quello che farei io al tuo posto!», esclamo scherzando.

«Anche quello che farei io!», ci si mette pure la zia, comparsa dal nulla.

Be', spero proprio di no… Per il bene di Amanda.

«Dov'è il tuo giovanotto?», si rivolge poi a me, osservando dubbiosa il mio abbigliamento. «Non avevi detto che sarebbe passato alle dieci?»

«Infatti…».

«E perché sei vestita così?», mi interroga. Una che si è tinta i capelli di blu non dovrebbe andare in giro a fare domande sulle stranezze della gente, a mio modesto avviso.

«Cambio di programma», rispondo molto vaga. Non so bene nemmeno io perché mi sia "travestita", ma quel bacio molto dolce mi ha lasciato con una strana sensazione in fondo allo stomaco. Mi ha fatto ricordare in un colpo solo che sono qui con una scadenza, di non volere una relazione seria in questa fase della mia vita e di non aver alcun diritto di invadere l'esistenza di una brava persona come Greyson. Avrà anche mille difetti, ma chi sono io per dirgli qual è il modo migliore di vivere? Tra l'altro, chi sono io per affermare che il mio modo è più giusto del suo?

«Pianeta terra chiama Kayla…», mi ridesta la zia. «Guarda che Greyson ha appena suonato alla porta. Hai intenzione di aprirgli?», domanda ironica.

Inspiro profondamente e mi sforzo di rimettere in moto il mio corpo. Gli apro la porta scalza, vista la promessa degli scarponcini adatti della sera prima, e rimango per un attimo sorpresa: la sua altezza mi lascia in difetto, costringendomi a sollevare il collo. Queste cose non succedono quando indossi un signor tacco.

Lui sgrana gli occhi per la sorpresa – la mia mise è piuttosto d'effetto per chi ha imparato a conoscermi – e mi sorride. Un sorriso limpido e totalmente sincero.

«Adesso mi dirai che sto meglio vestita così...», lo sfido a mentirmi.

Lui scoppia a ridere. «No, ti preferivo ieri sera, se proprio vuoi saperlo, ma trovo che ci sia dell'evidente ironia del nostro comune modo di ragionare». E mi indica se stesso.

Orrore degli orrori, ha una camicia di flanella. A quadri. La vista è talmente destabilizzante che non posso fare a meno di scoppiare a ridere a crepapelle a mia volta.

«Il tuo è un messaggio non tanto cifrato», commento con le lacrime agli occhi. Il dramma è che ho sempre pensato che avrei trovato un uomo travestito da boscaiolo assolutamente rivoltante, mentre scopro ora che la differenza sta tutta nel soggetto. Su Greyson, incredibile ma vero, la camicia di flanella è maledettamente sexy. E pensare che ero pronta a farmi bruciare piuttosto che uscire con chi avesse indossato un simile tessuto.

«Non capisco cosa vuoi insinuare. Tu, piuttosto, mi devi dire qualcosa?», domanda a sua volta con un sorriso. Se non altro entrambi l'abbiamo presa con filosofia.

«Dove sono i miei scarponcini?», gli chiedo solo.

«Qui». E così dicendo mi consegna un paio nuovo di zecca.

Alla sola vista il mio battito cardiaco accelera in maniera pericolosa e la sudorazione aumenta. Inizio ad agitarmi. «Questi non te li hanno prestati. Questi li hai comprati!», esclamo rossa in volto.

«E allora?». Greyson si massaggia la mascella senza comprendere il motivo del mio panico.

«E allora è uno spreco! Io starò qui ancora per poco…», inizio a blaterare agitata.

«Respira Kayla, respira. Mi è chiaro che sei già con un piede fuori di qui. Almeno mentalmente. E non farti venire una crisi isterica solo perché ti ho regalato degli scarponcini nuovi. Non è mica un anello!», mi prende in giro.

«Io ho dei problemi con i regali», lo informo a bassa voce, terribilmente imbarazzata per la scenata.

«Sì, me ne sono accorto. Ma giuro che è solo un paio di scarpe. Non ho pericolosi secondi fini. Anche perché…». Indica la camicia di flanella.

«Anche perché stai cercando di renderti il meno attraente possibile, ai miei occhi», concludo al posto suo. «Abbiamo avuto la stessa idea». Non è la prima volta che mi rendo conto che in verità il nostro modo di ragionare è piuttosto affine. Per essere due persone diverse come il giorno e la notte, pare che i risultati finali coincidano sorprendentemente.

«Peccato che il tuo piano sia fallimentare: a me piacciono le donne sportive».

Lo osservo come se fosse matto. «Questo non è sportivo. È sciatto». L'eleganza sportiva non mi è del tutto sconosciuta. Ma il mio abbigliamento è ben altro. Vorrei fosse chiaro. Ho impiegato del tempo prezioso per selezionare quello che indosso.

«Allora adoro le donne sciatte», ribatte imperterrito. Lo detesto.

«No, non è vero», affermo con assoluta certezza. Agli uomini, per qualche strano motivo, piace molto dirlo. Ma è tutta una finta. E noi donne siamo furbe a sufficienza da averlo ben chiaro.

«Diciamo che, fino a questo momento, tu mi sei piaciuta vestita in qualsiasi modo», insiste con un sorriso. E io quasi rimango tramortita. Se smettesse di sorridere, forse riuscirei nel mio intento di apparire distante. Al momento il mio piano si sta rivelando fallimentare.

«Ragazzi, volete mettere radici in casa mia?», si intromette zia Jill. «Non che non sia interessante origliare dietro la porta...».

Cielo, è vero! La zia! Tendo sempre a dimenticarmi degli altri quando mi trovo davanti quest'uomo. E non è un bene!

«Adesso andiamo, Jill», si congeda Greyson. «Non appena Kayla si sarà infilata gli scarponi che tanto l'hanno mandata in crisi». Non resiste dal prendermi in giro.

Gli faccio una linguaccia, mi siedo per terra e mi metto ad allacciare le stringhe. Prima di potermi rialzare, davanti al mio naso compare una mano tesa nella mia direzione. La afferro, arrabbiata con me stessa per non aver saputo resistere. «Solo perché devo dare un senso ai diecimila dollari della mia amica...», mi giustifico. La sensazione di calore è istantanea e zuccherosa proprio come da previsione.

«A proposito, l'hai poi sentita?», mi chiede ridendo.

«No, non mi risponde al telefono». Perché sa che la farei a pezzettini. Perché è cosciente di averla combinata davvero grossa. Un conto è dare il proprio parere, ben altro intromettersi attivamente nella mia vita, facendomi apparire, agli occhi dell'intera città, come la donna più disperata dell'intera Via Lattea. Avevo un amor proprio prima di ieri sera. Ora non più, grazie ad Amalia.

Greyson continua a ridere, mentre saluta la zia e si incammina verso il suo pick-up, che pare essere stato tirato a lucido per l'occasione. Ci si potrebbe specchiare.

«Hai lavato la macchina...», constato, tornando ad agitarmi.

Davvero, devo iniziare a darmi una bella calmata: le donne normali non considerano così compromettente ricevere degli scarponi da trekking oppure salire su di una macchina lavata. No, le donne che hanno tutto sotto controllo ringraziano e basta.

Dopo qualche curva Greyson imbocca una specie di strada secondaria, non asfaltata, che mi costringe ad afferrare forte la maniglia per evitare di saltellare sul sedile.

«Reggiti forte: la scorciatoia la conosciamo in pochi. La strada non è mai stata asfaltata», si giustifica.

«Se mi evita di cadere in un'ennesima buca, questo e altro».

«Quella è stata mera sfortuna», mi consola in fretta.

A voler essere precisi, è stata la diretta conseguenza dell'aver fissato troppo il suo fondoschiena, ma credo che soprassederò su questa preziosa informazione. «Sì, qualcosa di simile…».

Le stradine si susseguono sempre più strette e sempre più malmesse, finché Greyson non si ferma davanti a un albero massiccio. «E come puoi vedere con i tuoi stessi occhi, qui siamo costretti a scendere. Ma le cascate si trovano a nemmeno un quarto d'ora di distanza a piedi».

Scendo e recupero il mio zaino, dove ho diligentemente riposto dei panini e delle bibite. Come dicevo, sono una che impara dai propri errori.

Lui fa altrettanto, afferrando persino un vero e proprio cesto da pic nic. Uno di quelli che ti aspetteresti di vedere in mano a Cappuccetto Rosso e non al sindaco della città.

«Sei in modalità fiaba?», lo prendo in giro mentre ci incamminiamo lungo il sentiero.

«Scusami?»

«Sì, il boscaiolo, il cestino della merenda…».

«Se vuoi ho persino una mela rossa qui dentro», si presta al gioco.

«Io sono la strega, mica Biancaneve!».

Scuote la testa, per nulla d'accordo. «Sciocchezze: ti vedrei molto bene con un fiocco rosso in testa».

«Solo se le scarpe fossero degne di una principessa».

«Mi spiace, quella di cristallo mi manca. Oggi ho preferito la comodità e la sicurezza».

«A proposito di scarpe, se farò attenzione a non sporcarle, magari potrai riportarle indietro e farti ridare i soldi».

Lui si blocca e mi osserva incredulo. «È un regalo, Kayla! Fattene una ragione. Non ho la minima intenzione di riprenderle, né oggi né mai. Quando sarà il momento di tornare a New York, dovrai portarle con te», afferma deciso.

«Stai scherzando! Non avrebbe senso. Il mio appartamento misura quaranta metri quadrati, balcone incluso. Hai idea di quale spreco di spazio sarebbe?».

Lui solleva le spalle, non molto toccato dal mio discorso, e prosegue per la strada. «Allora, vieni o perdi ancora tempo a fissare il mio sedere?», mi domanda con una risata.

Io spalanco la bocca per la sorpresa. Il bastardo, dannazione a lui, lo sapeva!

Greyson ha appena tirato fuori dal suo zaino una gigantesca coperta blu su cui sta adagiando, come una perfetta massaia, una serie di prelibatezze: sandwich al prosciutto e al salmone, uova sode, formaggio, frutta varia. E per concludere una gigantesca confezione di cioccolato fondente. Intenditore. O tentatore. Dipende dai punti di vista.

«Sono piuttosto impressionata», devo ammettere.

«Lo so. Era proprio l'effetto a cui miravo», mi svela facendomi l'occhiolino. Pare molto più a suo agio del solito. Ha fatto meditazione prima di venirmi a prendere?

«Veramente avevi in mente ben altro, caro il mio signor flanella...», gli ricordo con una risata.

«La camicia serviva un po' a mitigare l'effetto complessivo. Non volevo darti l'impressione di uno che ci tiene troppo». Mentre lo dice solleva lo sguardo, che è sorprendentemente sincero. Non mi è del tutto chiaro quale sia il suo piano oggi. Al momento è riuscito solo a confondermi. E io lo ero già, senza che ci si mettesse anche lui.

«Non è nel mio interesse specificarlo, ma lo faccio comunque: quella disperata sembro io. Mica tu. Credimi… Tu sei solo un uomo gentile che sta mantenendo fede ai patti».

Sulla sua bocca compare un sorriso. «Ieri sera dicevi che ero un cafone che non si era fatto vivo per ben nove giorni», non resiste dal ricordarmi.

«Sì, be', ieri sera non avevo ancora ragionato. Oggi è diverso». Lui ancora non lo sa, ma sono stata vittima di tardivi scrupoli di coscienza nella notte. Piuttosto insonne.

«Perché?», domanda molto interessato.

«Diciamo solo che il tuo bacio della buonanotte mi ha fatto comprendere alcune cose…». Meglio essere vaghi.

I suoi occhi chiari si aprono a effetto. «Ah sì?».

Potrebbe gentilmente mettersi un cappuccio in modo che io non sia costretta a guardare il suo bel viso?

«Sì, ho capito che avevi ragione. Intendo, a tenermi a distanza». Sono un po' imbarazzata ad ammetterlo, ma alcune cose vanno chiarite.

«Io ti bacio e tu ne deduci che ti vorrei tenere a distanza?», chiede ironico, sollevando un sopracciglio. Per il momento mi pare divertito più che offeso.

«Sappiamo entrambi che tu non mi hai baciato perché lo volevi davvero. Sono stata io a piombarti addosso», gli ricordo mortificata. Ma sono certa che il particolare non gli sia sfuggito.

Contro ogni previsione, Greyson scoppia a ridere divertito. Almeno qualcuno ci trova dell'ironia.

«Se solo sapessi che cosa avrei voluto farti ieri sera…», mormora con un tono di voce inusuale. Pare più basso di un'ottava.

Afferro un pezzetto di formaggio, cercando di darmi un tono mentre lo mordo. «Cosa?», non resisto dal chiedergli.

Andrò comunque all'inferno. Almeno lo faccio per un motivo valido.

«Cose molto, molto cattive», sospira.

E io per poco non mi strozzo. Inizio a tossire con violenza, rovinando di fatto la strana atmosfera venutasi a creare.

«Non era mia intenzione sconvolgerti...», ride Greyson.

«Cosa? Con così poco?», domando andando avanti a tossire.

«E non volevo nemmeno soffocarti».

«Fossi in te non direi certe cose. E non perché potrei morire. Ma perché, senza saperlo, rischi di innescare una pericolosa reazione. Detto proprio fuori dai denti, non credo di controllare molto bene la mia attrazione per te...», gli confesso, sorprendendo me per prima. La zia deve aver messo del brandy nel caffè, questa mattina.

Per un attimo la frase pare non fargli alcun effetto, ma poi i suoi occhi si velano di un qualcosa che sospetto potrebbe essere desiderio. E non è un bene. Affatto.

«Questo è un gioco pericoloso», mormora pensieroso.

«*Questo* ha smesso di essere un gioco da un po' di tempo», ribatto.

«Per te ogni attrazione è un gioco», mi rinfaccia calmo. Davvero, non posso che ammirare l'imperturbabilità con cui pronuncia frasi simili.

«In generale potresti avere ragione. Con te, non così tanto...».

«Io sarei diverso? Perché?».

Questo veloce scambio di domande e risposte pare quasi uno scontro. I toni sono amichevoli, ma in ballo c'è molto, molto di più di quello che vogliamo dare a vedere.

Alzo le spalle. «Non so bene, forse perché non accetti di giocare a meno che non lo si faccia con le tue regole». Ha iniziato a mandarmi in crisi sin da quel primo giorno, quando è sceso dal suo pick-up e si è tolto gli occhiali, ed è andato avanti settimana dopo settimana, mettendo in discussione tutte le mie poche certezze.

«Vedo che siamo giunti al punto della questione: le regole». Pronuncia l'ultima parola con una certa gravità, come se fosse qualcosa di solenne.

«Io odio le regole...», gli confesso a bruciapelo.

«Sì, me ne rendo conto. Ma le regole aiutano», insiste testardo.

«Chi?»

«La parte più debole».

«Che sarebbe...». Lascio la frase in sospeso, curiosa di sentire il suo punto di vista.

«Chiaro, sarei io», risponde senza un attimo di esitazione.

Ecco una risposta che non mi aspettavo. «Strano, pensavo di essere io», mormoro stupita.

«Hmm, no. Niente da fare». E mi si avvicina quanto basta, togliendomi di mano il minuscolo pezzetto di formaggio rimasto. Lo mette in bocca e inizia a masticare, senza mai smettere di fissare le mie labbra.

«Per essere uno che non vuole giocare, ci stai andando giù pesante...», gli dico quasi senza fiato.

«Io non gioco. Faccio sul serio».

Promessa o minaccia? Non mi è del tutto chiaro.

Vorrei saltargli addosso e al diavolo tutto il resto, ma c'è un campanello d'allarme che risuona nella mia testa. Allungo la mano quasi a volerlo tenere a distanza di sicurezza. «Fammi capire, cosa è cambiato rispetto a ieri sera?»

«Sempre ad analizzare le cose...», mormora. «Se proprio ci tieni a saperlo, mentre ti guardavo andare via, mi sono reso conto che forse avevi ragione tu. Ho sentito piuttosto forte la voglia di fare un salto. Con te».

Il mio cuore inizia ad accelerare pericolosamente, le mie guance si tingono di porpora. «Oh...», riesco a malapena a dire.

«Sì, ma visto che sei stata sincera con me, vorrei fare altrettanto. Vedi, io ho un piano», inizia a spiegarmi con un sorriso ipnotico. E a me viene in mente quel primo istante in cui ho posato gli occhi su di lui in quella piazzola polverosa: lo sapevo che era pericoloso per me e non ho fatto niente per tenermene a distanza. Cretina di prima categoria.

«Sì, hai l'aspetto dell'uomo che ha sempre un piano…».

«Io penso che, con il tempo, potrei farti innamorare di me», esordisce a effetto.

Sbatto le ciglia incredula e inspiro profondamente. Lui non mi conosce abbastanza, ma gli uomini che mi frequentano hanno il divieto assoluto di nominare parole come amore, innamoramento e assurdità simili. Sono bandite.

«Fermati un attimo», esclamo agitata. Ma lui si sporge in avanti e mi preme un dito sulle labbra.

«Non andare in iperventilazione. Respira Kayla», mi istruisce calmo. «Sincerità, ricordi?».

Mannaggia a me…

«Tu pensi di essere una donna fatta solo per una relazione fugace. Io invece ho il sospetto che noi due potremmo funzionare. Intendo, a lungo termine», chiarisce ancora una volta. Come se non mi fosse già chiaro il pericoloso messaggio.

Quest'uomo si è bevuto il cervello, non vedo altre spiegazioni.

«Io sono qui ancora per poco…», balbetto nervosa.

«La gente cambia i proprio piani», afferma come se niente fosse.

«E poi sono qui per indagare sullo shale gas», mi sfugge finalmente.

Greyson non mi pare affatto turbato dalla frase. «Sì, be', l'ho capito da tempo che eri arrivata qui con la speranza di mettere il naso in chissà quale malaffare… Ma non ne hai trovati, vero?», chiede soddisfatto.

In effetti, non ho trovato un bel niente, se non una cittadina piena di personaggi folcloristici e un sindaco che non ha l'aria di essere granché corruttibile. Greyson non lo ammetterebbe mai, ma il fatto che abbia appoggiato questo mio folle progetto dell'asta di beneficenza mi ha fatto comprendere quanto in realtà i suoi timori sullo shale gas siano simili ai miei. Fosse stato il classico arrivista senza scrupoli, avrebbe consigliato al padre di Jim di iniziare a scavare. E subito. Magari dietro lauta ricompensa da parte delle società del settore.

«No, niente malaffare», gli confermo.

«La vita a Heber Springs è pacifica. Rilassante. Ti eviterebbe l'invecchiamento precoce…».

Raddrizzo la schiena. «Chiariamo subito una cosa: non verrei a vivere in una landa desolata come questa nemmeno se tu fossi Ryan Gosling. E Ryan è l'uomo più irraggiungibile e fiabesco che mi venga in mente in questo istante!».

Il suo volto, piuttosto somigliante a Ryan, ora che ci faccio caso, continua a rimanere rilassato. Quest'uomo è abituato a sopportare lo stress. Molto stress. «Ok», acconsente ridendo. Ma è evidente che ha un piano. Un pericolosissimo piano per farmi crollare. E potrebbe. Lo sa lui e lo so io. La partita è piuttosto aperta.

«Io odio la campagna…», vado avanti a parlare con veemenza.

«Ok».

«E sono costretta a prendere antistaminici tutto il tempo!».

«Ok».

«E nessuno sa farti un cocktail decente!».

«Sì, vero…», non resiste dal ridere.

«E non c'è un maledetto corso di zumba nemmeno a pagarlo oro!».

«Ok».

«Tutti conoscono tutti! E questa cosa è terribile! Ma dico, la privacy? Il sacrosanto diritto di mandare a cagare uno sconosciuto senza che sua madre ti telefoni a casa?»

«Ok…».

«Se osi dire ancora una volta ok, io giuro che ti metto le mani addosso e…». Ma non faccio in tempo a pronunciare la mia grave minaccia perché è Greyson a distendere le sue braccia nella mia direzione e ad afferrarmi con decisione per la vita, avvicinandomi a sé.

«Dicevamo?», mi domanda con voce sensuale e abbassa le testa verso la mia, bloccandosi a pochi centimetri dalla mia bocca.

«Io… non lo so…», riesco a pronunciare quasi senza fiato.

«Buon per te che io lo sappia», mormora prima di baciarmi.

E questa volta, altro che bacio lieve.

Prima o poi dovremo smetterla.

Nel senso che, prima o poi delle nostre labbra non rimarrà più niente. Non ho mai pensato che la bocca si potesse consumare per l'eccesso di utilizzo. Ma ora? Non sono più certa di niente.

Sono convinta di non aver passato così tanto tempo *solo* a baciare una persona da quando avevo circa quindici anni. E anche allora il mio ragazzo allungava un po' le mani. Cosa che invece Greyson non fa.

Purtroppo.

Si limita a tenermi ancorata a lui, sebbene a entrambi sia più che ovvio che i nostri corpi siano completamente in fiamme. Da ore.

Ma lui niente, continua a baciarmi con una foga che ha dell'incredibile e con una passione che potrebbe dar fuoco a questa foresta incantata. E sarebbe un peccato costringere i vigili del fuoco a intervenire, visto che sono certa che metà di loro sia impegnata in altrettanti appuntamenti conquistati con l'asta di ieri. Cielo, che cosa darei affinché allungasse un po' quelle sue belle mani…

Mi stacco dalla sua bocca per baciargli il collo, arrivando fino quasi alla spalla. Il mio perfido piano è testare fino a che punto il suo ferreo autocontrollo riesca a reggere. Gli sfugge un gemito, segno che l'ho colto di sorpresa. Come se la mia vita dipendesse dall'esito dell'impresa, inizio a succhiare quella pelle deliziosa. Al diavolo le vegetariane, non sanno cosa si perdono.

«Kayla…», mormora come per avvertirmi, ma alle mie orecchie sembra la parola più sensuale del mondo. Il tono, infatti, è tutt'altro che seccato. Ignorando le sue proteste, continuo a baciargli il collo.

«Kayla, il sindaco non può girare con uno succhiotto», mi ricorda. La voce è più che altro un sospiro.

Sollevo la mia testa arruffata. «Perché non può?», domando con la massima serietà.

«Perché non sta bene, sciocchina», risponde ridendo.

Oh cielo, adesso gioca anche la carta della tenerezza?

«Non sta nemmeno bene accendere così una povera donna e poi farla andare a casa senza…». Mi blocco, non sapendo bene come procedere. In genere sono piuttosto sfacciata. Ma Greyson è… Greyson.

Un'espressione divertita compare nei suoi occhi. «A casa senza?», domanda fingendo innocenza.

«Dài che hai capito», rispondo in imbarazzo.

«Come, improvvisamente timida?», mi prende in giro.

«Io? Mai!».

«E allora dillo…».

«Ok, ma l'hai voluto tu!». Mi schiarisco la voce per prepararmi. «Mi manderai a casa senza un orgasmo», riesco a pronunciare in qualche modo.

Come da previsione, lui scoppia a ridere a crepapelle. Forse al suo posto farei altrettanto. «Tutte a dire che ci sono cose molto più importanti e poi riducete le relazioni tra uomo e donna a un mero orgasmo! Vorresti barattare le ultime tre ore con cinque secondi di un banale orgasmo?», mi punzecchia piuttosto divertito.

«Hai una vaga idea di cosa mi hai fatto per ben tre ore?», gli domando cupa, come se mi avesse maltrattato. In un certo senso, forse lo ha fatto.

Lui si avvicina di nuovo e mi bacia il collo a sua volta. «Esattamente quello che tu hai fatto a me», mormora.

«E resisti?», chiedo allibita. Voglio dire, non è mica una cosa normale…

«Certo, perché ho un piano», mi ricorda, espressione decisa sul volto. «Se ora io accelerassi le cose, tu non mi risponderesti al telefono il giorno dopo. Verresti a letto con me e poi mi terresti a distanza. Molta distanza», afferma senza alcun dubbio.

«Non hai il mio numero», blatero senza senso, come se fosse quella la cosa importante.

«Sì che ce l'ho», mi corregge. «E non osare negarlo. Mi è chiaro come funziona la tua mente». Con un dito mi sfiora una tempia e poi scende piano lungo la guancia.

Forse è chiaro a lui, a me non così tanto. «Finalmente hai chiesto ad Amanda il mio numero?». La cosa mi pare talmente eccezionale da meritare la giusta enfasi.

«Hmmm», mi conferma mentre mi annusa i capelli.

«E mi chiamerai?», lo interrogo perché non mi fido affatto dei suoi piani e delle sue intenzioni. Fin troppo nobili. Ma dove diavolo sono finiti i bad boy? Non sarò mica cresciuta a tal punto da iniziare ad apprezzare gli uomini con la testa sulle spalle! Non può essere! Sono ancora giovane!

«Forse… se prometti di non lasciarmi succhiotti…», sussurra.

Più lo ripete e più mi viene voglia di fargliene uno talmente grande che sarà impossibile nasconderlo.

Forse, dopotutto, non sono così tanto cresciuta...

Prima che io possa dire qualche altra sciocchezza, Greyson mi afferra per le spalle, mi fa sdraiare di nuovo sulla coperta e riprende a baciarmi come se non esistesse un domani. Oh, ora sì che si inizia a ragionare. Io sollevo il bacino per incontrarlo a metà strada e mi struscio sul suo corpo più e più volte. Non che avessi grandi dubbi, ma sotto il suo ombelico si nascondono cose piuttosto interessanti.

«Kayla», mi richiama di nuovo, staccandosi per osservarmi con occhi seri.

«Cosa? Non ti ho mica toccato!», gli faccio presente. Altro che riprendermi, dovrebbe farmi una statua! Sono due ore e cinquanta minuti che sto combattendo contro il forte desiderio di allungare le mani, e mi sto facendo violenza per resistere! Dovrebbe darmi una maledetta medaglia all'onore.

«È come se l'avessi fatto», puntualizza.

Questa volta sono io a scoppiare a ridere. «Credimi, quanto ti toccherò, te ne accorgerai, mio caro».

Un sorriso di vittoria compare agli angoli della sua bocca. «Visto? Il mio piano sta già funzionando a meraviglia. Sono diventato il tuo caro...», mi fa notare tronfio.

Purtroppo, credo che mi abbia preso in castagna. Tutta colpa della mancanza di ossigeno nel mio cervello. E dell'inumana privazione di orgasmi.

«Non mi innamorerò di te. Mai», gli ricordo seccata. Non capisco perché abbia tirato fuori questa storia ridicola. E non capisco perché abbia insistito per raccontarmela. Io, al suo posto, me la sarei tenuta per me.

«Lo vedremo...», commenta per nulla impressionato.

«Non so come potrei. Non conosco nemmeno cosa facevi quando vivevi a Boston», gli ricordo. Credo che una donna abbia il sacrosanto diritto di fare delle domande dopo aver avuto la lingua di una persona nella sua gola per tre ore. O no?

I suoi occhi si spalancano per la sorpresa. «Bella mossa, Davis», si congratula ridendo.

«Cosa pensi, di essere l'unico abituato a lavorare sotto stress? Allora, chi diavolo eri nella tua vita passata?», domando con tono perentorio.

Lui afferra una ciocca dei miei capelli e inizia ad arricciarla lungo un dito. «Lavoravo per una società di consulenza», mi risponde vago, cercando di sminuire la cosa. Ma io non ci casco affatto.

«Piccola, media, grossa?»

«Molto grossa, se proprio ci tieni a saperlo».

«Quindi eri uno di quei tipi sempre di corsa tra una società multimilionaria e un'altra...», commento.

«Io ero bravo, le società venivano da me», risponde senza spocchia. Oh, doveva esserlo sul serio.

«Settore?», mi interesso.

«Taglio dei costi».

«Uh, artiglieria pesante negli anni di crisi». Finalmente qualche piccolo tassello inizia a posizionarsi nel puzzle complessivo.

«Il lavoro peggiore del mondo, negli anni di crisi», mi confessa infine, permettendomi di vedere per un secondo oltre la sua corazza.

«Be', secondo me fa schifo anche quando l'economia è florida». Tagliare i rami aziendali secchi non equivale alla mia idea di divertimento.

Greyson scoppia a ridere di fronte alla mia espressione inorridita. «Forse hai ragione... Ma a quel tempo non facevano che ripetermi che ero portato per quel mestiere. E lo ero davvero. Finché non sono scoppiato. Da un giorno all'altro».

«Colpa della moglie fedifraga?»

«A voler essere precisi, non del tutto: prima sono scoppiato sul lavoro e ho mollato la società, e poi ho scoperto di mia moglie. Immagino che a quel punto non abbia più voluto nascondersi e mi abbia semplicemente permesso di scoprire la sua storiella. L'assurdo è che se io fossi rimasto al mio posto, giovane partner dell'azienda, anche lei sarebbe rimasta al suo. O almeno credo».

«E sarebbe andata avanti a tradirti…», mi viene da aggiungere.

Lui non pare prendersela. «Oh sì, indubbiamente. Ma in sua difesa posso dirti che non ero proprio una bella persona. Certo, lei avrebbe dovuto farmelo notare con altri metodi…».

«Possiamo finirla di giustificare chi ci tradisce, per favore? Per me meritano di bruciare tutti all'inferno e basta», affermo con molta poca diplomazia. «Per come la vedo io, è stato un bene».

«Cosa? Il fatto che mi sia licenziato? Credo proprio di sì. In caso contrario a quest'ora mi troverei a dover curare insonnia e perenne acidità di stomaco. Non un bel modo di vivere», commenta pensieroso.

«No, molto meglio rotolarsi nei boschi con una donna matta».

I suoi occhi si illuminano divertiti. «Be', è senza ombra di dubbio un grosso cambiamento».

«Quindi, se ho capito bene, facevi un lavoro orrendo ed eri una gran brutta persona? È questo che stai cercando di dirmi?». Dubito sinceramente che uno come Greyson possa essere mai stato una persona guidata da intenzioni sbagliate, ma lui pare crederci sul serio.

Si blocca per ragionare sulle mie parole. «Sì, è all'incirca questo il succo della storia».

«E ora invece sei cambiato?»

«Più che essere cambiato, sono tornato a essere la persona che sapevo esistere da qualche parte, prima che l'eccesso di aspettative mi cambiasse in peggio».

Il suo discorso è interessante, ma pare essersi dimenticato di un piccolo particolare. «Non vorrei farti preoccupare, ma l'intera comunità di Heber Springs ha come unico passatempo quello di caricarti dei suoi problemi. Altro che aspettative...».

«Lo so, cosa credi. Ma è diverso», prova a giustificarsi in qualche modo.

«A me non pare proprio...».

«E invece lo è, qui mi vogliono bene e si preoccupano per me. E in cambio io mi prendo cura dei loro problemi», ammette infine.

Quest'uomo è talmente buono che rischio quasi di corromperlo. Io e lui non abbiamo assolutamente nulla in comune. A parte il recente scambio di saliva.

Questa consapevolezza mi mette a tal punto a disagio che mi libero della sua presa e mi metto a sedere sulla coperta.

«Cosa c'è, ti sei già stufata di me?», domanda con una risata. Ma dietro il tono allegro nasconde altro.

«Il mio autocontrollo non è leggendario come il tuo. Anzi, non lo è per niente. Sono la donna più impaziente del pianeta», gli confesso. Ma ho il sospetto che se ne sia accorto da solo.

Greyson infatti non riesce a trattenere un suono di scherno. «No, ma non mi dire...».

«Quindi, visto che la tua unica intenzione è quella di torturarmi, forse è meglio ristabilire della distanza».

«Ma a me piaceva la vicinanza», mi prende in giro.

Anche a me. E fin troppo. Per lui ho violato la regola di non avvicinarmi mai a un uomo coperto di flanella. Dovrebbe apprezzare il gesto.

In realtà, la camicia gliela avrei voluta strappare da subito. Ma per ben altri motivi.

Gli lancio un'occhiataccia. «Te la darò io la vicinanza...». E così dicendo mi sollevo da terra. «E ora, cosa prevede il tuo piano?»

«Pensavo che ti sarebbe piaciuto vedere la vecchia stazione termale».

«Perché intendi spogliarti e fare il bagno nudo con me?», domando speranzosa. Non penserà di essere l'unico a poterci scherzare sopra.

«Kayla...», mi riprende subito. Dovrei registrare il modo profondo in cui pronuncia il mio nome e metterla come suoneria del telefono. Nessuno riesce a farlo come lui.

«Io dovevo provarci», mi giustifico sollevando le spalle.

E lui scoppia a ridere, ormai deve avere imparato a conoscermi.

Capitolo 12

Quando rientro a casa di zia Jill, quella stessa sera, mi trovo faccia a faccia con metà della popolazione di Heber Springs. O, almeno, quella femminile.

«C'era una riunione e io non lo sapevo?», domando dubbiosa alla zia.

«Ma certo cara. Il primo sabato di ogni mese il nostro piccolo club di lettura si incontra per discutere», mi informa. Qui è un continuo indire riunioni. Ho il sospetto che ne organizzino più in un paese sperduto dell'Arkansas che non nella sede centrale della FED. Il lato positivo del vivere in un piccolo centro – e conoscere praticamente tutti – è che non si ha quasi mai il tempo di sentirsi soli. Certo, una volta che vieni accettato…

«Ah, e cosa avete letto questo mese?», domando interessata. Sto pensando a qualcosa di classico, vista la grande differenza di età tra le partecipanti.

Amanda scoppia a ridere, attirando su di sé la mia attenzione. È seduta per terra, nell'angolo più remoto del tappeto floreale, e indossa ancora gli stessi abiti che avevo scelto per lei quella stessa mattina. Il trucco, però, pare piuttosto colato. Come se qualcuno lo avesse sparso ovunque, ma a casaccio.

«Diciamo le cose come stanno: il club *era* partito come letterario, ma presto ci siamo convertite alla televisione. Temo che siamo tutte piuttosto superficiali…».

«Sciocchezze», si intromette la zia. «È perché siamo donne profonde che preferiscono vedere invece che solo immaginare».

Ho quasi paura a chiederlo, ma come posso resistere? «E cosa guardate, di preciso?»

«Roba porno», se ne esce Amanda.

«Non è porno!», esclama offesa Grace, l'ultima persona del pianeta che mi sarei aspettata di trovare in questo gruppo di donne un po' pazze. Ma, ora che ci penso, la sua presenza è forse la ciliegina sulla torta. «È solo televisione via cavo».

«Allora è porno», concludo in fretta. È risaputo che le serie via cavo siano l'ultima frontiera dell'eros americano. Altro che *Cinquanta sfumature*. «Ma io sono sempre a favore, eh...», esclamo ridendo. «Almeno loro non hanno problemi a spogliarsi».

Amanda mi osserva dubbiosa. «Non è stata una buona giornata?».

Ho il sospetto che in questo paese siano abituati a discutere in maniera pubblica di tutto, vita sessuale compresa. O mancanza, che dir si voglia.

«No, è stata una bellissima giornata. Senza alcuna *conclusione*». Opto per la risposta criptica perché non vorrei far venire un colpo a Grace. «Ma comunque una giornata molto piacevole».

Greyson è un uomo meraviglioso, c'è poco da fare. E per quanto abbia cercato di scovare terribili difetti caratteriali, non ci sono riuscita. A eccezione del fatto che sa resistermi come pochi, pur affermando il contrario, e che ha un concetto diametralmente opposto al mio di cosa sia una relazione ideale. Oggi ho toccato con mano di quanto sia leale, onorevole e molto, molto per bene. Insomma, assolutamente inadatto a quello che avevo in mente.

«Benvenuta nel club», mi risponde Amanda con un sorriso beffardo. Forse sto iniziando a comprendere il perché del suo trucco sbavato…

«Per nostra fortuna, questi attori non hanno alcun problema a riguardo», commenta la zia, indicando lo schermo della sua televisione. Una coppia, completamente nuda, si sta rotolando in giro per la stanza. Esattamente come sarebbe piaciuto fare a me, se la serata avesse avuto una degna conclusione, invece del fantastico bacio della buona notte con cui Greyson mi ha rimandato a casa. È rimasto parcheggiato per oltre mezz'ora, prima di riuscire a ripartire, e nemmeno quel lungo lasso di tempo, trascorso attaccato alla mia bocca, lo ha fatto minimamente vacillare di fronte alla sua decisione. Davvero non capisco perché abbia voluto fare a entrambi un simile torto. Come gli ho ripetuto più volte durante la giornata, nessuno dei due ha più sedici anni da moltissimo tempo.

«Oh cielo, ma questo tizio è figo», commento positivamente colpita, sedendomi sul tappeto accanto ad Amanda. A questo punto qualsiasi distrazione è più che benvenuta, continuare a rimuginare sui mille baci della giornata non sta giovando alla mia pressione.

Lei mi passa una gigantesca ciotola di pop corn e io ne faccio subito scorta. Nemmeno questo aiuterà la mia povera pressione, ma almeno è un argomento su cui ho potere decisionale.

«Puoi ben dirlo…», mormora la mia amica a bassa voce.

«Che roba è?». Non che sia fondamentale saperlo, data la visione interessante… Ho il sospetto che non lo abbiano scelto per la trama.

«*Outlander*. Siamo nella Scozia del XVIII secolo. Lei è una donna sposata che in realtà viene dal XX secolo e lui è il nuovo marito scozzese».

«C'è chi ne ha due e chi nemmeno uno», mormora Grace critica.

«Sii sincera. Se potessi, anche tu ne vorresti due», scherza la zia.

«Non è mica matta», mi sento in dovere di intervenire. Io che prendo le difese del cerbero… quale mondo impazzito.

«Kayla, non tutte le donne sono come noi», precisa zia Jill. «C'è gente che ancora vuole sposarsi al giorno d'oggi».

«Certo, e infatti il numero dei divorzi non è mai stato più alto. Un grafico con parabola in perenne salita», commento con una certa acidità.

«Io mi voglio sposare», confessa Amanda. La ragazza deve imparare a dissimulare meglio.

«E io pure», le fa eco Jody, la libraia sulla quarantina. «E poi Kayla, ora che frequenti Greyson…».

Il mio primo commento è una risata incredula. «Io non *frequento* Greyson. Lui sta solo giocando con me». Prima mi riduce a poltiglia umana e poi mi rispedisce a casa come se nulla fosse successo.

«Sciocchezze, Greyson non gioca mai», sentenzia Grace con voce perentoria, come se si trattasse di uno dei grandi assiomi dell'universo.

«Ed è proprio questo il suo problema», aggiunge Amanda ridendo. «Non per spaventarti Kayla, ma Greyson è un uomo che ha sempre intenzioni molto onorevoli».

Rabbrividisco sfiorandomi le braccia, benché fossi giunta alla stessa conclusione durante le ultime ore. «Be', ha sbagliato donna. Questo mi pare evidente».

In quel preciso momento il nutrito gruppo di donne presenti emana una specie di sussurro collettivo e subito dopo il marito scozzese numero due, completamente nudo, solleva la fortunata moglie per trasportarla fino al letto. In genere non sono una grande amante della posizione del missionario, ma pare che con uno scozzese dall'aspetto rude la cosa possa funzionare. E anche bene.

«Perché sospirate *prima* che arrivi la scena?», chiedo con un sorriso. Ma credo di aver intuito il mistero.

Amanda si sporge per sussurrarmi in un orecchio. «Perché questa è la ventesima volta che guardiamo l'episodio».

Come volevasi dimostrare...

La sua amica Laura, seduta sul divano alle nostre spalle, si avvicina per precisare qualche altra cosa. «E lui arriva pure vergine la prima notte di nozze!», esclama ridacchiando.

«È chiaro che una finzione simile funziona solo nella fiction», commento alzando gli occhi al cielo. «In ogni caso, sono positivamente colpita. Non vi facevo così...». E mi blocco in attesa di farmi venire in mente la parola adatta.

«Sfacciate?», mi suggerisce Amanda.

«Sì, ma nel senso migliore del termine», mi affretto a precisare, prima che Grace possa ringhiarmi contro.

«Sì, lo sappiamo che per te la sfacciataggine è una grande virtù», commenta la mia amica con un occhiolino.

«E pare anche per Greyson», si inserisce Laura con una risata. «Chi l'avrebbe mai detto...».

«Io l'avrei fatto», afferma certa la zia.

«Tu non conti», precisa Jody in fretta. «Senza offesa».

«Perché sono l'unico argomento di conversazione della serata?». Non che abbia problemi in proposito, ma inizio a sentirmi un tantino a disagio.

«Perché mi hanno già preso in giro abbastanza prima che tu arrivassi», risponde Amanda con voce mogia.

«Il tuo appuntamento non è andato bene?»

«La mia giornata è stata fantastica. E poi, sul più bello, Jim mi ha riportato a casa blaterando qualche scusa del tipo che io non sono una ragazza con cui rotolarsi nel fieno e basta». È evidente che, almeno per qualche ora, anche lei avrebbe voluto esserlo. Ogni tanto anche le ragazze più serie sognano di incontrare qualcuno che le faccia sentire libere di fare qualche follia.

Purtoppo ho il sospetto che Jim sia andato a lezione da Greyson. Quella scuola andrebbe chiusa seduta stante. Produce inquietanti esemplari maschili.

«E tu vuoi esserlo?», le chiede Laura con un certo interesse.

«Be', non per sempre. Ma per iniziare...». Il suo punto di vista mi pare più che ragionevole. Per me lo è anche per finire.

«Almeno tu un giro iniziale sulla giostra lo hai fatto. Io non posso dire altrettanto», confessa Grace con voce tetra.

Mi giro di scatto nella sua direzione. «Perché, sei interessata a Jackson?». Certo, non sono davvero una coppia ben assortita. «Ma non ci sono parecchi anni di differenza tra di voi?», domando cercando di prenderla alla larga, ben sapendo che le diverse età anagrafiche sono l'ultimo dei loro problemi.

Lei mi fissa con due occhi ridotti a piccole fessure. «Lui ne ha trentatré, io trentanove. Pensavo fosse fattibile...», risponde ferita.

Ops... La mia mascella si apre prima che possa controllarla. Cosa??? Ha trentanove anni e si veste come se ne avesse cinquantanove? E poi i capelli! Semplicemente orrendi! In confronto quelli blu della zia sono di gran classe.

«L'età è l'ultimo dei tuoi problemi», sentenzia a bruciapelo la zia. Voglio arrivare anch'io agli ottanta per avere il diritto di dire tutto quello che mi passa per la testa, senza che la gente senta in dovere di offendersi. «Tu hai bisogno di una ristrutturazione radicale. E lo sai».

Grace si irrigidisce sul divano ma non risponde alla frase. Forse, dopotutto, ne è cosciente anche lei.

«Potresti iniziare frequentando il corso di zumba», provo a proporle. «Tra una decina di giorni avremo finito di risistemare la palestra. Siamo a buon punto, ormai: ci manca solo una riverniciata».

Lei lascia passare qualche secondo prima di rispondere alla mia proposta. «Sì, forse potrei…», acconsente a sorpresa. Io lo avevo proposto più che altro per gentilezza. O pietà, se proprio vogliamo essere del tutto sinceri. Ma ero certa che rifiutasse.

Amanda le sorride per incoraggiarla. «Vedrai che ci divertiremo».

«Ora che avete finito di parlare dei vostri appuntamenti, cosa ne dite di concentrarci sulla fine di *Outlander*?», ci chiede Jody, che non gradisce molto l'interruzione. Tra tutte, è quella più rapita dallo spettacolo.

Gli occhi delle presenti tornano a concentrarsi sullo schermo, dove siamo al momento clou dell'intero episodio: lo statuario corpo dello scozzese fa ancora una volta bella mostra di sé, per la gioia di noi donne sessualmente frustrate. E siamo in tante, in questo salotto.

«Magari potremmo organizzare una gita collettiva in Scozia…», propone con voce sognante la zia.

«Oh sì», si mostra subito d'accordo Jody.

E io che pensavo di essere l'unica a nutrire pensieri impuri. È sempre bello scoprire di essere in buona compagnia.

Sono coperta di polvere dalla testa ai piedi quando Greyson fa il suo ingresso nella palestra, qualche giorno dopo. Mi osserva per un po' senza dire niente, godendosi solo la divertente scenetta.

«Ridi, ridi pure…», lo riprendo sollevandomi da terra e appoggiando le mani sui fianchi con fare bellicoso.

«Sei tu che ti sei messa in questo pasticcio», mi ricorda sempre piuttosto divertito. Nessun senso di colpa per il suo atteggiamento, a quanto pare. «Ti sei offerta di rimettere in sesto un edificio che avrei fatto abbattere tempo fa».

Sì, lo so che era contrario e che non si è mai presentato prima d'ora perché in netto disaccordo con me. «Come mai mi onori della tua presenza? Non hai paura che il tetto possa crollarti in testa?», domando sarcastica.

«Io al massimo sono preoccupato per la *tua* di testa. La mia è decisamente di minor valore». La frase mi scalda molto più di quanto vorrei, tanto che mi ammorbidisco all'istante e abbandono la posa belligerante. Inoltre, ha ancora indosso i vestiti da sindaco, ed è sempre molto sexy quando si atteggia a uomo di potere.

«Comunque, se fino a questo momento non è crollato niente, direi che nemmeno accadrà. Ho testato direttamente».

«Sì, l'ho pensato anch'io quando ho deciso di venire a trovarti», mi confessa ridendo. «I tuoi aiutanti se la sono già svignata?». Si guarda intorno e, non trovando nessuno, torna a concentrarsi su di me.

«Sarebbero anche le sette di sera, Greyson. Hanno una vita, a differenza di noi due», gli faccio notare.

Lui mi scruta con espressione indecifrabile. «Noi ce l'abbiamo una vita. Infatti sono qui per invitarti a cena».

La frase mi sorprende al punto da farmi alzare entrambe le sopracciglia. «Oh? E dove?».

Dopo aver trascorso un giorno interno a baciarmi, Greyson è scomparso dalla circolazione. Nessuna telefonata, nessun cenno da parte sua, nonostante mi avesse detto di avere il mio numero di cellulare. Ma ero emotivamente pronta alla distanza. Lui funziona così: è una continua alternanza di caldo e freddo. E forse, dopotutto, avevamo entrambi bisogno di staccare.

«Casa mia», risponde come se nulla fosse.

Questa volta sono i miei occhi a spalancarsi per la sorpresa. Molto, molto interessante. L'ultima cosa che immaginavo di sentirmi dire oggi.

«Sempre parte del tuo piano?», mi interesso, cercando di non sembrare troppo ansiosa.

«Hmm, no. Il piano originario avrebbe previsto ancora qualche giorno di distanza. Giusto per farti capire quanto può essere pesante la mia assenza...», mi confessa ridendo e arrossendo appena.

Cerco di spolverarmi per quanto possibile prima di avvicinarmi a lui. Il rossore gli dona. «Incredibile: tu che ammetti di deviare dal piano. E come mai, signor sindaco?»

«Semplice: non riesco a smettere di pensare a te. Oggi ho riscritto ben cinque volte una banale email. La mia mancanza di concentrazione ha raggiunto livelli di guardia. E io odio sprecare tempo prezioso». Il tono è piuttosto calmo. Ma le parole sono forti.

«Quindi, di fatto ti farei un favore, se accettassi il tuo invito...», lo prendo in giro. Come se fosse per me possibile resistere a una simile proposta...

Lui pare rifletterci per un attimo, poi scuote la testa e si avvicina ancora di più, afferrandomi per i fianchi. Un secondo dopo mi sta baciando, tenendo con una mano la mia testa, in modo da trovare subito l'angolo migliore per intensificare il nostro scambio di microbi. O di polvere, ora che ci penso. Pare che sia una costante di molte nostre interazioni.

«Greyson, sono sporca da far schifo», mormoro allontanandomi. Non mi è permesso molto altro, visto che mi afferra di nuovo il viso, con entrambe le mani, e riprende a baciarmi, del tutto incurante del fatto che il suo è un incontro ravvicinato del terzo tipo con acari secolari.

Se lui non ha problemi in proposito, chi sono io per lamentarmi? Gli cingo il collo con le braccia e mi aggrappo come una naufraga in balia delle onde. Ne usciremo entrambi polverosi, ma ne sarà valsa la pena.

La sua lingua non perde tempo a stuzzicare la mia e mi avvolge del tutto, riuscendo nell'impossibile impresa di risvegliare tutti i miei sensi in una volta sola. Potrei passare la vita a baciare quest'uomo senza averne mai abbastanza.

Il mio ultimo pensiero è una sorta di colpo al cuore, imprevedibile e inatteso, tanto che mi stacco da lui sbattendo le ciglia. Cosa diavolo ho appena pensato?

«Tutto bene?», mi chiede lui, espressione quasi preoccupata.

Il problema è che non lo so nemmeno io. «Certo… È che sono davvero sporca. Da far schifo. Non mi sento molto a mio agio». Il suo volto è dubbioso, ma almeno non dà voce ai suoi veri pensieri.

«Ok, come preferisci. Forza, andiamo a casa mia. Mentre io cucino, tu puoi farti una bella doccia rigenerante».

«Come posso dire di no?»

«E infatti non puoi», afferma con decisione. E poi mi prende per mano e mi trascina via.

Sono reduce da una delle esperienze più esaltanti della mia vita campagnola, ovvero la doccia in casa di Greyson. Uno potrebbe anche abituarsi a qualcosa di simile. Sì, perché il signor sindaco, all'apparenza uomo così semplice, possiede una cabina doccia da far invidia a una SPA. E lo sa, mentre osserva compiaciuto la mia espressione beata, dall'altra parte del tavolo della cucina.

«Una donna nuova?», domanda con un sorriso, mentre io mi arrotolo le maniche della camicia bianca che mi ha gentilmente prestato. A onor del vero, una volta spolverati, i miei vestiti non erano così male, ma non ho saputo resistere alla tentazione di indossare qualcosa di suo. Spero che la mia malattia non sia troppo grave. Ho deciso però di tenere i miei jeans, perché all'autolesionismo c'è sempre un limite.

«Quasi», gli confesso ridendo.

Mi scruta con due occhi piuttosto infuocati e io non posso fare a meno di sentirmi sexy, pur con indosso una camicia troppo grande e senza un filo di trucco. Mi chiedo perché mi abbia invitato a casa sua questa sera e, soprattutto, cosa abbia intenzione di fare con me. Spero cose sconce.

«È una bella camicia», lo provoco, giocando appena con la scollatura.

«Sei tu che la rendi interessante». Il suo modo di essere diretto questa sera è un notevole passo in avanti.

La mia pancia borbotta e mi obbliga a concentrarmi sul cibo. «Cosa si mangia?».

Lui si alza dal tavolo per afferrare la padella che era rimasta sul ripiano della cucina. «Carnivora?», domanda.

«Assolutamente. E in tutti i sensi». Me l'ha servita su un piatto d'argento e non ho resistito.

Greyson scoppia a ridere mentre posa nel mio piatto una grossa bistecca. Mi passa le patate e infine l'insalata. Un pasto semplice, ma si è dimostrato comunque un cuoco migliore di me. Una torta cruda con i gusci delle uova... Non c'è storia.

Taglio un grosso boccone di carne e inizio a masticare, godendomi la piacevole sensazione di essere ospite di un uomo che ha cucinato per me. Non ricordo l'ultima volta che qualcuno lo ha fatto. In genere frequento uomini per i quali già la sola scelta di un ristorante rappresenta un'attività complessa. E se ne azzeccano uno buono, si aspettano da parte mia valanghe di complimenti. Senza ottenerli, sia chiaro.

«Buono», gli dico impressionata. «Molto buono». *Decisamente* un cuoco migliore di me.

«Uno dei veri vantaggi del vivere in posti piccoli è che ti tocca imparare a cucinare. Mera sopravvivenza», mi spiega sincero.

«Ecco uno dei motivi per cui non potrei mai trasferirmi in pianta stabile in un piccolo centro», preciso subito. Questo e mille altri.

«Sciocchezze, sì che potresti. E ti troveresti pure molto bene, credimi», afferma convinto.

Non è la prima volta che allude a un mio possibile trasferimento. E la sensazione non è del tutto piacevole. Ho come il sospetto che tra i dettagli del suo piano ci sia anche quello di fare di me un'amante della vita in una piccola cittadina. In tutta sincerità, mi sono affezionata a lui molto più di quanto non pensassi e non voglio che si faccia illusioni. Sono una donna strana ma corretta. Ho una mia rigida morale che mi impone di non prendere in giro le persone. Mai.

«Greyson, io adoro New York. Non potrei vivere in nessun altro posto», cerco di farlo ragionare. Ma c'è un secondo discorso che non so bene come affrontare e nemmeno se farlo: per quanto mi piaccia far finta di niente, lui ha in mente qualcosa di più duraturo di quello che io sono abituata a offrire agli uomini che frequento. Forse ho preso troppo alla leggera la sua dichiarazione di essere un monogamo seriale.

Greyson allunga una mano sulla tovaglia e afferra la mia. Apre il mio palmo e inizia a tracciare dei piccoli cerchi con un dito. Per essere un contatto tanto innocente, la reazione che scatena in me è davvero intensa. Tra me e quest'uomo c'è un'attrazione talmente potente da generare direttamente shale gas, altro che fratturazione idraulica.

Sollevo gli occhi dalla mia mano e incontro i suoi. Il messaggio che contengono è molto esplicito: mi invita a riconoscere una volta per tutte che tra di noi c'è una magia non proprio comune. Inspiro con forza, nella speranza di spezzare l'incantesimo che si è creato.

La verità è che io non sono proprio una donna da fiaba, credo di non esserlo mai stata. I miei piedi sono sempre stati ben piantati per terra per credere nelle cose effimere. O, se anche c'è stata un'epoca in cui mi sono lasciata trasportare dalle emozioni, poi sono cresciuta e sono diventata la donna che so di essere oggi. Questa sono io. Non è solo uno schermo o una finzione. Sono concreta, sarcastica e molto poco romantica. E, prima di oggi, ero anche contenta di esserlo.

«Finisci di mangiare», mi incalza Greyson con voce ipnotica. E io eseguo, in modo quasi meccanico.

Ho le farfalle nello stomaco per la strana sensazione di attesa. E non so davvero cosa augurarmi. Mi sento parte di un gioco più grande di me, ma la verità è che non abbiamo ancora varcato quel confine che fa di due persone una coppia di amanti uniti da una certa intimità. E per intimità, non intendo solo quella fisica.

Certi uomini sono più propensi di altri a entrare in empatia con la propria partner. Un uomo come Greyson offre e pretende in cambio una dedizione completa. Non ho illusioni a riguardo.

Da un lato sono incredibilmente tentata, dall'altra letteralmente terrorizzata.

Greyson sparecchia come una perfetta massaia, inserendo i piatti nella lavastoviglie. Se non altro, devo ammettere che la pazienza è una sua grande virtù. Io, al suo posto, avrei già gettato i piatti nella spazzatura. Pur essendo di ceramica. Cosa vuoi che siano due piatti sacrificati per un nobile scopo?

Rimango seduta e lo osservo lavorare, dimenticandomi del tutto di offrirgli il mio aiuto. A mia discolpa, posso solo affermare che vedere quei notevoli bicipiti è un'esperienza quasi sublime.

«Vieni, il dolce lo prendiamo in salotto», mi dice quando ha finito. E io mi trovo a pregare che abbia in mente di servire se stesso. Possibilmente nudo.

Mi siedo sul suo divano, coperto da un morbido plaid color caffè, e lui mi segue con una grande ciotola piena zeppa di cioccolatini. I miei occhi si aprono per la sorpresa. «Questo l'hai chiesto a qualcuno...», affermo quasi certa.

«No, ho solo tirato a indovinare», mi confessa ridendo.

«Hai l'aspetto di una che, se potesse, farebbe fuori tonnellate di cioccolato».

Chi, io? «Non è vero...».

«Oh sì, invece». Si gode appieno la mia mortificazione. «Ma non è un male. Sei una donna con tante passioni: le borse, le scarpe, il cioccolato, me...», aggiunge sorridendo. E rimane poi in attesa di una mia reazione.

Sbatto le ciglia, colta totalmente di sorpresa. «Tu?».

Lui scoppia a ridere divertito. «Me l'hai confessato tu stessa», mi ricorda tronfio.

Sì, è probabile che abbia blaterato qualcosa di simile all'inizio della nostra conoscenza. Non so mai tenere la bocca chiusa. «Ma io intendevo solo che ti trovavo attraente. Niente di più», tento di salvarmi in qualche modo.

«Mi *trovavi*?», domanda impertinente.

Gli tiro una gomitata nello stomaco. Quando vengo provocata, divento violenta. È bene che inizi a entrare nell'ottica. «Potrei sempre cambiare idea», lo minaccio con sguardo duro.

«Quindi, se ora io riprendessi a baciarti, immagino che avresti da obiettare...». Si avvicina ancora di più a me, finché le nostre gambe arrivano a toccarsi.

Ma dico, chi vuole prendere in giro? Mi alzo dal divano e mi siedo a cavalcioni sopra di lui, che quasi fatica a riprendersi dallo shock. Ben gli sta. Adoro l'effetto sorpresa.

«Ho come il sospetto che qui non si giochi ad armi pari», mormora pensieroso. Ma prima una sua mano e poi l'altra cingono i miei fianchi.

«È proprio quello che stavo pensando di te mentre continuavi ad accarezzarmi a cena». Non penserà di essere l'unico con il diritto di provocare?

«Ti stavo solo toccando la mano», mi ricorda.

«Mi stavi toccando. Basta e avanza. Allora, porti in fondo questa minaccia o no?». Come gli ho più volte ripetuto, la pazienza non è esattamente il mio forte. È probabile che fossi occupata a guardare scarpe, quando la stavano distribuendo.

Ancora una breve risata da parte sua, poi le mani intensificano la stretta e il suo viso si avvicina al mio. Nemmeno l'ombra di un dubbio sul suo volto, mentre inizia a baciarmi. Mi piacciono gli uomini che sanno quello che vogliono. Anche se, a onor del vero, è probabile che Greyson mi sarebbe piaciuto anche se non lo avesse saputo…

Cerco di resistere alla sensazione di dover chiudere i miei occhi, perché osservare i suoi che lo fanno è qualcosa di indescrivibile: c'è un che di vagamente sognante nella sua espressione, un secondo prima che lo faccia, e la consapevolezza di essere la causa di ciò mi crea quasi un'aritmia. Un secondo dopo anche i miei occhi si chiudono e finalmente mi abbandono a mille sensazioni.

Non so se questa cosa capiti solo a me, ma l'impossibilità di baciare un uomo a occhi aperti è un test molto efficace per capire quanto sia grande il coinvolgimento con quella persona. Pare che con Greyson sia totale.

Una sua mano si infila sotto la camicia che mi ha prestato e inizia lentamente ad accarezzarmi la schiena. I movimenti sono circolari, sensuali ed esasperanti. Frequentare bravi ragazzi finirà per crearmi seri problemi di salute.

«Guarda che puoi toccarmi», gli mormoro in un orecchio.

Lo sento ridere. «Lo so che posso toccarti», afferma con una certa presunzione. «E mi diverte il fatto che ti senta in obbligo di specificarlo. La spontaneità, Kayla…», mi prende in giro.

«La spontaneità è del tutto inutile, se poi tu insisti a seguire il tuo famoso piano», gli ricordo. Perché non vorrà farmi credere che sia *io* quella rigida, tra noi due.

«Questa serata non faceva parte del piano. Affatto», mi confessa con voce roca. E io sento qualcosa di molto simile alla vittoria. Adoro deviare e far deviare dalla strada maestra.

«Be', in questo caso, la mia spontaneità mi indurrebbe a togliermi la camicia», lo provoco a mia volta. «Sai, per non sgualcirla troppo».

Un suo sopracciglio si solleva sul volto, piuttosto interessato. «Oh...», mormora appena.

Il fatto che non sia inorridito e che non sia scappato equivale per me a un gesto d'assenso, per cui, senza attendere oltre, inizio a slacciare i bottoni uno alla volta. Lui rimane fermo a osservarmi, espressione quasi mistica. Sto per arrivare alla fine, quando mi ricordo di indossare solo un reggiseno di cotone bianco. Triste, da palestra, totalmente antierotico.

«C'è qualcosa che non va?», si informa.

«È che... merda... Non posso farmi vedere da te conciata così!».

La seduzione ha delle regole non scritte, e tra queste c'è la necessità di usare della biancheria degna di questo nome, la prima volta che miri a farti vedere nuda da un uomo. Già scappano a gambe levate a sufficienza, non si vede perché fornirgli altre scusanti.

«Così come?», domanda con un sorriso divertito.

«Questa mattina credo di aver tirato fuori dal cassetto la biancheria meno sensuale che possiedo», gli confesso a disagio.

Il suo sorriso si amplifica. «E tu pensi che per me potrebbe essere un problema?». Il tono è molto, molto ilare. «Cara, cosa vuoi che me ne importi della biancheria...». E così dicendo mi aiuta a sfilarmi la camicia, che cade sul pavimento ai piedi del divano.

Con una mano mi accarezza prima una spalla e poi l'altra, scendendo infine verso lo stomaco. Si blocca solo il tempo necessario per dirmi: «A me piace molto la biancheria semplice».

«Palle…», affermo certa.

Ancora una risata da parte sua. «Ok, diciamo che mi piace di qualsiasi tipo. E quella semplice non è un problema». Così è già più sincero.

«Non hai idea di quanto mi dia fastidio questa cosa: io non sono affatto una che si fa trovare impreparata! Ma, dico, non avresti potuto telefonarmi?». La mia domanda è seria, ma lui pare non badarci.

«Ho seguito l'impulso del momento. Quindi, no, non avrei potuto telefonarti prima. Ero già quasi arrivato alla macchina quando ho deciso di cercarti». Il fatto che non abbia resistito mi lusinga da un lato ma mi porta a interrogarmi sul perché abbia voluto limitarsi in primis.

«Senti, questo tuo piano, cosa prevedeva esattamente?», gli domando mentre la sua mano continua ad accarezzare il mio stomaco. E va bene che il reggiseno è orrendo, ma potrebbe anche salire un po'… Essendo io una donna d'azione, gli afferro la mano e la poso senza tante cerimonie direttamente sul mio seno. Il suo sguardo si fa subito serio e intenso.

«Era una zona che stavo volutamente evitando», mi confessa. Il volto è concentrato nello sforzo di rimanere impassibile. Ma prima un dito e poi tutte le altre iniziano ad accarezzarmi con quel lento movimento circolare che mi fa venire voglia di strappargli tutti i vestiti di dosso. Se solo fosse una cosa socialmente accettabile… «Credo che parlare di piano, a questo punto, non avrebbe molto senso».

«Perché volevi dilatare di più i tempi…», dico io per lui.

«Perché volevo andarci molto più piano di così. Non sei ancora pronta per una cosa simile», mi sussurra.

Dico, sta scherzando? Non esiste donna più pronta al mondo! «Perdonami, ma sono prontissima», lo correggo mentre lotto per mantenere un minimo di lucidità mentale.

La sua mano sul mio seno non sta aiutando la causa, sebbene sia stata io ad averla piazzata in quel punto.

Greyson scuote la testa. «No, al momento sei attratta da me fisicamente. Ma ti serve tempo per legarti a me». La gente confessa cose incredibili sull'onda del trasporto.

E comunque si sbaglia, drammaticamente, perché ho smesso di trovarlo "solo" attraente il giorno dopo averlo conosciuto. Per quanto possa sembrare assurdo, il suo modo di pensare, seppure diametralmente opposto al mio, mi affascina in un modo quasi perverso. È un uomo molto diverso da quelli che frequento di solito, c'è in lui una serietà e una costanza che in realtà mi attraggono, sebbene non ne comprenda appieno il motivo. Il fatto che non sia uno di quelli sfuggenti, che sia con i piedi ben piantati per terra e che non abbia chissà quali sogni irrealizzabili, lo rendono concreto. Vero.

Ma confessargli che mi piace per tutta una serie di altre cose equivale a fare un passo troppo grande. Non ho bisogno di legarmi oltre a lui, ho anzi la necessità di fargli comprendere che questo è solo un divertente modo di passare il tempo. E potrebbe esserlo ancora di più, se lui si decidesse a sfilarsi la camicia.

Inizio a slacciargli i bottoni quando una mano mi blocca. «I pantaloni di entrambi rimangono, chiaro?», mi redarguisce con una certa sofferenza. Oh sì, il suo maledetto piano sta iniziando a pesargli molto più di quanto non voglia ammettere.

Visto che vuole proprio giocare con queste regole... «Se ci tieni tanto», acconsento per poter continuare il mio attacco. Uno alla volta i bottoni scompaiono sotto le mie mani per lasciare intravedere una pelle che finalmente potrò toccare. Erano settimane che sognavo di farlo.

La mia mano si posa sulla sua pancia, facendogli emettere un suono di sorpresa. Poi risale decisa, accarezzando tutti i suoi muscoli. Credo sia il sindaco più attraente di tutto il continente, sul serio.

Mi sporgo verso di lui per leccargli prima un capezzolo e poi l'altro, e Greyson, come risposta, immerge le mani nei miei capelli, tenendomi stretta a sé e massaggiandomi la nuca. Spero con tutta me stessa che scherzasse quando parlava di tenersi i pantaloni. Non può essere serio. Sto per andare a fuoco. Letteralmente.

Senza mai smettere di baciargli il petto, con una mano trovo il bottone dei suoi pantaloni e la lampo. Il mio tentativo di tirarla giù lo fa però irrigidire. «Kayla?». Sempre quel suo maledetto tono di avvertimento.

Sollevo la testa per fissarlo negli occhi. «Non dicevi sul serio, vero?»

«Veramente, sì», risponde deciso.

Sospiro sconsolata. Questa storia finirà per uccidermi. «Ok, come vuoi. Nessuno si toglierà i pantaloni». È l'unica promessa che posso fargli. «Ma la lampo può anche scendere, non trovi?». E senza esitare un secondo, abbasso la sua e lo sfido con lo sguardo. Nei suoi occhi si legge tutta la guerra interiore che sta combattendo con se stesso. Oh, come vorrebbe cedere.

«Lasciati andare», gli mormoro.

«Mi spezzerai il cuore».

«Io non spezzo cuori».

«Me lo prometti?», domanda con tono solenne.

Mi blocco un attimo, esitando di fronte a una richiesta che prima d'ora non mi ha mai fatto nessuno. «Greyson, io...», mi fermo, non sapendo bene come proseguire.

La sua espressione si fa delusa, ma poi dissimula lo stato d'animo. «Sì, mi è chiaro».

Nella speranza che le azioni parlino più delle parole, lo bacio con molta foga e molto trasporto. All'inizio mi lascia fare senza partecipare troppo, ma ben presto le cose cambiano e il mio entusiasmo è ricambiato. Con una mano abbassa la mia zip, facendomi aprire gli occhi per la sorpresa. Possibile che abbia cambiato idea?

«I nostri patti rimangono validi», si affretta a specificare. «Nessuno si toglierà altri indumenti questa sera».

«Quindi anche l'orrido reggiseno deve rimanere?», lo interrogo ridendo, perché in realtà il suo volto è la prova tangibile di quanto gli stia costando il suo geniale piano. E pensare che basterebbe così poco per mandarlo al diavolo…

«No, quello può anche andare», precisa.

Prima che possa cambiare idea me ne libero in fretta e lo lancio dall'altra parte del divano. Tutta questa attesa – per nulla nel mio carattere – mi ha reso nervosa.

In genere non impiego così tanto tempo per sedurre un uomo: se c'è interesse reciproco bene, se non c'è fa niente. Ognuno per la sua strada, senza spreco inutile di tempo prezioso.

Ma, modestia a parte, io a Greyson interesso sul serio. E davvero non comprendo perché si stia tanto sforzando di rallentare le cose tra di noi. Anche perché non sta ottenendo grandi risultati; la situazione è esplosiva.

All'inizio rimane a fissarmi quasi meravigliato, ma poi le sue mani iniziano ad accarezzarmi.

«Hai un tocco meraviglioso», gli confesso sporgendomi verso di lui, nella speranza di intensificare il contatto.

«Qui di meraviglioso ci sei solo tu», mormora e mi ribacia per la millesima volta.

In maniera istintiva la mia mano si inserisce tra il cotone dei suoi boxer. Ha detto che non posso toglierli altri indumenti, non che non posso esplorare un po'. O sbaglio?

«Kayla», mi richiama all'ordine, ma io non ne voglio sapere di dargli retta. Ora che ci penso, nemmeno essere ubbidiente mi appartiene. Sono una donna piena di difetti.

«Greyson», lo imito a mia volta. Con la mano libera afferro la sua e la porto sui miei pantaloni.

I suoi occhi mi osservano guardinghi. Tentati. «Questo rende le cose ancora più complicate», mi avverte.

«Io e la semplicità non siamo mai andate d'accordo», gli confesso con un mezzo sorriso.

«Oh, non ne dubito affatto», conferma in fretta. Non mi è chiaro se lo intenda come un complimento o meno.

La mia mano inizia ad accarezzarlo e io a godermi la sensazione di potere che ho su di lui: che lo voglia ammettere o meno, la nostra attrazione è molto potente e Greyson fa fatica a reprimerla almeno quanto me. L'unica differenza è che lui si applica, mentre io cedo, come al solito. La debolezza non è sempre un male.

«Kayla, dovremmo smetterla...», mi avverte con voce sofferente. «Confesso che l'astinenza sta iniziando a farsi sentire».

«Spero davvero che tu intenda solo quella in compagnia».

Greyson alza gli occhi al cielo. «Devo proprio commentare una frase simile?»

«Sì, dovresti. Ricordati, mi puoi dire qualsiasi cosa, anche se riguarda il sesso». Credo da sempre che un rapporto sincero e schietto aiuti anche in camera da letto. Peccato che pochi uomini trovino il coraggio di domandare in maniera aperta.

«Io *sono* sincero con te», precisa subito. Sì, lo è, ma spesso si frena dal dire le cose. Si controlla. E invece lo voglio spontaneo e totalmente in balia delle sensazioni. È una creatura molto sensuale, sotto la sua apparenza ipercontrollata.

«Se fossi davvero sincero, mi confesseresti che vuoi che io vada in fondo. Almeno con le mani, visti i limiti che mi hai imposto».

Un angolo della sua bocca si incurva verso l'alto. «Non

faccio questa cosa dai tempi delle superiori. Dici che è ancora come me lo ricordo?»

«Io credo che sia anche meglio. Ma potremmo scoprirlo insieme, no?», gli propongo con un sorriso che sa quasi di vittoria. Una donna disperata non butta via alcuna forma di orgasmo.

La sua mano si fa spazio tra le mie mutandine, orrendamente coordinate con il reggiseno. Ma a questo punto direi che non gli importi molto. Credo che il gesto valga come risposta affermativa. Mi avvicina a sé e mi bacia, mentre la sua mano inizia ad accarezzarmi senza alcuna esitazione. Per mia fortuna, quest'uomo sa alla perfezione cosa sta facendo. Astinenza o meno, in passato ha fatto pratica a sufficienza.

Io mi sforzo di concentrarmi a mia volta, perché non voglio essere da meno. Voglio che l'esperienza sia talmente memorabile da rimanergli impressa nella mente. Un giorno, se mai penserà a me, voglio che si ricordi di questa strana serata piena di cose vietate e che richiami i nostri strepitosi baci e la foga con cui i nostri corpi si sono strusciati l'uno contro l'altro, fino al punto di non ritorno.

Infatti il momento arriva per entrambi, quasi troppo presto, perché l'attrazione è potente e difficile da contenere. Greyson affonda il suo viso nel mio collo e inspira più e più volte il mio profumo. Io rimango a fissare un punto non meglio precisato della parete, incapace di muovermi.

«Vorrei dire qualcosa di intelligente, ma sono a corto di parole...», mormoro.

Greyson scoppia a ridere ma non accenna a volersi staccare dal mio collo, vampiro che non è altro.

«Non era così alle superiori», affermo senza ombra di dubbio.

Lui finalmente solleva la sua testa arruffata e mi fissa ridendo. «Può essere che siano passati troppi anni per ricordarmelo, ma direi proprio di no», concorda ironico.

Torno seria per un attimo e gli afferro il volto per catturare l'attenzione dei suoi occhi. «Qualsiasi sia stato il vero motivo della tua deviazione dalla strada maestra, sono davvero contenta che tu l'abbia fatto».

Greyson sospira e poi avvicina la fronte alla mia. «Il dramma è che lo sono anche io...», mi confessa con un sorriso.

E che lui se ne renda conto o meno, in quel preciso istante mi assale la strana sensazione di essere in ritardo per fuggire. Non so proprio chi, dei due, abbia deviato di più dal suo percorso. Ho però il brutto sospetto di poter essere io.

Capitolo 13

La palestra è stata ripulita a dovere, i muri ritinteggiati di fresco e le lampade sostituite, perché quelle degli anni Trenta, sebbene con molto carattere, avevano giusto qualche problema elettrico. Davvero, Greyson dovrebbe baciare il terreno su cui cammino per aver restituito alla comunità uno spazio così utile. In alternativa, potrebbe baciarmi e basta. Sono una donna molto flessibile, in fatto di baci di Greyson.

Il fatto che, per qualche strano motivo, tutta la città mi creda la ragazza del sindaco, ha contribuito molto alla mia improvvisa popolarità, che tocca vette mai viste prima. Certo, Greyson e il fatto che un discreto numero di turisti stia giungendo da queste parti, grazie alle inserzioni che ho fatto piazzare su internet con le donazioni raccolte. E a proposito dell'asta, Greyson deve ancora riscuotere la sua giornata premio. Al momento non ne ha fatto parola.

Il mio capo sostiene che l'improvvisa popolarità di Heber Springs sia invece da attribuire più che altro alla mia rubrica, che continua a entusiasmare lettrici e lettori in città. La vita nella polverosa Arkansas sta portando alla luce la vena sarcastica che in me è stata sempre preponderante, ma che non ha mai trovato un terreno adatto per germogliare appieno. Sì, facevo qualche battuta qua e là, ma per qualche strano motivo risultavo solo una che se la tirava troppo. Invece, prendermi apertamente in giro si sta rivelando la mossa più azzeccata della mia carriera, tanto che sono nate pagine di fan sui social network, che celebrano la mia totale incapacità di fare una torta o il non sapermi rassegnare alla mancanza di un corso di zumba. E a proposito di questo…

«Signore, vi ringrazio di essere venute così numerose», saluto le presenti, che saranno almeno una quarantina. Un vero successone.

«Signorine!», mi ricorda la zia dalla prima fila. Indossa una tuta viola acceso che mal si accosta ai suoi capelli blu. Davvero, mi rimane solo da sperare di aver ereditato il senso estetico dalla famiglia paterna. Potrebbe aver fatto almeno una cosa buona nella vita.

«Era per dire, zia…».

«Tu inizia con il dire le cose correttamente». Oggi non me ne fa passare una liscia. E pensare che, quando mi ha detto della sua intenzione di partecipare alla prima lezione, mi sono anche preoccupata per la sua salute. In fondo ha pur sempre una certa età. Che sciocca che sono, questa donna arriverà ai duecento anni e ci seppellirà tutti.

«Va bene, signore e signorine», riprovo una seconda volta per farla contenta.

«E signori», si sente dal fondo della sala. Tutte le teste presenti si voltano per scoprire l'identità dell'uomo misterioso. Che poi tanto misteriosa non è, perché impiego nemmeno mezzo secondo a riconoscere la voce di Greyson. Il fatto che ci riesca con tanta naturalezza mi agita più che rassicurarmi, perché negli ultimi giorni sono stata stranamente con la testa tra le nuvole. Amanda mi ha addirittura fatto notare che ho un'aria sognante. E io odio le donne che sospirano a causa degli uomini. Le trovo patetiche. Vorrei non dover rientrare nella categoria.

«Greyson, che sorpresa…», lo saluto mentre lui si fa spazio tra le donne presenti. Quando mi compare davanti, mi rendo conto che indossa una tuta grigia con una delle sue amate magliette da tempo libero. «Ti fermi con noi?».

Gli avevo detto della prima lezione, ma in tutta onestà non mi aspettavo che si presentasse. Sì, lui aveva scherzato sul fatto che in qualità di sindaco fosse suo dovere assicurarsi dello stato della palestra, ma immaginavo che l'avrebbe fatto prima della lezione. Non durante.

«Ma certo che mi fermo. Volevate iniziare senza di me?». La frase scatena una serie di risate da parte delle presenti. «Mai fatto zumba in vita mia, ma questo è un periodo ricco di esperienze nuove, quindi perché non aggiungere anche questa alla lista?».

Come se la frase non fosse già abbastanza equivoca, Greyson osa pure farmi l'occhiolino, scatenando ulteriori risate. Credo che faccia parte del suo piano avere anche la mia totale mortificazione.

«Direi di iniziare prima che le signore…». Non ho ancora finito di parlare e già la zia si è agitata. «E le signorine, si facciano un'idea sbagliata», tento di riportare tutti all'ordine.

Mi volto verso lo stereo e inizio a cercare il CD adatto, quando lo sento rispondere: «Nessuna idea sbagliata, veramente. Io non ho segreti con i miei cittadini».

Inspiro seccata e inserisco il CD, indecisa se ucciderlo ora o attendere la fine della lezione. Davvero non mi è chiaro cosa stia cercando di ottenere. Sta solo lasciando che tutti si facciano un'idea sbagliata su di noi. Faccio partire la canzone di Enrique Iglesias nella speranza di zittirlo. Improvvisamente la sua presenza non mi sembra più una grande idea.

«Allora, iniziamo in modo soft. Tutto quello che dovete fare è imitare i miei movimenti», spiego mentre la canzone invade la palestra.

«Perché?», chiede la zia. Ora che ci penso, potrei strozzare insieme Greyson e lei. L'umanità ne trarrebbe grande giovamento.

«Perché è così che funziona. L'insegnante – che sarei io – indica i passi da effettuare», cerco di rispondere mantenendo la calma. «Il vostro compito è eseguire».

Grace mi osserva per nulla impressionata. «Questa cosa mi farà dimagrire?»

«Assolutamente». Alla fine dell'ora saranno talmente stanche e provate da non riuscire a crederci. In molti fanno l'errore di considerare lo zumba solo un banale saltellare a ritmo di musica.

Cerco di partire con qualcosa di facile, mostrando loro solo i passi. Giusto per iniziare in modo soft. Il risultato, purtroppo, è piuttosto deprimente: gambe che si muovono senza ritmo, gente che si scontra, donne che inciampano su loro stesse. Forse, dopotutto, c'è un motivo per cui in questo posto non hanno mai pensato di organizzare prima d'ora corsi simili. Chiamasi istinto di autoconservazione. La zia Jill è la migliore dei presenti. E ho detto tutto.

«Fermi, fermi! Ma possibile che nessuno di voi abbia ritmo?», domando costernata.

«Mai saputo ballare», mi conferma Amanda. «Non riconoscerei il ritmo nemmeno se mi sbattesse addosso», risponde con una risata triste.

«Io invece mi vergogno da morire», commenta Grace. Una che non si fa problemi a indossare scarpe come quelle che ho visto in Comune e che ancora mi causano incubi notturni, non dovrebbe proprio parlare di vergogna.

«Ma di cosa?», si inserisce la zia. «Se non mi vergogno io...». Questo scatena una risata collettiva che aiuta a rilassare le donne presenti.

«Veramente, Grace, se non mi vergogno io...», si inserisce Greyson. E in effetti ha ragione.

«Dài, ripartiamo. Ma vi voglio grintose! Mi raccomando!», le incoraggio facendo ripartire la musica.

Il secondo tentativo, sebbene ancora molto lontano dal

potersi definire riuscito, è se non altro migliore del primo. La coordinazione lascia parecchio a desiderare, ma inizio a riconoscere dell'impegno. Ancora qualche tentativo e poi mi decido a inserire il movimento delle braccia. Sì, amo vivere pericolosamente… Peccato che qui la situazione precipiti. Nel vero senso della parola, perché Jody riesce a perdere del tutto l'equilibrio e a trascinare in una caduta anche Grace. Devo ammetterlo, il karma non è dalla parte della segretaria di Greyson. Il capitombolo è scenografico e molto comico. Altro che pubblicità sui social, dovremmo iniziare a rendere virali certi filmati. Il riscontro pubblicitario sarebbe immediato.

«Esiste un'assicurazione nel caso mi rompa un osso?», mi domanda Grace, mentre viene aiutata dalle altre a tirarsi su.

«Prima di ora consideravo la lezione di zumba una delle attività più salutari e tranquille del mondo», mormoro pensierosa. Dopo oggi, non farò mai più lo stesso errore.

Per fortuna nessuna delle due si è fatta male davvero, quindi posso riprendere la lezione dopo aver avuto l'accortezza di distanziare ben bene le presenti. Se non altro, l'ampiezza della palestra è venuta in mio soccorso.

L'ora scorre in fretta e verso la fine si riesce a cogliere qualche timido segno di miglioramento. Ma queste donne avrebbero bisogno di fare pratica ogni giorno, o almeno due volte a settimana.

«È stato molto divertente», mi confessa la zia. «Ma il mio fiato non regge ritmi simili. Persino saltando una canzone su due per rifiatare». Mi dispiace perdere l'alunna più promettente, ma la capisco. Apprezzo che sia voluta venire alla prima lezione per darmi il sostegno morale.

«Posso usare anch'io la scusa dell'età?», mi domanda Greyson, materializzandosi al mio fianco.

«No, non puoi. Il tuo fiato deve essere cento volte meglio del mio. Ma puoi usare la scusa della discriminazione di genere: in fondo sei l'unico uomo che ha avuto il coraggio di mettere piede qui dentro», mi mostro magnanima. Si è discretamente impegnato, ma temo che lo zumba non faccia per lui.

«Allora vada per quella», mi sorride e mi afferra per la mano.

I miei occhi si aprono allarmati. «Che fai? Qui è pieno zeppo di donne affamate di gossip!». Tento di liberarmi dalla presa, senza riuscirci. Ho come il sospetto che più che controllare la struttura, sia venuto per lanciare una sorta di messaggio impossibile da fraintendere. L'idea da un lato mi gratifica, ma dall'altro mi riempie di inquietudine.

«Greyson, credo che noi due dovremmo parlare...», gli dico seria, abbassando il tono della voce per non farmi sentire dalle comari del paese.

Il sorriso gli si spegne sul volto, mentre mi fissa con intensità. «No che non dovremmo».

Questa non me l'aspettavo. In genere Greyson è quello che non fa altro che ripetermi la necessità di dialogare. «Hmm, credimi. Dovremmo», sono costretta a insistere.

Lo osservo sospirare e passarsi una mano tra i capelli sudati. «Ok, allora, se proprio dobbiamo, cena a casa mia. Ci vediamo lì tra due ore?».

Niente doccia a casa sua? Cerco di mascherare il senso di delusione. «Perfetto. Ci vediamo tra poco».

Sto per voltarmi a raccogliere le mie cose, quando Greyson mi tira per una mano e mi avvicina a tradimento. Non contento, pianta un sonoro bacio sulle mie labbra. Breve, per carità, ma denso di significati. Lo sa anche Grace, la cui mascella ha appena effettuato un tonfo udibile da tutti. E pure Amanda, che non ha resistito dal fare un fischio. Di bene in meglio.

«Vuoi morire oggi?», gli domando serissima.

Lui mi accarezza una guancia. «E chi può dirlo. In ogni

caso, ho deciso di vivere pericolosamente». Poi si volta e scompare dalla mia visuale. Saggio uomo...

Sono in modalità incattivita e voglio che Greyson lo capisca. Non ho ancora dimenticato il tiro mancino della lezione di zumba. In altre parole, voglio lo scontro! Voglio il sangue. Anche in senso metaforico, in effetti...

Indosso la mia espressione da incavolata mentre suono il campanello e attendo. E attendo... E attendo... Che abbia deciso di scappare? Con Greyson non si può mai sapere. Non è esattamente un uomo scontato. Al massimo tradizionalista, categoria con cui di solito non ho una grande affinità.

Sono sul punto di andarmene quanto la porta d'ingresso si apre con una certa irruenza. Una mano si fa avanti verso di me, mi afferra per la vita e mi trascina dentro. Letteralmente. O ha impiegato queste due ore per darsi all'alcol, oppure possiede una personalità multipla, mi viene da pensare mentre mi bacia con un certo entusiasmo. Dal momento che non mi pare sappia di alcol, deve trattarsi del fratello gemello.

«Greyson, che diavolo ti prende?», gli domando allontanandolo. Non che voglia davvero farlo, ma divento sospettosa quando la gente cambia modo di comportarsi da un giorno all'altro. «Questo non fa parte del tuo piano!».

La sua espressione si ammorbidisce e lui scoppia a ridere. «E tu come fai a saperlo?»

«Cosa credi, di essere l'unico capace di un minimo di ragionamento?»

«Touché», risponde senza smettere di sorridere. «Sei molto carina questa sera», nota facendo scorrere il suo sguardo sul mio vestito nero, abbinato con le solite scarpe blu elettrico.

«Pensavo di farti felice», gli confesso. Non ne vado fiera, ma non ho resistito e per quanto mi abbia veramente indispettito con il suo comportamento, mi trovo qui questa sera piena di speranza. Chiaro, dopo che avremo chiarito un paio di cosette…

«Eccome», mi conferma infatti. «E nemmeno lo speravo. Pensavo saresti venuta tutta inviperita».

Lo ero, anche molto. Ma poi mi ha baciato. Quanto sono patetica su una scala da uno a dieci?

«Greyson, quello che hai fatto oggi è…».

Lui mi precede come se nulla fosse. «Oltraggioso?», propone con nonchalance.

«Sì, qualcosa di simile». Incrocio le braccia per manifestare tutto il mio disappunto.

«Fa parte del piano».

«Cosa, far credere a tutti che stiamo insieme?»

«Certo», risponde convinto. E per nulla pentito. «Prima devo convincere gli altri e poi mi rimani solo tu. So che sei un osso duro, motivo per cui sono partito dalla parte più facile».

La sua espressione è così deliziosa mentre lo dice, che non posso fare a meno di scoppiare a ridere. C'è poco da fare, non resisto agli uomini dotati di senso dell'umorismo. «Tu, caro mio, sei fuori di testa…».

«Il tuo dubbio è lecito», ammette.

«Non è un dubbio. È un'assoluta certezza».

«Ottimo, ora che abbiamo appurato la mia pazzia, possiamo passare a cose più interessanti?». E così dicendo mi abbraccia e poi mi bacia il collo. Pare che, dopotutto, io sia venuta qui gravemente impreparata. Non ho molta voglia di discutere con lui e nemmeno di resistergli. La mia rabbia dovrà attendere un giorno in più.

«Giusto per amore della precisione, io non sono la tua ragazza…», gli mormoro con una voce che risulta molto più seducente di quanto vorrei. Ma è difficile risultare autoritari e credibili quando un uomo simile ti bacia e immerge una mano nella scollatura del tuo vestito. Molto, molto difficile...

«Questione di punti di vista, Kayla», risponde per nulla preoccupato. «Ora sei qui. E vuoi toglierti questo vestito».

Cielo, sì che lo voglio!

Lo aiuto slacciandomi la zip posteriore, dopodiché lui procede a sfilarmelo. Per una volta, grazie a Dio, ho indosso della biancheria degna di questo nome. Greyson lo nota all'istante ed emette un fischio di apprezzamento. Pizzo grigio, della migliore qualità, per chi morisse dalla voglia di saperlo.

Mi abbasso per togliere anche le scarpe ma Greyson mi blocca. «No, quelle tienile», si raccomanda con una luce divertita negli occhi.

«Lo sapevo che i tacchi alti erano un tuo punto debole!», esclamo felice di averci visto giusto.

«Sì, più o meno da quando ti ho visto la prima volta scendere dalla macchina», confessa ridendo.

Poi mi riprende per mano e mi trascina al piano superiore, dove credo si nasconda la sua camera da letto. Tradizionalista che non è altro...

Apre la prima porta che incontriamo e accende le luci. La stanza è esattamente come me la sarei aspettata: tanto legno naturale, solo mobili pratici, niente suppellettili in giro.

«Spartano», commento mentre lui si slaccia la camicia, che lancia in modo distratto verso la poltrona accanto alla finestra.

«Sì, be', non è che l'abbia usata molto da quando mi sono trasferito», si giustifica.

«Prima di ora», puntualizzo, improvvisamente piuttosto toccata dal fatto che Greyson abbia atteso tanto per lasciarsi andare dopo il suo divorzio. Il fatto di aver scelto me non depone a favore della sua capacità di giudizio. Spero solo che si tratti di mera esasperazione dopo tanti anni di privazione, e non che voglia darmi più importanza di quella che merito.

«Prima di ora», mi conferma, fermandosi a osservarmi. Devo avere un'espressione piuttosto inquieta perché il suo volto si addolcisce. Mi prende per mano e intreccia le nostra dita.

«C'è qualcosa che non va?», mi chiede con tatto. «Hai cambiato idea?».

Neanche per sogno, ma ho come la strana sensazione che per lui questo non sia solo sesso. Ha atteso tre anni, ha aspettato di essere coinvolto al punto giusto da una donna. E ora, mentre lui è pronto, io sono terrorizzata. Nel senso più profondo della parola. Perché anche per me questa serata ha un sapore diverso. Dovrei tornare indietro di una decina d'anni per ricordarmi di un momento altrettanto speciale. Quindi, chi vince la guerra della disperazione tra noi due?

«Non ho cambiato idea, ma ho come il sospetto che questo per te possa significare molto più di quello che rappresenta per me». Mento, è ovvio, ma sono secoli che sono abituata a difendermi. Ed è difficile spezzare un'abitudine così radicata.

«Tu non preoccuparti per me», mormora mentre mi abbraccia. Si è sfilato la camicia e la sua pelle a contatto con la mia crea del calore eccessivo per un semplice tocco. È più forte di me, non posso fare a meno di far scorrere la mano sul suo petto. Lo osservo inspirare, chiudere gli occhi e poi riaprirli. Una donna potrebbe perdersi in uno sguardo così intenso.

Rimango immobile a guardarlo mentre mi accarezza la schiena e mi slaccia il reggiseno; lo fisso affascinata mentre lotta per non perdere del tutto il controllo al contatto con il mio seno. Sentendomi in svantaggio, allungo la mano per trovare la sua zip, che abbasso.

«Lo sapevo che eri uno da slip», non resisto dal commentare con una risata.

«Ed è un bene o un male?»

«Oddio, dipende: in genere preferisco quelli con i boxer, perché sono meno seriosi. Gli slip indicano uomini pratici, e quelli difficilmente perdono tempo con una come me».

Greyson scuote la testa, non molto d'accordo. «Per essere una che sembra sempre così sicura di se stessa, sei sorprendentemente propensa a sminuirti nei momenti davvero importanti».

Ha ragione, cielo se ha ragione… «Motivo per cui cerco di buttare tutto sullo scherzo», gli confesso a disagio.

Ognuno di noi è costretto a convivere con le proprie insicurezze, io sono solo più brava della media a nascondere le mie. Ma ci sono. E sono piuttosto radicate. Non bisogna essere uno psicologo per capire come la mia assoluta mancanza di rapporti con mio padre abbia segnato in modo indelebile quelli con gli uomini. O meglio, mio padre e il fatto che prima d'ora non abbia mai incontrato una persona che abbia deciso di mettermi al centro del suo mondo.

Prima di incontrare Greyson, mi pareva che non ci fosse altro modo di vivere le relazioni sentimentali se non in modo superficiale. Ma, mi accorgo ora, solo perché non sapevo che fosse possibile essere trattata diversamente. Straordinario come si cambi prospettiva, quando si ha l'assoluta certezza di essere il centro gravitazionale di qualcuno.

«Il tuo è un umorismo nero, in effetti…». Ma lo dice come se fosse un valore aggiunto, come se il mio cinismo fosse per lui parte integrante del mio fascino. E la frase mi fa sorridere.

«Eravamo agli slip…», gli ricordo, intenzionata a tornare sulla retta via. Ho davanti a me uno splendido uomo quasi nudo, che aspetta solo che io allunghi una mano nella sua direzione e abbassi una volta per tutte la sua pratica biancheria. Cosa che faccio senza perdere tempo, perché trovo Greyson molto più irresistibile di quanto sarei disposta a confessare ad anima viva.

Lui reagisce al mio tocco con un gemito di approvazione e una strana frenesia: la sua bocca torna sulla mia, la sua mano afferra prima il mio volto e poi si sposta tra i miei capelli, dove rimane ancorata a lungo. Deve avere una passione per i capelli sciolti.

Una lieve spinta e mi trovo sdraiata sul letto, con quelle stesse mani che mi sfilano le mutandine. In fondo mi sembra corretto: nudo lui, nuda io. A eccezione delle scarpe, che non pare intenzionato a volermi togliere. E per quanto io abbia una sorta di passione smisurata per i tacchi alti, questo è in assoluto la prima volta che li porto a letto. La sensazione è molto eccitante, ben più di quello che mi sarei mai immaginata.

Greyson si sdraia al mio fianco e riprende a baciarmi con sempre maggiore foga, avvicinando il mio corpo al suo. Dal momento che rimango pur sempre una donna d'azione, la voglia di mettermi a cavalcioni su di lui è forte. I preliminari sono interessanti, ma mai quanto il resto.

Greyson deve intuire la mia intenzione, perché mi blocca prima che possa sollevarmi e rimane a osservarmi con un sorrisetto divertito.

«Naaa, io non credo proprio...», mormora mordicchiandosi il labbro inferiore.

«Non credi cosa?», domando respirando a fatica.

«Che ti lascerò avere la meglio su di me. In fondo quello che da secoli sogna il grande momento sono io. Accontentami...», mi sfida divertito.

Non vedo come possa rifiutare qualcosa a Greyson nudo. Non sono granché brava a dirgli di no quando è tutto vestito, figurarsi quando è sdraiato sul suo letto come mamma l'ha fatto. E l'ha fatto davvero bene.

«Ok», acconsento infine e rimango a osservare la sua espressione mentre un piano si fa strada nella sua mente. Sta vagliando un'infinità di possibilità tutte piuttosto interessanti.

«Per qualche strana ragione, ho il sospetto che tu sia abituata a essere quella che detta le regole in camera da letto. E io non voglio essere come gli altri…». Mentre lo dice si solleva e si posiziona tra le mie gambe. È una visione e sospetto che se ne renda conto. «Regola numero uno: le scarpe rimangono al loro posto».

Gli accarezzo le gambe con quelle stesse scarpe che una volta aveva definito di un colore orrendo. Dubito che sarebbe disposto a ripeterlo. «Stavo iniziando a sospettarlo», gli confesso con una risata.

«Regola numero due: le mani rimangono al loro posto finché non decido diversamente». E mi afferra i polsi, portandoli sopra la mia testa.

«Cosa? Ma è scorretto! Io muoio dalla voglia di toccarti», mi lamento ma rimango con le mani al loro posto. Gli uomini alfa hanno un certo fascino, in fin dei conti.

Greyson si abbandona a una risata. «Lo so. Ed è proprio per questo che ti torturo».

«Sadico. Vedrai quando sarà il mio turno…».

«Promesse, promesse…». Si solleva sulle ginocchia per aprire il cassetto del suo armadietto e prende un profilattico. «A proposito, questo mi pare il momento adatto per confessarti che ho dovuto per forza comprarli in farmacia. Non ne avevo con me. Ergo, tutto il paese a quest'ora saprà di certo che io e te… Insomma, hai capito…». E scoppia a ridere.

«Non mi abituerò mai a questa drammatica mancanza di privacy», affermo seria.

«Ero quasi più in imbarazzo della prima volta che li ho

comprati». Non faccio fatica a credergli. «Ho cercato di nasconderli tra mille altri medicinali, ma la farmacista…».

«Che stravede per te», gli faccio notare.

«Sì, lei se ne è accorta al volo e mi ha fatto un sorriso a trentadue denti», mi confessa arrossendo.

«Io trovo dolce il fatto che tutti i tuoi concittadini siano tanto preoccupati per la tua vita sessuale», lo prendo in giro.

«Cara, è anche la *tua* vita sessuale», mi ricorda.

Pare che lo sia, visto che rimango come ipnotizzata a osservarlo mentre rimuove la pellicola e si infila il profilattico. E se non mi fosse vietato toccarlo, mi sarei già proposta per farlo al suo posto.

Inspiro profondamente mentre lui si abbassa ed entra piano dentro di me, godendosi ogni istante e non staccando gli occhi dai miei.

«Non sentirti in dovere di resistere a lungo. In fondo sono anni», lo rassicuro osservando lo sforzo sul volto.

Lui però mi sorride. «Una sfida… Esattamente quello che mi serviva». Afferra i miei fianchi e raggiunge il punto più profondo dentro di me. Io sollevo d'istinto le braccia per toccarlo ma il suo sguardo mi ammonisce. «I patti, Kayla…».

Visto che non posso usare le mani, non mi rimane che cingergli la vita con le gambe, facendo scorrere le mie scarpe sulla sua pelle.

«Come giochi sporco…», mormora al mio orecchio. Ah, ah, se pensava di avere il controllo della situazione si è sbagliato di grosso.

«Uso le poche armi che mi rimangono», mi difendo. Lui allora si allontana per un attimo da me, per poi tornare dentro con forza. «E non sono di certo l'unica», commento avvolgendolo con le gambe.

Greyson mi rapisce la bocca, mi avvicina a sé e intensifica

il ritmo. Non so lui, ma io non credo di resistere più di due minuti. A voler proprio essere generosi…

«Questa cosa non durerà a lungo, vero?», gli domando.

«No, non credo», mormora baciandomi il collo.

«Grazie al cielo…».

Greyson mi solleva poi il bacino per migliorare l'angolo di incontro dei nostri corpi e io perdo la testa. Del tutto. Al diavolo i piani o le regole, penso mentre allungo le mani per stringerlo a me. Sembro una disperata che sta cercando di non affogare. Lui, per fortuna rapito quanto me, non trova la forza di protestare. Siamo ormai entrambi partiti lungo una strada senza ritorno. Il corpo di Greyson preme sul mio con forza, mentre io non riesco a contenere oltre sussurri e gemiti.

Il mio orgasmo arriva con forza inaspettata ed è un signor orgasmo. Anzi, è il re degli orgasmi. Cosa devo fare per averne uno simile tutti i giorni della mia vita?

Quello di Greyson non deve essere da meno perché lo sento inspirare con forza, abbassarsi deciso su di me e nascondere il suo volto tra i miei capelli. Dove rimane poi parecchi minuti, spento e rilassato, mentre io lo abbraccio.

«Io la definirei un'attrazione davvero esplosiva», mormoro ancora impressionata.

La risata di Greyson rimbalza sulla mia pelle. «Perché non sei entrata prima nella mia vita e mi hai fatto attendere tre anni?», domanda con un tono scherzoso. Ma la domanda è seria. Ed è lì in attesa di una risposta.

«Be', se non avessi passato gli ultimi tre anni in un monastero di clausura, magari non troveresti questa serata così eccezionale». Sto tastando il terreno con attenzione. Non voglio scivolare.

Greyson smette di ridere e solleva la sua testa bionda per osservarmi serio. «Non è l'astinenza. Sei tu», afferma senza nemmeno l'ombra di un dubbio. E mi bacia con concentrazione e dedizione, come ama fare.

Una parte del mio cuore glaciale inizia pian piano a sciogliersi. E vorrei che non lo facesse, perché ho il terrore che quest'uomo mi farà più male di tutti i precedenti messi insieme.

Capitolo 14

«Allora, voglio i dettagli», pronuncia perentoria Amalia, a cui il tono dittatoriale riesce piuttosto bene anche al telefono. Immagino sia mera deformazione professionale.

«Ma io non te li ho mai chiesti!», provo a prendere tempo.

Lei non ci casca. «Balle. La tua memoria è migliore di quello che stai cercando di farmi credere. Hai voluto tutti i dettagli quando si è trattato di me». Altamente probabile. Ma è sempre più facile quando non si tratta di se stessi.

«Cosa vuoi che ti dica, quante volte lo abbiamo fatto?», domando provocatoria.

«Be', per iniziare non sarebbe male. Un numero dice molto».

«Non è vero… Un numero non ti fornisce alcuna informazione sulla qualità», ribatto.

«Senti Kayla, non prendiamoci in giro: se due persone lo fanno più volte in una sera è perché la prima è stata sorprendentemente buona. Nessuna donna normodotata si sottopone ad altre manche, se non ne vale la pena». Mai avere amiche troppo sveglie, non le freghi facilmente.

«Ammetto che il tuo punto di vista possa nascondere delle interessanti verità…».

«Allora, quanti orgasmi?»

«Ma da quando sei diventata così brutale?», domando sorpresa. Amalia era una donna che quasi non parlava di certe cose. Nel giro di due mesi ha deciso di mettere su famiglia – cosa che giurava non avrebbe fatto neanche morta – e ha pure adottato un lessico per lei più che inusuale?

«Da quando ho te come migliore amica. Si chiama contaminazione ambientale. Forza, è una vita che aspetto questo momento…».

«Quello in cui potrai prenderti gioco di me?»

«Chiaro, tu non ti sei risparmiata battute pesantissime durante i miei primi, difficili mesi con Ryan», mi ricorda. Pare che la vendetta vada ancora di moda. «E poi è tutto merito mio», gonfia il petto d'orgoglio.

«È tutta *colpa* tua: senza la tua gentile intromissione, forse a quest'ora non sarei nemmeno reduce da una serata così destabilizzante».

«Kayla, fuori il numero…», insiste seccata.

Pare che io abbia esaurito tutto il tempo a mia disposizione. «Quattro. Contenta?».

Dall'altra parte del telefono si sente un grido di esultanza che andrebbe impiegato per scopi più nobili del mio numero di orgasmi. «Quest'uomo ci sa fare», ridacchia divertita, dopo essersi ripresa.

Ci sa fare talmente tanto che ho fatto fatica ad andarmene da casa sua questa mattina. Ma lui aveva un appuntamento in municipio e io *in teoria* una dignità da difendere. Ne è rimasta poca, dopo ieri sera.

Chiaro, confessarlo ad Amalia equivarrebbe a rendersi ancora più ridicoli. E vorrei evitarlo, per quanto possibile. «Sì, non mi posso lamentare», rispondo in maniera diplomatica.

«Guarda che lo sento il sospiro nella voce», mi avverte senza pietà. Donna crudele.

Purtroppo lo sento anch'io: ho un che di orrendamente sognante. Una strana pelle d'oca mi assale alla sola idea.

Chi l'avrebbe mai detto… Greyson, l'uomo capace di tutto, anche in camera da letto, dove la sua notoria rigidità, unita alla mia esuberanza, provoca fuochi d'artificio. Con lui persino la noiosa posizione del missionario è un'esperienza ultraterrena. Non è esagerazione, è mera constatazione dei fatti.

«La mia voce è roca solo perché ho dormito poco».

Amalia scoppia a ridere. «La tua voce è roca perché hai gridato», mi coglie in castagna. Sì, è vero, l'ho fatto. Uno dei vantaggi di trovarsi in una casa isolata. Uno dei pochissimi, per quanto mi riguarda.

«E tu lo sai perché hai molta esperienza nel campo, vero?», la punzecchio un po'. Giusto per ricordarle come ci si sente a essere presi di mira.

«Io non sono l'oggetto della discussione», si difende in tutta fretta. Donna prevedibile.

«No, ma potresti diventarlo. Quindi vedi di non esagerare».

«Kayla, volevo solo torturarti un po' prima di iniziare con i discorsi seri».

«Cielo, ci sono in programma anche quelli?», domando allarmata.

«Oh sì, non si sfugge. Che razza di amica sarei se non ti chiedessi cosa provi per lui?».

La domanda è una di quelle toste. È la stessa che mi sto ponendo da ore e a cui vorrei evitare di rispondere. Io e i sentimenti abbiamo un pessimo rapporto. Se possibile ci ignoriamo. E quando siamo davvero costretti a confrontarci, raramente ne esco vincitrice.

«Am, sai che non parlo volentieri di certe cose…».

«È proprio per questo che te lo domando. Qualcuno deve pur farlo. Meglio che tu ti chiarisca le idee prima che sia *lui* a chiedertelo. Perché saranno dolori, bellezza… Bisogna sempre arrivare preparate a scontri simili». La frase è scherzosa, ma il significato ben chiaro.

«Dici che vorrà parlarne?», le chiedo a bassa voce. Ma lo so anch'io che lo farà. Anzi, è già tanto che mi abbia concesso di fuggire senza iniziare il discorso. Per fortuna aveva un appuntamento.

«Mi hai appena raccontato che ti bacia in pubblico e che ti definisce la sua ragazza. E questo *prima* che fosse il motivo dei tuoi mille orgasmi...», mi fa notare. «Oh sì che vorrà parlare di sentimenti. L'hai detto tu stessa che dentro è un uomo all'antica. È già tanto che non ti abbia detto di voler aspettare la prima notte di nozze». Amalia lo dice con una risata, ma del sudore freddo compare sulla mia schiena.

«Greyson non vuole risposarsi. Ha impiegato tre anni a riprendersi da un divorzio orrendo! Quale folle vorrebbe rifarlo?».

La mia amica mi lascia in sospeso qualche secondo prima di rispondere. «Mah, per esempio uno innamorato...».

«Qui non è innamorato nessuno. Attrazione Amalia, questo è tutto», rispondo con tono secco.

La sento ridere a crepapelle. «Buona questa».

«Cosa vuoi dire?». Ormai sono fuori di me e saltello in continuazione sul letto della zia.

«Che dovresti iniziare a essere sincera con te stessa. Tanto per iniziare. E poi magari anche con lui. Male non ti farebbe».

«Am, io...», provo a farfugliare qualcosa. Per fortuna mi interrompe prima che possa dire qualche sciocchezza.

«Lo so che cosa stai per dirmi: tu non sei una donna da relazione. Palle, cara. Nemmeno io ero una donna da famiglia, prima di Ryan. Ma se ho capito una cosa, totalmente a mie spese e soffrendo parecchio, è che nessuno di noi è universalmente pro o contro qualcosa. Certo, abbiamo le nostre naturali inclinazioni o quelle che dipendono dalle scottature nel nostro percorso personale, ma non è questo che ci guida nelle scelte. Tu puoi anche essere a favore del matrimonio, ma può capitarti di non incontrare la persona con cui valga la pena costruire qualcosa di così impegnativo. E infatti tantissimi si accontentano, non vanno avanti a cercare. Magari si trovano in una fase della loro vita dove la casellina "matrimonio" è da spuntare. E sposano una persona con cui non vale la pena costruire niente. Oppure, come nel tuo caso, capita di pensare di essere per natura contrari ai legami duraturi, poco importa che si chiamino convivenza o matrimonio. Ma poi si incontra una persona speciale, per la quale senti da subito un'affinità e un'attrazione come per nessun'altra. Cosa fai, non ti butti se ti capita quell'enorme fortuna?».

La sua ultima domanda echeggia a lungo nella mia testa. «Tanti partono con le migliori intenzioni. Ma poi sopraggiunge la vita, i problemi, il risentimento, la rabbia. Fai un figlio con uno che un giorno si sveglia e si rende conto di non volerla, tutto sommato, una famiglia...».

Amalia sospira, intuendo subito che sto pensando a mio padre. «Io e te veniamo da famiglie diversissime ma entrambe pessime. Be', non ti sei stufata di dare a loro tutta questa importanza, tirandoli in ballo ogni volta che c'è da fare una scelta importante?».

In realtà ha ragione, sono stufa marcia.

«E non sei arcistufa di credere che tutti gli uomini lì fuori siano degli esseri orribili? Prendi Greyson, per esempio: la sua prima moglie era una iena. Sì, ha avuto bisogno di cambiare vita, città e prendersi del tempo oggettivamente lungo per riprendersi. Ma non mi sembra che ora sia così chiuso all'idea di provare a costruire qualcosa con te».

«Solo che la mia permanenza qui ha un termine. Non voglio vivere in un piccolo paese», le ricordo con agitazione crescente.

«Tu inizia a fare un passo alla volta. Cielo, donna, hai dei problemi anche solo a definirti la ragazza di qualcuno. Inizia a superare il tuo blocco emotivo. E poi sta' a vedere. Da cosa nasce cosa».

«Forse hai ragione…», mi tocca ammettere.

Ho sempre saputo di avere un'amica eccezionalmente intelligente. Inoltre, la sua relazione con Ryan l'ha resa molto più sicura di se stessa. In un certo senso, è una donna nuova. E io un po' la invidio. È riuscita a evolversi, mentre io sono ancora bloccata a uno stato larvale. Pare, tra l'altro, a tempo indeterminato, se non troverò il coraggio di guardarmi dentro e correre qualche rischio.

«Sai che ti voglio bene?», prova poi ad addolcirmi, dopo avermi scosso per bene. D'altronde, a cosa servono i veri amici, se non a dirti anche le cose più scomode? Quelle che tutti gli altri, vuoi perché non hanno tempo vuoi perché per loro non cambia niente, non osano mai affrontare.

«Lo so Am, lo so. E te ne voglio anch'io. Stammi bene».

«Io? Sempre bellezza. Tu, piuttosto, fatti crescere una spina dorsale. Perché ne avrai bisogno».

E con questo ci congediamo, promettendoci di risentirci a breve.

Una settimana dopo l'estate esplode con forza. Anzi, con la prepotenza che spesso solo la natura sa avere. Greyson e io siamo sdraiati a goderci il sole e a cercare di prendere un po' di colore.

Pur essendo lui biondo, ha un tono di pelle che non disdegna i raggi solari. Si intuisce con non impiegherà molto a farsi venire una di quelle meravigliose tinte dorate. A differenza di me, che, pur con capelli e occhi scuri, assomiglio in verità a una specie di vampiro.

Greyson allunga la mano, come se nulla fosse, e mi avvicina a sé. In condizioni normali non avrei problemi a lasciarlo fare, ma ci troviamo in un luogo pubblico. La spiaggia è piena di gente che non nasconde affatto di trovarci molto interessanti. Quando gli faccio notare con insistenza che a

Heber Springs non c'è privacy, è proprio questo che intendo.

«Greyson, ci stanno fissando tutti», gli dico, cercando di oppormi all'avanzata della sua mano.

Lui solleva la testa dall'asciugamano per accertarsi che non stia raccontando frottole. L'uomo tende a non prendere mai per oro colato tutto quello che esce dalla mia splendida bocca. Malfidente che non è altro. O saggio, a seconda dei punti di vista.

In lontananza si intravede piuttosto chiaramente la sagoma della farmacista, con tanto di binocolo in mano. Resasi conto di essere stata colta in flagrante, cerca di nascondere il materiale da spionaggio. Ma è troppo tardi. Ormai l'abbiamo beccata.

«Ah però», commenta Greyson ridendo. «L'artiglieria pesante, addirittura...».

«C'è poco da essere divertito: ci stanno fissando tutti», rispondo inacidita.

«No, non è vero. Quella coppia davanti a noi se ne frega altamente della nostra presenza», mi fa notare stoico.

In effetti ha ragione, ma il motivo è semplice. «Perché non sono di qui. Li ho sentiti parlare mentre uscivano dall'acqua: sono del New Jersey», lo informo.

Una luce interessata si accende nei suoi occhi. «Quindi sono turisti», mormora colpito.

Sì, devono esserlo per forza. E non devono nemmeno essere gli unici, perché la spiaggia è sorprendentemente piena. Certo, potrebbe essere stato il caldo improvviso ad aver attratto tutta questa folla, ma potrebbe anche essere merito della mia geniale campagna pubblicitaria. «Sono o non sono la regina del marketing?», gli domando compiaciuta.

«Se ti avvicinassi, potrei ringraziarti come si deve», mi stuzzica con voce sensuale.

Sono tentata. E parecchio, ma l'esposizione in pubblico

non fa per me. Sono certa che in questo preciso istante più di una persona stia cercando di leggere il nostro labiale. Magari hanno sparso anche dei microfoni. Devo ammettere che se fossi al loro posto, anch'io morirei dalla curiosità di sapere come si sta evolvendo la vicenda. Per inciso, non ne ho la più pallida idea.

«Non ci casco, bello. So che cosa hai in mente», gli rispondo, rimanendo immobile nella mia posizione. Anche se desistere mi costa molto sforzo. Greyson in costume da bagno è uno spettacolo per gli occhi. Non vedo l'ora che questa nostra gitarella pubblica finisca a favore di altre attività ben più private. Magari non ci abbronzeremo, ma ne sarà comunque valsa la pena.

La sua mano si posa sul mio braccio, che inizia a percorrere con tocco appena accennato. È un gesto che compie spesso e che mi fa letteralmente impazzire. È più forte di me, non sono in grado di resistere alle sue carezze. Agli occhi degli altri possono anche essere innocenti, ma io so che si tratta di promesse molto più carnali. Greyson, inutile a dirsi, è un uomo che tiene fede ai patti.

Sono sull'imbarazzante punto di saltargli addosso, quando la mia attenzione viene catturata da altro: Amanda e Jim stanno riaffiorando dall'acqua e si tengono per mano. Pare che io non sia stata l'unica per cui gli ultimi giorni hanno significato una svolta.

«Il tuo amico ha messo la testa a posto?», domando a Greyson.

«Jim è sempre stato un bravo ragazzo», lo difende. Codice d'onore maschile, immagino.

«Sì, ma un po' miope», ribatto prontamente. E sono stata gentile...

«Noi uomini lo siamo spesso», mi confessa mentre rimaniamo a fissare la neo coppietta, a giudicare dal lieve imbarazzo che hanno ancora entrambi. Si può persino sentire l'odore della loro goffaggine, ed è delizioso.

«Certo, lui non ha di sicuro il petto del nostro valoroso guerriero scozzese, ma tocca accontentarci», ragiono a voce alta. La provocazione è un piatto che va servito quando uno meno se lo aspetta, altrimenti la reazione non è spontanea. E infatti Greyson impiega mezzo secondo per corrucciare la fronte e mettersi seduto. La sua figura minacciosa si frappone tra me e il sole.

«Vorresti spiegare meglio questa tua ultima affermazione?», mi chiede con sorprendente calma.

Scosto quanto basta gli occhiali da sole e li appoggio sul naso. Potrei passare giornate intere a fissare i suoi occhi. Non che sia un modo molto produttivo di trascorrere il tempo, ma certe volte anche la contemplazione ha un suo perché. «Le nostre serate tra donne...», inizio a confessargli, ma lui mi blocca subito.

«Intendi, le vostre serate pornografiche», precisa con notevole ironia.

«Non è porno, sono solo uomini nudi!». Mentre lo sto dicendo, mi rendo conto di non avere dalla mia una grande strategia difensiva.

La sua espressione diventa ancora più divertita. «*Solo*? Quindi anch'io sono solo un uomo nudo per te?»

«Ti diverti a punzecchiarmi, non è vero?»

«Oh sì, immensamente. E anche a punirti. Per esempio, un bacio in pubblico sarebbe una pena sufficiente grave?». Il tono è scherzoso, ma il volto mostra che l'intenzione di baciarmi è molto reale.

«Greyson...», mormoro senza sapere se gli sto per dire di farlo, o se invece è mia intenzione allontanarlo. Bisogna vedere se riuscirò a trovare la forza. Fino a prova contraria, sono solo un essere umano con una debolezza grande come l'Everest.

Lui abbassa la testa nella mia direzione, espressione intensa e decisa. Forse, dopotutto, non sarò io a fermarlo. Il suo volto è sempre più vicino ed è sul punto di posarsi sulle mie labbra, quando ecco comparire davanti a noi le sagome di Amanda e Jim.

«Hmmm», si schiarisce la voce il suo amico, nella speranza di attirare la nostra attenzione.

Amanda lo tira per la mano con espressione impacciata «Te l'ho detto che saremmo stati di troppo», lo accusa.

«Scusami, volevo solo salutare…».

Greyson si raddrizza al volo e sorride. «Bella giornata, vero?».

Io scoppio a ridere mentre mi sollevo a mia volta. «Ciao ragazzi. Vi state divertendo?».

L'espressione di Jim è eloquente. «Oh sì, ma mai quanto voi».

Lancio un'occhiata a Greyson, che arrossisce appena. Possibile che anche gli uomini, tra loro, si raccontino certi dettagli? In cuor mio spero che non lo facciano, perché il sesso tra Greyson e me è abbastanza esplosivo da imbarazzare anche i più sfacciati.

«Invece di invidiarli, potremmo anche noi fare qualcosa», gli rinfaccia Amanda. È evidente che non sono ancora arrivati a *quel* punto.

«Am», la riprende a disagio.

«Be', vi lasciamo soli prima di renderci ulteriormente ridicoli», si scusa Jim. «So che è difficile peggiorare le cose, ma noi ne saremmo capaci».

E mentre ridiamo, si allontanano lungo la spiaggia.

«Farina del tuo sacco?», mi interroga Greyson, che continua a fissarli.

«Più o meno», rispondo vaga. Le mie sessioni motivazionali hanno dato i loro frutti, in effetti.

«Non essere modesta, prenditi i giusti meriti. Jim era completamente cieco all'interesse di Amanda. Finché non sei intervenuta tu».

Scrollo le spalle. «Jim è un
uomo. Voi lo siete quasi sempre».

«Allora, fortunato che mi sia capitata una donna sfacciata». E mi scruta con occhi interessati. Gli leggo in volto una sfida, mentre lo osservo avvicinarsi. Pare che voglia riprendere dall'esatto punto in cui ci hanno interrotti.

«Grey...», lo minaccio seria. Ma le mie parole non devono sortire l'effetto sperato, visto che la sua bocca si distende in un sorriso divertito. Tra tutti gli uomini presenti sulla terra – circa tre miliardi, volendo fare un calcolo approssimativo – mi doveva capitare proprio uno a cui non sono capace di resistere? Certe volte la vita è davvero ingiusta.

«Sei terribilmente scorretto», mi lamento un'ultima volta, prima di lasciarmi baciare in un posto pubblico che più pubblico non si può. Nella mia testa si ode la più potente sirena antiaerea, ma la zittisco, colpevole di estrema debolezza.

«Oh sì, lo so...», mi sussurra prima di staccarsi quanto basta per fissarmi negli occhi. A lungo.

E poi mi lascio prendere per mano e condurre in fretta e furia verso casa sua. Ci sono un centinaio di teste voltate nella nostra direzione, ma in questo momento non mi importa di niente, se non di lui.

L'unica consolazione – penso mentre andiamo verso casa di Greyson – è che l'impazienza pare accomunarci. E infatti, appena varcata la soglia, il signor sindaco mi inchioda alla porta e inizia a baciarmi come se non ci fosse un domani. Non sono mai stata una donna attratta dagli uomini di "potere", ma è interessante come l'autorevolezza di Greyson risulti per me maledettamente sexy. In ogni caso, è un bene che sia appoggiata a qualcosa, le ginocchia potrebbero non reggere.

«Camera da letto?», mi domanda mentre si stacca quanto basta per potersi sfilare la maglietta e i jeans, rimanendo solo con il costume da bagno.

Non resisto e faccio scorrere la mano sul suo torace. Lui inspira profondamente e poi inizia a spogliare anche me.

«Uomo *plain vanilla*, non ci sono solo le camere da letto...», lo canzono mentre lo guardo sfilarsi anche l'ultimo indumento. È sempre una tale visione.

La sua espressione si fa infuocata. «È una sfida?», mi domanda e poi mi solleva. Sfruttando l'appoggio della porta d'ingresso, si posiziona tra le mie gambe e si unisce a me con un unico movimento. Un lungo sospiro sfugge dalle labbra di entrambi. Siamo piuttosto sincronizzati anche in questo.

Greyson non accenna a volersi muovere e rimane lì, stretto in quel nostro abbraccio, occhi negli occhi, a godersi la sensazione di perfetta unione.

«Sei anche un uomo pieno d'inventiva, vedo...», mormoro colpita.

«Con chi pensi di avere a che fare?», ribatte ridendo.

«Mah, con uno che ha dimenticato il preservativo?».

Il suo viso si tinge di un panico quasi comico. Sta per allontanarsi da me quando lo imprigiono saldamente nel mio abbraccio. «Dove stai andando? Rilassati, prendo la pillola da quando ho sedici anni».

Anche se non si sente, lo vedo tirare un sospiro di sollievo.

«Come, non mi chiedi altro?», domando colpita. Tra noi due non sono certo io quella in astinenza da tre anni. In realtà Greyson non sa niente di preciso del mio passato, e non ha mai nemmeno accennato a volerlo sapere. Apprezzo che sia un uomo abbastanza sicuro di sé da non dover fare confronti. Sono così pochi quelli a poterselo permettere.

«Mi fido di te», risponde con semplicità, scrollando in maniera impercettibile le spalle.

E in quel momento, appoggiata contro la sua ruvida porta, mi rendo conto di provare per lui qualcosa di terribilmente vicino all'amore. La mia respirazione, già accelerata, si fa ancora più affannosa. Mi ha attratto con la sua fisicità e mi sta legando a sé per la persona che è. Splendida, leale, altruista. Davvero non capisco cosa ci faccia con me.

Greyson torna a farsi serio e concentrato, deciso a rendere questo pomeriggio memorabile. Gli sarei davvero grata se non esagerasse nel suo intento, perché di questo passo non vorrò avere a che fare con nessun altro uomo, una volta che sarà uscito dalla mia vita. In tutta sincerità, non mi è chiaro come qualcuno potrebbe reggere il confronto un giorno. E va bene che con il tempo i ricordi si affievoliscono, ma questi saranno talmente forti da risultare quasi indelebili. Quanti anni, lustri o secoli dovrò attendere per potermi considerare disintossicata da Greyson e da quello che stiamo condividendo? Decido di non darmi una riposta, perché potrebbe non piacermi.

Lui nel frattempo ha iniziato a muoversi dentro di me, imponendo un ritmo lento e costante. Mi sporgo per baciarlo e accarezzargli i capelli. Chi ha detto che passione e dolcezza non possano convivere in un connubio perfetto?

«Grey...», gli sussurro appena in un orecchio.

E lui comprende all'istante, perché la capacità di interpretare al volo i pensieri e i desideri dell'altro è uno dei grandi vantaggi degli amanti.

Intensifica subito il ritmo, come gli ho chiesto, portando entrambi sulla strada del non ritorno. E quando l'orgasmo ci travolge, insieme, non posso fare a meno di pensare che il paradiso, se esiste, deve avere queste sembianze.

Capitolo 15

È strano il modo in cui la vita spesso ti sorprenda con eventi che avresti potuto benissimo prevedere. Nel mio caso, per esempio, il fatto che il mio incarico a Heber Springs fosse a tempo determinato, dettaglio che non avevo del tutto rimosso, ma parcheggiato in una zona d'ombra della mia memoria. Molto in ombra, in effetti. Colpa dell'aver passato settimane intere a crogiolarmi in uno stato di totale beatitudine, cullata da Greyson.

Quando il mio cellulare squilla, ho da poco finito di farmi una doccia e di vestirmi per raggiungerlo al Municipio. Avevamo intenzione di prendere un hamburger da qualche parte, per poi andare a casa sua e gustarcelo con calma. Possibilmente nudi, dopo aver passato almeno qualche ora a smaltire in anticipo i grassi saturi. Sono sempre stata una grande amante della prevenzione.

«Roger, che piacere sentirti», saluto come sempre il mio capo, ignara della tempesta che sta per abbattersi sul mio piccolo mondo perfetto.

«Sei allegra, hai programmi per la serata?», domanda interessato. La verità è che la mia rubrica ha smesso di essere autobiografica da un pezzo per evidenti motivi. Da settimane non faccio che scrivere sfruttando le vicende che capitano agli altri abitanti. È incredibile la quantità di aneddoti di cui si può venire a conoscenza, una volta che si entra nelle simpatie delle persone.

«Niente di che…», mento senza alcuna esitazione. Roger

è un capo e un amico, ma non sono pronta a discutere di Greyson con lui. Anzi, sono in una fase difficile in cui non sono abbastanza lucida per parlarne nemmeno con me stessa. Qui a Heber Springs possono anche considerarci una sorta di coppia semi-ufficiale (pare che il numero di volte in cui Greyson ha messo piede in farmacia per comprare dei profilattici abbia causato in città più di una risata), ma la mia mente ha difficoltà a elaborare la cosa. La mia parte razionale non si è del tutto arresa all'evidenza che le relazioni, anche quelle che paiono le migliori, in genere naufragano per un motivo o per un altro.

«Risposta sbagliata, cara. Quella giusta sarebbe stata: sto lavorando e *terminando* il mio articolo per te...».

«Quale articolo?», domando un po' sorpresa. Sono quasi certa di aver mandato in redazione qualche ora fa il pezzo per domani. Ho parlato del cambiamento che stiamo cercando di far fare a Grace. Esteriore e interiore. Ed ebbene sì, è un lavoro di squadra. Una sola persona non sarebbe mai bastata, visto il compito irto di ostacoli.

«Come quale articolo!?», esclama tra il divertito e l'offeso. «Quello per cui ti ho spedito in Arkansas! Lo shale gas!».

È deprimente che debba pure ricordarmelo. Davvero, sono un caso perso. Forse, dopotutto, esiste un motivo se curo rubriche leggere da anni a questa parte... «Ma certo, lo shale gas», ripeto totalmente in imbarazzo. L'eccesso di sesso deve avermi dato alla testa.

«Kayla, sei certa di stare bene nell'ultimo periodo? Stai covando un'influenza? Non volevo allarmarti prima, ma detto francamente, sei strana da parecchio tempo».

Odio quando ha ragione. Odio, odio, odio... «Strana io? Ma va», tento di sminuire il tutto.

«E quindi l'articolo? Quando pensi di finirlo?», mi domanda con tatto.

La verità è che ho momentaneamente abbandonato l'articolo perché Charlie è forse l'unico abitante di Heber Springs che non ha ancora cambiato idea su di me. Ho saputo da fonte attendibili (Greyson) che ha dato un'occhiata al materiale che gli ho fatto avere, ma che non ne vuole parlare. Almeno, non con me. E un articolo che si rispetti deve citare almeno un caso concreto. Non posso di certo raccontare ai lettori di essere andata fino in Arkansas per sentirmi dire picche.

Certo, Roger deve ancora scoprire che ho intenzione di scrivere tutt'altro genere di pezzo, rispetto a quello che lui aveva in mente all'origine. Non avendo trovato casi di malaffare, ho deciso di fare di Heber Springs un esempio positivo di come lo shale gas non sia l'unico modo per rilanciare l'economia di una zona in crisi.

«Presto, prestissimo. Sai, mi sono dedicata alla rubrica "di copertura" in tutto questo tempo, visto anche il super riscontro positivo che ha presso i lettori...». E almeno su questo punto non mento: la rubrica ha sfondato, come si suol dire. Roger mi ha spedito nel Sud con un compito e io mi sono trovata accidentalmente a portarne a termine un altro. Ma, finché attiriamo lettori, non vedo dove sia il problema. Sì, la mia carriera non decollerà mai, ma se io me ne sono fatta una ragione, potrebbe farsela anche lui.

«Questo non lo nego. Il CDA ti ha notato e sono davvero felici del successo ottenuto, ma io ho fatto presente che tra noi due esisteva un accordo preciso per farti tornare a New York dopo qualche mese. E che intendo mantenerlo».

La sua frase mi lascia per un attimo senza parole. E ce ne vuole, per farmi tacere. «Quindi, se ho capito bene, mi stai dicendo di finire l'articolo sullo shale gas e di tornare a New York?».

Lo sento ridere divertito. «Certo. Sono o no un uomo di parola?».

Ma proprio a me doveva capitare l'ultimo di una specie quasi estinta? «Lo sei sempre stato», devo ammettere. Stupida io ad aver del tutto rimosso il *piccolo* dettaglio di trovarmi a Heber Springs in via temporanea. Ai tempi dei primi baci con Greyson ero solita ricordarglielo un giorno sì e l'altro pure. Recentemente, non così spesso. Anzi, mai.

«Allora vedi di darti una mossa a concludere e torna da noi. In ufficio sentiamo molto la tua mancanza. Si ride troppo poco senza le tue solite battutacce».

Sì, Kayla, la regina del sarcasmo. Kayla, quella che deve tornarsene alla sua vita da single.

Inspiro, cercando di convincermi che è un bene il fatto che Roger mi abbia richiamato all'ordine. Ancora qualche settimana e i miei sentimenti avrebbero preso una piega pericolosa. «Sarà fatto. Buona serata», lo saluto.

Una vocina cerca con insistenza di farmi ammettere che i sentimenti sono entrati in campo fin da subito. Ma è lieve ed è facile scacciarla come se fosse solo una mosca noiosa.

Alla lunga sarà meglio per tutti: per me, che tornerò a essere la persona che sono sempre stata – sola, ma almeno con la testa sulle spalle – e Greyson, che di donne pazze può sempre fare scorta anche da altre parti.

«Mi hanno richiamato a New York», gli dico senza alcun preavviso, mentre siamo seduti al tavolo della cucina.

Greyson solleva all'istante la testa e fissa i suoi occhi su di me. L'espressione è glaciale. Siberia in pieno inverno. Ho come il sospetto che non troverà tanti lati positivi in quello che sto per dirgli.

«Scusami?», mi domanda, immagino per prendere tempo.

«Mi ha chiamato il mio capo e mi ha simpaticamente intimato di concludere il mio lavoro qui. Sì, insomma, devo scrivere una volta per tutte un articolo sullo shale gas e tornare alla casa madre», gli spiego nervosa.

«Non c'è molto da scrivere sullo shale gas», mi ricorda

subito. «Perché *tu* hai fatto in modo che non ci fosse alcun pozzo, ricordi?». Più passano i minuti e più la sua espressione diventa distante. Fredda.

Già, io e la mia geniale idea di rilanciare il turismo in zona. «Be', devi ammettere che l'idea è stata buona».

«Ottima». Ma da come lo dice uno potrebbe pensare il contrario. «Tra i tuoi articoli e la pubblicità, abbiamo attirato talmente tanta attenzione da aver riempito ogni stanza d'albergo nel raggio di chilometri. Con tutta probabilità, alla fine della stagione avremo abbastanza soldi da poter ristrutturare le vecchie terme».

«Ma è una bellissima notizia!», esclamo. La prima e unica notizia decente della serata, per quel che mi riguarda. Gli animi sono già tesi, meglio non aggiungere altra carne al fuoco. Se io non fingerò di essere quella forte e decisa, non lo farà nessun altro. Ovviamente non Greyson, che ha l'espressione più tumultuosa e sofferente che abbia mai visto su un uomo. E ne ho vista di gente in stato pietoso…

«Magnifica», pronuncia sarcastico, scandendo piano le sillabe. È evidente che si sta riferendo al mio rientro.

Poso le mani sul tavolo e sospiro. «Senti, lo sapevamo entrambi che sarebbe arrivato questo momento. Per qualche settimana abbiamo fatto finta di dimenticarcene, ma la verità è sempre stata questa: io ero destinata a rimanere in Arkansas solo per un breve periodo. Il gioco è bello quando dura poco».

Greyson si raddrizza sulla sedia e mi osserva a lungo, facendomi sentire a disagio per la prima volta in settimane. Strano come in un attimo tutta l'intimità costruita con una persona possa scomparire come una bolla di sapone. «Qui, l'unica che ha giocato sei stata tu», commenta.

No, non mi permetterà di chiudere la storia in maniera amichevole. Nemmeno civile, a quanto pare. «Nessuno dei due ha giocato. Ho usato una parola davvero infelice», provo a correggermi.

«Evidentemente. Non trovi che ci sia della verità nei lapsus?»

«Greyson...», mormoro esasperata.

«Cosa, hai scoperto improvvisamente che la verità fa male?»

«Grey», riprovo una seconda volta. «Quello che ho provato in queste settimane è stato unico e straordinario. Te lo giuro, ho giocato molto meno di quanto volessi o di quanto sarebbe stato saggio». Non ho intenzione di confessargli tutto, ma è giusto che sappia come stanno le cose.

«È *stato* straordinario, tempo passato. Quindi parti?». Due frasi all'apparenza banali e mille accuse al loro interno.

«Non posso certo fermarmi qui», tento di farlo ragionare. «Non posso mandare all'aria la mia vita per una persona che conosco da qualche mese».

L'espressione ha lo scopo di creare della distanza emotiva da lui, ma contiene anche una grande verità: se passi ben dieci anni della tua vita a fare di te stessa una persona autonoma, capace, che basta a se stessa, è rispettoso anche solo considerare l'idea di mandare all'aria tutto quello in cui si è sempre creduto solo perché ci si è innamorati? Una persona che ama è razionale abbastanza da prendere la decisione migliore?

La mia personale storia mi ha insegnato che la risposta è no. Lo dice la vita, non solo io. Io, per assurdo, sono la persona meno adatta per decidere cosa fare.

«Ma chiaro che no...». La sua voce è più affilata di una lama. Poi si alza nervoso dal tavolo e inizia a percorrere la cucina a grandi falcate. Avanti e indietro, più e più volte. «Io devo essere un caso clinico. Una cosa da non credere... Innamorarsi di una donna che ha persino il terrore di sentirsi chiamare la mia ragazza...», borbotta risentito.

Lo so che non è il momento migliore per commuoversi, ma sento comunque una grossa stretta al cuore. È la prima volta che mi dice apertamente di essere innamorato. Anche se, in tutta onestà, lo sospettavo: Greyson fa parte della categoria degli uomini che non hanno paura di mostrare i propri sentimenti. Ha sempre avuto una forza che io non ho.

Solleva lo sguardo e interpreta in maniera del tutto errata la mia espressione. «Non andare in iperventilazione per il fatto che sono innamorato di te! Ti era chiaro sin dall'inizio che sarebbe finita così!», tuona arrabbiato.

Mi alzo a mia volta dal tavolo per andargli incontro. «Faceva parte del tuo piano?», cerco di buttarla sul ridere. Non riesco a farne a meno, l'ironia è da sempre la mia risposta a tutti i mali del mondo.

«Il mio piano è evidentemente fallito, alla grande», commenta con una risata amara. «A quest'ora avresti dovuto renderti conto di quanto meraviglioso sia stare con me».

E lo è, cielo se lo è. Ma dirglielo cambierebbe qualcosa? Intendo, oltre a creare un ulteriore dramma e a farci stare ancora peggio. Ecco perché scelgo il silenzio, almeno questa volta.

«Come, nessun commento? Nessuna frase fatta?», mi provoca.

«Forse potremmo rimanere in contatto... Non so, vederci quando verrai a New Yok», cerco di pensare a qualche alternativa.

«Io non andrò mai *per caso* a New York», precisa subito, sempre più arrabbiato. «Tu hai intenzione di tornare a Heber Springs?».

La mia espressione deve essere una risposta sufficiente, perché lo vedo accigliarsi. «Prima o poi, per venire a trovare zia Jill...», rispondo vaga.

«Quindi una volta ogni cinque anni», conclude accigliato.

Mi irrigidisco per l'accusa. «Mi sono fatta tanti amici a

Heber Springs. Ho intenzione di tornare molto più spesso!».

Greyson alza gli occhi al cielo. «Già, tu e il club pornografico del venerdì sera...».

«Non è pornografico! È televisione di alta qualità!», mi difendo. Il fatto che quei film contengano sempre un'elevata quantità di scene di nudo è un mero incidente di percorso, non qualcosa di davvero voluto. Noi miriamo alla qualità del prodotto.

Greyson solleva un sopracciglio con espressione dubbiosa. «Hmm, convinte voi... Ma la questione non cambia: se anche tornassi due volte l'anno – ipotesi a cui continuo a non credere fino in fondo – le nostre prospettive non sarebbero comunque migliori. Kayla, io non voglio una relazione a distanza. Io voglio una relazione. Voglio vivere con te, in casa mia. Qui». Mentre lo dice, mi si avvicina quanto basta per prendermi la mano e ricordarmi quanto forte sia quello che è nato tra di noi.

Non sono una stupida, lo so che farò fatica a ricreare qualcosa di simile con un'altra persona. Ma forse è proprio questo il fatto: sono pronta a dipendere così tanto da un'altra persona? Sono pronta a passare dall'"io" al "noi"?

«Non posso dire che non sia stato divertente. E molto! Ma io non ho niente in comune con Heber Springs». L'idea sarebbe quella di illuminarlo sulla mia inappropriatezza.

«Palle», mi rinfaccia immediatamente. «Tu qui stai bene. Sei felice».

Mi è impossibile confutarlo, perché ha ragione: per quanto possa essere assurdo, superate le prime difficoltà e la totale mancanza di privacy, in effetti mi sono sentita parte di una comunità. Sensazione del tutto nuova per un'individualista come me. Ed è stato divertente.

Ma era a tempo. Non so se reggerei per sempre. Finirei con l'essere una di quelle donnine acide e sempre arrabbiate, perché costrette ad abbandonare la propria vita per un uomo.

«Sì, non nego di essere stata meglio di quanto sperassi all'inizio. Ma non mi hai visto a New York: lì sono ancora più felice». Più o meno...

Rimaniamo uno di fronte all'altro, sguardo incatenato, corpi tesi. Non posso fare a meno di notare che non si è offerto di trasferirsi *lui* a New York. Pretende però che sia io a mollare tutta una vita costruita un pezzetto alla volta. Tipico...

Queste relazioni asimmetriche mi innervosiscono sempre molto. Chi ama deve rinunciare. Ma perché mai? Perché solo il sacrificio è la prova di un grande sentimento? Di questo passo, io e l'amore non andremo mai d'accordo.

«Direi che i nostri punti di vista sono chiari», mormoro affranta.

Greyson sospira e abbassa la testa. «Cristallini».

Forse è il caso che mi tolga la sua camicia e che esca da casa sua. Sto per salire in camera da letto per cambiarmi ma mi fermo ancora un attimo prima di affrontare il primo gradino. «Grey, lo so che sei arrabbiato. Ma io vorrei, per quanto possibile, che entrambi conservassimo dei bei ricordi di queste ultime settimane. Sei l'uomo migliore in cui mi sia imbattuta da decenni».

Ancora un sospiro sofferente. «E guarda quali bei risultati mi ha portato finora...», mormora perplesso. «Se rinasco, voglio essere uno di quei cattivi ragazzi che piacciono tanto a voi donne».

«Sono solo leggende metropolitane: al massimo vanno bene per i libri».

Ancora una lunga pausa imbarazzata. «Hai bisogno di qualcosa prima di andartene?», mi domanda a un tratto.

Un gentleman prima di tutto. «Magari parlare con Charlie? Se nel frattempo ha smesso di odiarmi?»

«Vedrò cosa posso fare».

E poi percorro i gradini che portano alla sua camera da letto, dove ho lasciato poco prima tutti i miei vestiti. Raccoglierli è sempre molto meno divertente che disfarsene, ma questa volta temo quasi di versare qualche lacrima mentre lo faccio.

Capitolo 16

Il signor Charlie mi siede di fronte, mentre io sprofondo sempre di più nel suo divano floreale – evidentemente un must a Heber Springs, una specie di status simbol irrinunciabile. Non nutro dubbi sul fatto che l'effetto sia voluto: lui su una poltrona alta e rigida, io abbandonata a lottare contro una valanga di cuscini dispettosi.

«La ringrazio per avermi invitato. Davvero, non me lo sarei mai aspettato». Sono dell'idea che nei rapporti professionali la verità alla lunga si riveli vincente. Spero che il padre di Jim apprezzi il fatto che non sto impostando questo nostro incontro sulle false carinerie.

«Me lo ha chiesto Greyson», si giustifica. Già, Grey, l'uomo a cui nessuno riesce a dire di no.

«Be', io la ringrazio comunque. Qualsiasi sia stato il motivo della decisione».

«Mi ha detto che ci lascerà a breve. È corretto?». Il suo tono non è allegro come ci si sarebbe potuto attendere. Forse aspetta che levi del tutto le tende, per stappare lo champagne.

«Sì, mi hanno richiamato a New York. Il mio incarico è durato fin troppo». Anche perché sono giunta in Arkansas con un compito preciso, quello di occuparmi di shale gas, e mi sono lasciata prendere dagli eventi: prima la comunità – con l'asta e i corsi – poi Greyson, e infine la mia rubrica sulla vita in un piccolo centro. Non ne vado fiera, ma mi sono fatta portare fuori strada. Roger non mi rimprovera niente, visto il clamoroso successo della rubrica, ma questo non mi rende meno colpevole. È ora che torni a concentrarmi sui veri compiti.

«Greyson non ne sarà felice», mi fa notare il signor Charlie con espressione severa. Sbatto stupita le ciglia.

«Ha sempre saputo che prima o poi avrei dovuto andarmene…».

Lui continua a osservarmi per nulla convinto, decidendo però di cambiare tema. «In ogni caso, sarà felice di sapere che del pozzo di shale gas non se ne farà nulla», mi informa come se fosse una cosa da poco. E invece è una notizia gigantesca!

«Davvero? Ha rifiutato l'offerta?». Non riesco a dissimulare il mio stupore.

L'uomo si divincola nervoso sulla sedia. «Più che altro, hanno *ritirato* l'offerta. Per il momento», mi confessa un po' a disagio. «Mi hanno raccontato che il vertiginoso crollo del prezzo del petrolio degli ultimi mesi, ben al di sotto di quello che è il costo di estrazione per un pozzo shale, ha reso poco interessante l'esportazione di prodotti simili verso l'estero. Pare che al momento ci sia un eccesso di produzione di gas e di petrolio. Banalmente, troppa offerta a fronte di una bassa domanda».

«In effetti hanno ragione: il mercato è piuttosto instabile», gli confermo. Era anche la conclusione a cui era giunta una delle ultime ricerche che ho letto. «Ma lasciamo perdere per un momento il prezzo: se il loro interesse per la terra fosse rimasto immutato, lei cosa avrebbe fatto?».

C'è qualcosa di vagamente simile alla stima nel suo sguardo. Immagino per aver avuto il coraggio di fargli una domanda scomoda. «Mi piace pensare che alla fine avrei detto di no. Ma non ne sono del tutto sicuro. Certe volte ci attribuiamo qualità che non abbiamo. È un difetto piuttosto comune».

«Magari lo avrebbe fatto sul serio. In fondo, il mio piano per richiamare i turisti da queste parti sta funzionando. Greyson è possibilista riguardo alla ristrutturazione delle vecchie terme per il prossimo anno. E la loro riapertura farebbe di Heber Springs un centro frequentato non solo nei periodi estivi. Con un'intelligente pianificazione potreste battere la concorrenza».

«Ho letto i suoi articoli sullo shale. Sono oggettivamente interessanti, ma riguardano un caso limitato di esempi. Per esempio i terremoti…».

«Sì?», domando interessata e prendo in mano il taccuino.

«Al momento non è stata accertata alcuna causa diretta tra i pozzi shale e i terremoti. Chiaro, se un territorio è già una zona sismica, la gente mica rischia di scoprirlo?».

Mio malgrado mi tocca ammettere che ha ragione. «No, immagino proprio di no».

«Se ci si attiene scrupolosamente alle regole di buona condotta e si prendono tutte le precauzioni, anche al costo di spendere qualcosa in più, gli incidenti come l'inquinamento delle falde acquifere non si verificano. È un dato di fatto», insiste. «Lo scriva nel suo articolo».

«E lei avrebbe potuto garantire che l'impresa che l'aveva contattata si sarebbe attenuta a queste indicazioni?»

«Chiaro che no», risponde secco.

Ecco dove mi interessava arrivare. Ma il signor Charlie non è scemo e se n'è reso conto da solo. Ecco perché è quasi felice di non avere davanti la tentazione del dio denaro.

Come dice spesso Roger, l'etica è per quelli che se la possono permettere. Triste ma vero.

«Scriverà ancora di noi?», si interessa dopo un attimo di pausa.

«Certo, qualche volta. Anche se la decisione non dipende tanto da me quanto dal mio capo. Chiaro, non essendo direttamente presente potrò solo raccontare quello che mi verrà riferito. Sempre che qualcosa di simile accada…».

«Oh, succederà. Lei ha trovato il modo per farsi ben volere qui», mi rassicura come se non avesse dubbi al riguardo.

«Veramente la gente mi sopporta solo perché Greyson lo fa».

Charlie scoppia a ridere. «Io non credo sia solo per quello. E a proposito di Greyson, lo vuole il consiglio di un uomo con il doppio dei suoi anni? Non si lasci scappare qualcosa di bello. Sono tre anni che Greyson vive a Heber Springs e non l'abbiamo mai visto così vivo».

Arrossisco con foga e cerco di nascondermi ancora di più tra i cuscini, questa volta volontariamente. «Io non posso certo lasciare la mia vita di sempre. Ho la mia indipendenza…», mi giustifico in qualche modo.

L'uomo mi liquida con un cenno della mano. «Per come la vedo io, l'indipendenza è una specie di mito. Bastare a se stessi è nobile, ma è davvero necessario costringersi a vivere soli per una presa di posizione? Si può essere indipendenti anche all'interno di una coppia. Una relazione che funziona regala molte più libertà di quante ne tolga. Ci rifletta. E alla peggio, può sempre tornare. Ormai la strada per arrivare qui l'ha imparata». Si alza dalla sedia e mi porge una mano. «Maledetto divano: un giorno gli darò fuoco. Ma pare che mia moglie ci tenga tanto, per un motivo che a me sfugge del tutto», mi confessa ridendo.

«Il motivo floreale è molto di moda», commento. «Almeno, da queste parti».

«Sono trent'anni che vivo in una casa di cui odio i tre quarti dell'arredamento. Ma fa parte del compromesso. Sta tutto nel trovare il giusto equilibrio, in modo che nessuno dei due cada». Sono certa che la sua frase sia di nuovo diretta a me. Una delle mie poche consolazioni è che partendo lascio Greyson circondato da persone che gli vogliono bene.

«Grazie per avermi ricevuto», lo saluto. «Chissà, magari prima o poi ci incontreremo a New York».

Lui solleva dubbioso un sopracciglio. «Be', chi può dirlo».

Qualche minuto dopo sono in macchina, diretta verso casa della zia, dove trascorrerò l'ultimo pomeriggio a Heber Springs per ultimare il mio articolo. Poi lo invierò a Roger e inizierò a fare le valigie.

Per come la vedo io, in alcuni casi bastare a se stessi è il male minore.

Visto che si tratta della mia ultima serata, la nostra congregazione di donne da cinema d'autore mi concede il grande privilegio di potermi sedere sul divano e non per terra. In genere vige una gerarchia anagrafica, ma l'eccezionalità dell'evento fa passare in secondo piano le vecchie regole. Il film in programma nella sala di zia Jill è *Cinquanta sfumature di grigio*. La frontiera del neorealismo, per chi non lo sapesse.

«Sei proprio certa di dover andare?», mi domanda la zia per la millesima volta.

Non mi è chiaro perché non mi lascino affogare nei miei mugugni di sofferenza. Mi pare ovvio che la mia partenza, per quanto necessaria e già un dato di fatto nel momento stesso in cui ho messo piede a Heber Springs, sia un argomento da non toccare. O almeno da trattare con delicatezza. Quella che nessuna di loro pare possedere.

«Certo che devo ripartire! Il mio capo gradisce la mia presenza in ufficio, per quanto possa sembrare incredibile», rispondo con sarcasmo.

«Ma la tua rubrica era così carina!», commenta dispiaciuta Jody.

«Già, ha dato visibilità a tutti noi», conviene persino Grace. A essere del tutto sinceri, nell'ultimo periodo ho dato soprattutto risalto a lei e, in un modo che non avrei mai creduto possibile, la donna ne ha molto beneficiato. Non dico che sia proprio rifiorita, ma è sul punto di farlo: pare abbia deciso di lasciar crescere i capelli, tornati ora di un colore ben più rassicurante delle strane meches con cui si ostinava ad andare in giro. In genere i colpi di sole dovrebbero aiutare la carnagione, mentre i suoi erano color "vecchio", sempre che esista una tale tinta. Dovrebbe chiederne il brevetto. E poi è dimagrita a vista d'occhio, ostinandosi a rifiutare tutte le patatine che girano per la stanza. E sono molte.

«Ragazze, ho una vita che mi aspetta…», ricordo loro.

Amanda, seduta invece sul tappeto, si volta e mi osserva con sfida. «Per curiosità, chi ti starebbe aspettando in città?»

«Amalia, lei non vede l'ora!». Ed è vero.

«Chi, quella tua amica che vuole mettere su famiglia? Ma Kayla, una volta che sarà nato il bambino la vostra vita da zitellone di città potrà dirsi conclusa», mi fa notare la zia. Il tatto prima di tutto.

«Non è ancora nemmeno incinta», provo a perorare la mia causa.

«Sì, be', poco importa. Ha comunque un uomo che l'aspetta a casa dopo il lavoro. Pensi che mollerebbe lui per stare dietro a te?».

La domanda è antipatica ma dannatamente pertinente. Amalia è una grande amica e c'è da aspettarsi che non voglia abbandonarmi a me stessa, ma potrebbe chiedermi di andare a cena con loro. O bere fuori insieme a loro… Insomma, sarei destinata a essere la ruota di scorta. Tra l'altro, è risaputo che in compagnia di una coppia stabile si cucchi poco o niente. Quell'aria fastidiosamente matrimoniale che hanno le persone come Amalia e Ryan, per quanto non ancora sposate, fa scappare a gambe levate gli uomini che ero solita frequentare prima di venire qui.

Greyson non scapperebbe, mi suggerisce una perfida vocina nella mia testa. Forse no, ma al momento non si degna nemmeno di rispondermi al telefono. Ho fatto più di un tentativo oggi, se non altro per ringraziarlo del suo intervento con il signor Charlie (sì, ok, era una scusa), ma l'uomo arrabbiato intende rimanerlo ancora a lungo. Di certo fino al momento della mia partenza. Messaggio ricevuto. Forte e chiaro.

«Torno a New York per me stessa», cerco di far capire loro un concetto complicato. «È solo in città che riesco a sentirmi davvero libera, scanzonata, impegnata...».

«Ti riempi la vita per non sentirti sola», mi fa notare Amanda. Corso base in psicologia per corrispondenza?

«Non sono sola». La loro insistenza mi indispettisce.

«Se lo dici tu...», conclude alla fine. Ma è ovvio che non l'ho affatto convinta.

Per un buon quarto d'ora facciamo tutte finta di concentrarci sul film. «Quel Mr Grey non mi convince affatto», ragiono ad alta voce.

«In che senso?», domanda Amanda.

«Non so voi, ma io non lo trovo affatto sexy. Chiaro, è un bell'uomo, ma emana la sensualità di una triglia». Alla mia frase una fragorosa risata si diffonde per la stanza.

«Perché ti sei abituata troppo bene», fa notare Grace. «Non dovrei parlare del mio capo, visto il suo ruolo, ma il tuo Greyson è decisamente tutt'altra cosa».

Mio? Temo che di mio non ci sia niente. Non so nemmeno se lo sia mai stato.

Bugiarda, mi risponde la solita vocina. *La domanda che dovresti farti è: tu sei mai stata sua?*

Una strana sensazione di inquietudine si impossessa di me quando mi rendo conto che sì, lo sono stata. Anzi, lo sono ancora. Che io voglia o meno. Non si sceglie mai liberamente se appartenere a qualcuno. Spesso le cose accadono senza che se ne sia davvero coscienti. Sei fregato quando ancora ti illudi di poterti salvare.

Spero con tutta me stessa che la storia della lontananza mi aiuti a tornare a essere l'unica padrona dei miei desideri e delle mie azioni. Perché, al momento, ho solo una voglia folle di alzarmi da questo divano, prendere le chiavi della macchina e correre da Greyson per supplicarlo di tenermi qui contro la mia volontà.

Per la serie, non l'ho deciso io ma è stato lui a legarmi al letto. Forse potrebbe funzionare.

Sto ancora valutando i pro e i contro di una tale azione quando il mio cellulare si illumina nel buio della stanza.

Buon viaggio e buon rientro. Forse è meglio se domani non ci vediamo.

E tutti i sogni si infrangono con poche righe di testo. Ma forse, dopotutto, ha ragione lui.

Come sempre.

Capitolo 17

Un mese dopo

Amalia siede come una regina sul mio non altrettanto elegante divano – è costato poco, per ovvi motivi – e osserva corrucciata un punto preciso davanti a lei. Sono tornata a New York da quasi un mese e non ho ancora messo al loro posto le cose che ho portato da Heber Springs. Per cose, intendo le scarpe, che infatti giacciono abbandonate al loro triste destino, allineate lungo il muro di fronte a noi.

«Ma quelli sono scarponcini da montagna?», mi domanda incredula. Non le sfugge mai niente, specie gli intrusi, nascosti in una fila interminabile di tacchi dodici.

«Sì, cara. E non capisco tutto il tuo stupore». Ma sto mentendo, lo comprendo appieno: sono una delle ultime donne al mondo che potrebbe possedere qualcosa di simile. Certo, prima di mettere piede in Arkansas.

«È che non sono molto da te», commenta diplomatica, voltandosi nella mia direzione per studiarmi da vicino.

«Un sacco di cose non erano da me. Ma poi lo sono diventate», borbotto cupa.

Amalia strabuzza gli occhi e mi fissa a lungo. «Dormi bene in questo periodo?».

Le mie notevolissime occhiaie devono avermi tradito. Chissà come mai. «Ho avuto periodi più sereni, in effetti...».

«Cosa c'è che non va? Forza, con me puoi ammettere anche quello che non vuoi dire a te stessa», mi dice ridendo.

Certe volte, la capacità delle gente che ci vuole bene di leggerci dentro è davvero fastidiosa.

«Non c'è niente da ammettere. Il problema è questo maledetto inquinamento acustico: ma da quando la nostra città è diventata così rumorosa?». Passo ore e ore a rigirarmi nel letto, in attesa che le maledette sirene mi permettano di chiudere un occhio. Ma tra loro e i miei pensieri, si sta rivelando un'impresa impossibile.

«Cielo Kayla, lo è sempre stata! Non eri tu che dicevi che le sirene conciliano il sonno?», ridacchia.

«Davvero ho detto una scemenza simile?». Temo che non sia stata l'unica.

«Sei solo fuori allenamento. Tutta questione di abitudine: io, per esempio, non riesco a chiudere occhio quando vado in vacanza. Troppo silenzio mi insospettisce sempre». Ha ragione, naturalmente. Ma dopo un mese sarei dovuta tornare a essere me stessa. Invece sono solo l'ombra di quella che è partita. Sono sempre triste, e quando proprio mi sento meglio sono una iena. Dormo male, mangio peggio e odio persino i cocktail: avevano ragione in Arkansas, i nostri sono annacquati da far schifo.

«Sarà... E poi, mi spieghi perché abbiamo sempre considerato normale che i nostri vicini di casa ci salutassero a malapena dopo anni di condivisione degli stessi spazi?». Temo di essermi trasformata in una sorta di Scrooge non solo natalizio.

Amalia reprime a stento un gran sorriso. «Tu non sei affatto contenta di essere tornata...», constata gioiosa. Sinceramente, non so perché diavolo sia così felice del mio malessere.

«Io? Ma non dire sciocchezze... Certo che lo sono! Non vedevo l'ora di tornare a casa».

«Hmmm», borbotta la mia amica.

«Davvero, finalmente eccomi di nuovo in mezzo al caos, senza la necessità di cucinare…».

«Tu non cucinavi nemmeno in Arkansas», mi fa notare. Sono circondata da gente perfida.

«No, ma poco importa. Avrei dovuto, se non fosse stato per la zia Jill o per Greyson».

«E a proposito di Greyson…», riprende velocemente il discorso, soddisfatta di essere giunta all'argomento che le sta davvero a cuore.

«Io non parlo di Greyson», affermo cupa, prima che possa farmi domande spiacevoli.

Amalia solleva un perfetto sopracciglio biondo in segno di avvertimento. «Sono settimane che mi rispondi così. E sono settimane che ti osservo ridotta uno straccio. Non pensi che dovremmo… che ne so, esorcizzare la questione?».

Mi prendo un minuto per riflettere. In effetti ha ragione, peggio di così è dura. «Potresti avere ragione. Ma io faccio fatica a parlare di lui».

«Un passo alla volta. Posso iniziare esponendoti il mio punto di vista. È molto parziale, non avendovi mai visto insieme, ma ti conosco abbastanza da poter captare i segnali, quando sono forti». Con lo sguardo la invito ad andare avanti. «Allora, diciamo che durante la tua permanenza a Heber Springs avete avuto una sorta di relazione».

«Relazione… adesso…».

«Tu come la definiresti?», mi domanda con diplomazia.

«Sì, ok, era una relazione», sono costretta ad ammettere. In effetti non mi viene in mente nessuna parola alternativa che possa applicarsi al nostro caso.

«Alla luce del sole?», mi domanda.

«Non di certo per mia volontà. Io sarei stata molto più discreta. Comunque sì, alla fine era abbastanza alla luce del sole», mormoro sconsolata.

«E la cosa funzionava?».

Mi raddrizzo sul divano. «Da quando siamo passati all'interrogatorio? Non dovevi dirmi il tuo punto di vista?», le faccio notare piccata.

Amalia sospira scuotendo la testa. «Ok, se proprio ci tieni, il mio giudizio è che avete avuto una bellissima storia, che si è interrotta solo perché sei dovuta rientrare. Lui ti manca da pazzi perché ti sei innamorata e, di conseguenza, ti manca la tua vita a Heber Springs. E con questo non intendo dire che nel frattempo ti sei trasformata in una donna che ama la vita nei piccoli centri, ma solo che in questo momento detesti tutto quello che ti tiene lontana da lui, inclusa New York».

«Io non mi sono innamorata!», protesto risentita.

Lei mi osserva per nulla convinta. Ogni tanto tendo a dimenticare di avere davanti a me una donna con un QI fastidiosamente alto. In futuro devo fare in modo di scegliere amiche meno perspicaci. «Davvero?», chiede con aria di sfida. «E come si chiama un sentimento simile nel tuo vocabolario?».

Prendo del tempo per trovare la risposta migliore. «Non saprei… Amicizia interessata?».

Amalia scoppia a ridere a crepapelle, andando avanti talmente a lungo da farmi sentire ridicola. «Ma nessuno ti ha mai spiegato che in ogni relazione che si rispetti l'amicizia è una componente fondamentale? Una perfetta relazione è fatta di sesso, amicizia e comune senso dell'ironia».

«Apprezzo che tu abbia messo il sesso al primo posto», le confesso con una risata.

Lei nemmeno coglie le mie parole. «Sì, ma era tutte queste cose insieme?», mi incalza.

Sbuffo seccata. «Certo che lo era! Avrei passato tutte le mie giornate con lui se non lo fosse stato?».

Sul volto di Amalia compare una delle sue espressioni trionfali. Ok, Amalia 1 – Kayla 0. «Da quanto sai di esserne innamorata?».

Che razza di domanda… «Am, dammi un po' di credito: amo illudermi, ma non sono scema. Lo so da un sacco di tempo! Ero innamorata di lui prima ancora del sesso. E nella mia scala delle cose gravi, questa è decisamente preoccupante».

«Ma non glielo hai mai confessato…», desume, conoscendomi.

«Certo che no! Che senso avrebbe avuto fargli una confessione, sapendo che prima o poi me ne sarei tornata a casuccia? Il mio masochismo ha pur sempre dei limiti». Pochi, ma ancora resistono.

«Ma lui te l'ha detto. E magari ti ha anche chiesto di rimanere…». Ci credo che fattura miliardi grazie alle sole deduzioni. È una specie di drago nel leggere dentro le persone.

«Sì, sospetto che si aspettasse qualcosa del genere. Tipico maschile: chiedono sempre a noi di sacrificarci».

«Avresti voluto che lui si trasferisse qui insieme a te?».

La guardo e sbuffo. «No, credo di no. Lui odia la città. E poi è il sindaco: per una volta che ce n'è uno davvero utile e capace in quel ruolo, avrei mai potuto privare la popolazione di un elemento tanto raro?»

«Scusami, ma se non lo volevi qui… cosa avevi in mente?», mi domanda confusa. Vuoi vedere che adesso sono io a essere dalla parte del torto.

«Non volevo che si trasferisse sul serio ma solo che si offrisse di farlo! Che facesse almeno il gesto! Non che desse per scontato che lo facessi io… Così, automaticamente».

Per un po' nessuna delle due pronuncia più una parola. In un certo senso, è stato detto fin troppo.

«Ok, non per sembrarti insensibile, perché invece comprendo appieno il tuo punto di vista, ma ora che si fa?», mi domanda. «Intendo, ora che sei tornata qui più per una questione di principio che per altro, e ora che hai capito che senza di lui tanto bene non stai, cosa pensi di fare?».

Per la prima volta da quando è entrata riesco a concentrarmi su qualcosa che non sia io e il mio ostinarmi a resistere – è un concetto tanto nobile sulla carta, ma molto meno proficuo nella vita reale – e ad ascoltarla: ha il volto più tondo del solito e una strana luce negli occhi. Pare una donna radiosa. E credo di sapere il motivo. Quindi, invece di rispondere alla sua validissima domanda, mi concentro su di lei. «Sei incinta», sparo senza preavviso.

I suoi occhi si aprono per la sorpresa e subito dopo un raggiante sorriso le si dipinge sul volto. «Da cosa l'hai capito?»

«Dall'espressione vagamente sognante. Molto fastidiosa, tra l'altro. Allora, sei più felice o più terrorizzata?». In tutta sincerità non avrei mai pensato di vivere abbastanza a lungo da poter essere testimone di un evento simile. Amalia sta ai bambini come io alle relazioni di lungo corso. Che lei abbia fatto un salto simile mi mette addosso uno strano nervosismo: è stata forte e ha superato le sue paure. Posso dire di aver avuto lo stesso coraggio?

«Dipende dai momenti. Continuo a oscillare tra uno stato d'animo e l'altro», mi confessa arrossendo.

«E Ryan? Entusiasta?»

«Anche lui vive tra la gioia assoluta e l'inquietudine più totale, com'è normale che sia. Non posso essere l'unica schizofrenica in famiglia».

«Siete due persone intelligenti. E quindi coscienti di esservi messi in un grosso guaio. Non vi invidio per niente», le rispondo. Ma non è del tutto vero, perché invece sono molto invidiosa della calma che emana, della certezza di aver trovato una persona di cui fidarsi.

«Per qualche strano motivo non ti credo affatto», ribatte lei. Donna molto, molto pericolosa. «E il fatto che sia incinta non fa di me una persona smemorata. Allora, cosa vuoi fare ora che ti sei accorta di non amare poi così tanto la tua vita cittadina?»

«Intendi dire, ora che ho scoperto che tu non puoi più bere e che non ci saranno più serate di sole donne nei bar alla caccia di uomini?», domando ironica.

«Sì, esattamente», conferma ridendo. «Bere a parte, ho sempre talmente sonno… Non arrivo viva alle nove di sera. È una cosa imbarazzante».

Pare proprio che siamo giunte alla fine di un'epoca. È stata per lo più bella e divertente, anche perché l'abbiamo vissuta insieme, ma è arrivato il momento di passare allo step successivo. Amalia è già proiettata verso il suo futuro, mentre io arranco, come al solito. Ma voglio recuperare. Quanto prima.

«Chi l'avrebbe mai detto… Ci tocca evolverci in donne serie e responsabili».

«Io sono *sempre* stata una persona responsabile», mi fa notare.

«Forse tu, io non tanto…».

Amalia si avvicina e mi abbraccia forte. «Sai cosa devi fare?»

«Chiaro, fanciulla. Tutto sta nel farlo».

Capitolo 18

Roger mi sta studiando con molta attenzione. Il mio volto deve essere in qualche modo indicativo della follia che sto per fare.

«Da quando chiedi in maniera ufficiale un incontro con me?», mi domanda alzando le sopracciglia.

Ha ragione. Da oggi.

«Hmmm, ci tenevo a fare le cose in maniera corretta», rispondo a disagio, incrociando prima una gamba e poi l'altra. La verità è che non riesco a stare ferma. Ho la sudorazione a mille e la mia maglietta scura deve nascondere una pezzatura non da poco. Essendo io una donna furba, l'ho scelta nera.

Lo sguardo di Roger si fa ancora più incredulo.

«Non fissarmi così! Ogni tanto anch'io rispetto le regole!». La mia frase causa in lui uno scoppio di ilarità sincero, che la dice lunga sulla mia effettiva capacità di attenermi alle formalità.

Quando ha finito di sghignazzare, si sposta in avanti sulla sedia. «Forza, spara. Cosa sei venuta a dirmi?».

Non lo fare, Kayla… Non lo fare…

«Sono qui per rassegnare le mie dimissioni», riesco a borbottare in qualche modo.

E Roger, che era appena ritornato serio, scoppia a ridere ancora più forte. Ottimo, amo essere presa sul serio.

Cerca di asciugarsi in qualche modo le lacrime comparse agli angoli dei suoi occhi e si concentra su di me. «Tu sei completamente matta. La cosa non dovrebbe sorprendermi più di tanto. Voglio dire, ci conosciamo da tanti anni… Eppure, devo chiedertelo comunque, ti ha dato di volta il cervello?». La domanda è lecita e piuttosto sensata. La risposta non così scontata.

«Oddio, sì. Ma mi licenzio comunque», gli ripeto con maggiore enfasi e una certa disperazione nella voce.

Questo pare catturare la sua attenzione, perché il volto si fa finalmente serio. «È tutta una tecnica per farti aumentare lo stipendio?», mi interroga.

Magari lo fosse… «No, davvero. Non sono proprio il tipo», confesso mogia.

Lui si massaggia pensieroso la mascella. «Sì, è vero, non lo sei. Ma ti rendi conto che nel nostro settore non fanno che licenziare persone? Un posto fisso vale oro! Cosa ti ha offerto la concorrenza?».

Ah ah, concorrenza… «Roger, non mi sto licenziando perché mi aspetta chissà quale avanzamento di carriera da altre parti! Ho solo deciso di andare a vivere a Heber Springs». Quest'ultima parte dell'informazione la mormoro piano, nella speranza di non essere udita.

Il mio capo apre gli occhi incredulo, sbatte più volte le ciglia e poi torna a rotolarsi per le risate sulla sua poltrona. Ma non sono offesa, lo capisco molto bene.

«Ti droghi», afferma certo. Non lo domanda, lo asserisce.

«Sì, in un certo senso l'effetto è molto simile a quello di una droga pesante…». Sono pure costretta a dargli ragione.

«Kayla, ma sei certa di stare bene?».

Sì, no, forse… «Non sto tanto bene. Ma lo faccio comunque. Mi licenzio».

Roger avvicina spazientito la poltrona alla sua scrivania. «La smetti di ripetere questa frase senza senso? Perché diavolo vuoi tornare a Heber Springs? Sei a New York solo da un mese! Tu ami la nostra città e detesti i piccoli centri! O no?».

E lì, nell'ufficio del capo del giornale, scoppio a piangere come una disperata. «Sì, ma mi sono innamorata! Capisci? E lui non ha intenzione di tornare a vivere in città. Sta bene a Heber Springs, ha la sua vita, la comunità, i suoi amici... E poi ho iniziato a odiarla persino io, la vita in una grande metropoli. Ed è assurdo! Chi diavolo sono diventata? Mi infastidiscono cose di cui sono sempre andata fiera!». Il mio freno a mano è andato. Ciao, ciao lucidità.

«Calma, calma... di chi stiamo parlando? Del sindaco?», mi chiede cercando di capirci qualcosa.

«Sì, di Greyson. Roger, temo proprio di essermi innamorata. Sul serio!». Ormai sono una fontana, non riesco più a bloccarmi. Continuo a singhiozzare come se non ci fosse un domani. Se in questo momento la terra si aprisse e mi inghiottisse, francamente mi farebbe un favore.

«E per tornare a Heber Springs ti devi proprio licenziare?», mi domanda il mio capo, molto più interessato alle questioni lavorative che non a quelle di cuore. Voglio dire, giustamente: sarà anche un amico, ma ha pur sempre un giornale da mandare avanti.

Il suo dubbio mi risveglia dal coma emotivo e dallo stato larvale in cui sono piombata. «Che vuoi dire?».

«Non puoi semplicemente chiedermi di continuare a lavorare da lì? La tua rubrica spiritosa piaceva un sacco. Siamo sommersi dalle richieste dei lettori di avere nuove puntate sulla tua vita campagnola».

Sbatto le ciglia per la sorpresa. «Ah sì?». Cazzo, a questo non avevo affatto pensato! E dovrebbe dire molto sulla mia attuale lucidità mentale. La vorrei indietro. E subito!

Roger alza gli occhi al cielo, mi strappa di mano il foglio con le dimissioni e ne fa una pallina con cui centra il cestino della spazzatura. Impressionante. Deve essersi esercitato per anni.

«Vuoi prenderti due minuti per scrivermi una bella email proponendomi di continuare con la tua vecchia rubrica? Magari dammi anche la tua disponibilità a qualche trasferta. Così posso mandarti in giro per il Paese per scrivere di eventi di cronaca. Il tuo articolo sullo shale è stato tutto l'opposto di quello che mi sarei aspettato, ma comunque un ottimo lavoro. Per quel mi riguarda, ti sei guadagnata l'opportunità. Immagino che ti piacerebbe...».

Se mi piacerebbe? Mi taglierei il braccio destro per un'occasione simile! «Sì, sì... Certo!», esclamo entusiasta.

«Fai base a Heber Springs, ogni tanto ti fai qualche viaggetto e quando proprio ti annoi, torni a New York per vedere come stiamo. Che te ne pare?», mi domanda fiero di se stesso.

«Mi sembra... una meraviglia!». In verità è molto di più, ma sono stranamente a corto di parole. «Non so proprio come ringraziarti», gli dico commossa. Sto correndo il serio rischio di scoppiare di nuovo a piangere. Questa volta per la gioia. Per essere una che non piange mai, sto per registrare il nuovo record mondiale di lacrime versate a sproposito.

«Magari tornando a essere la donna che conosco? Senza crisi isteriche? Eri una della poche che si salvava...», non resiste dal farmi notare con ironia non troppo velata.

Mi passa un fazzoletto di carta e attende che mi soffi il naso. Con molta poca grazia, va detto. «Ok, allora vado a scrivere l'email», mi congedo alzandomi dalla sedia.

«Vai, vai, la giornata ti ha messo già a dura prova. Almeno mia moglie sarà contenta, era una grande fan della tua rubrica. Non faceva che rompermi le scatole tutti i giorni a colazione...».

Inspiro e mi incammino verso la mia scrivania. È bello sapere che la vita ogni tanto può riservarti qualche sorpresa piacevole. E quando meno te l'aspetti.

Per quella sera il sorriso ebete mi è già passato del tutto. È vero che Roger mi rispedisce indietro e continua a pagarmi uno stipendio, ma il mio problema non è del tutto risolto. Come la prenderà Greyson? Ne vorrà ancora sapere di me?

Sono così concentrata a elaborare un piano che nemmeno mi accorgo di un'ombra vicino alla mia porta di casa. Quando sollevo gli occhi, non riesco a trattenere un grido.

«Oddio! Grey!». Il mio stato d'animo passa in un secondo dal terrore puro alla gioia estrema. È l'ultimo essere umano che mi aspettavo di trovare sul mio pianerottolo, ma ora che c'è, non riesco a contenermi. Contro ogni previsione – e forse buonsenso – mi lancio verso di lui e lo abbraccio con una tale foga che il poveretto rischia di rimanerci secco. Per la serie, Kayla e l'amor proprio, questi due sconosciuti…

Grazie al cielo anche le braccia di Greyson mi stringono a sua volta, e così ci troviamo avvinghiati in un abbraccio da cobra, senza alcuna intenzione di tornare a respirare tanto presto. L'ossigeno è del tutto superfluo in situazioni simili.

«Mi viene da piangere di nuovo. E oggi ho già pianto tante di quelle volte che la storia sta diventando ridicola», gli confesso scostandomi per osservare il suo volto.

Lui mi accarezza una guancia e mi sorride. «Non voglio vederti piangere. Ho fatto tutti questi chilometri perché sei l'unica persona al mondo che riesce sempre a strapparmi un sorriso. Non dirmi che sono venuto per niente».

«Ah, no. Sei arrivato proprio nel momento giusto», confermo. «Ci sono un po' di cose che ti devo raccontare». Inserisco la chiave nella serratura e gli faccio strada nel mio minuscolo appartamento. Con lui dentro, sembra ancora più piccolo.

«Anch'io ti devo dire un sacco di cose».

Gli indico il divano letto e lui vi sprofonda poco dopo. Poi allunga le mani e mi avvicina a sé, facendomi sedere sulle sue gambe.

«Allora, prima tu», lo invito a parlare e gli accarezzo la nuca. Cielo se mi è mancato. Mi pare irreale che sia seduto sul mio divano.

«Ah no, prima le signore…».

«Decisamente prima quelli che si sono fatti chilometri e chilometri per venirmi a trovare». Sottolineo l'eccezionalità della cosa, perché non voglio che sminuisca anche solo per un attimo questa visita inaspettata.

Lo fisso mentre cerca disperatamente il modo migliore per cominciare. È quasi buffo quando è in difficoltà. «Ecco, mi sono ricordato che non avevo mai riscosso la mia giornata premio. Quella vinta all'asta», specifica, come se mi fosse stato possibile dimenticarlo.

Quindi ha intenzione di prendere le cose alla larga... Va bene, vedrò di stare al gioco. «Hai ragione, non l'hai mai fatto», concordo imperturbabile.

«Voglio dire, ho pagato una discreta cifra. Tu al mio posto non vorresti usufruire della possibilità?», domanda iniziando ad agitarsi. C'è del lieve rossore sulle sue guance ed è in evidente difficoltà. Potrei aiutarlo... ma perché privarmi del divertimento? Sono una donna innamorata, ma pur sempre coerente con me stessa.

«Io al tuo posto non avrei aspettato mesi», gli rispondo con la massima innocenza.

Il suo sorriso, appena accennato, si spegne all'istante. «Sì, probabilmente hai ragione. Intendi dire che sono in ritardo?».

Lo so cosa mi sta chiedendo... È assalito dal dubbio che abbia incontrato qualcun altro. Per mia fortuna, gli uomini capaci di destabilizzarmi e di farmi prendere decisioni folli – come quella di trasferirmi a Heber Springs – sono merce piuttosto rara. Più unica che rara. Uno su tre miliardi mi pare più che sufficiente.

E poi, se Greyson fosse almeno in parte lucido in questo momento, si renderebbe conto che l'ho accolto con troppa gioia per aver voltato pagina. Ma per una volta mi piace non essere sola in questa mia incapacità di ragionare...

Greyson sfrutta il mio momento di silenzio per guardarsi attorno e gli occhi gli cadono su una pila interminabile di scarpe ben allineate qualche metro davanti a lui. In un angolo della stanza è posata una gigantesca valigia, di quelle che solo una maniaca di scarpe e accessori come me può possedere. Non oso nemmeno pensare al sovrapprezzo che dovrò pagare per imbarcare tutto sull'aereo.

«Stai andando da qualche parte?», mi interroga con un'espressione terrorizzata.

«Sì, in effetti sì». Muoio dalla voglia di vedere come intende continuare.

«Ah…», borbotta solo. E poi si chiude in se stesso.

«Niente ah», lo riprendo. Prendo il suo viso tra le mani e riporto i suoi occhi ai miei. «Oggi ho chiesto il trasferimento. Me lo hanno concesso».

Il suo sguardo vaga ancora e poi si ferma sugli scarponcini che mi ha regalato: sono ordinatamente posati in mezzo a scarpe ben più fashion, in fila per essere inseriti nella mia valigia. L'espressione di Greyson muta in un secondo appena e si fa stranamente speranzosa. Ora sì che iniziamo a ragionare.

«E dove vai, se posso saperlo?». La voce vorrebbe apparire disinteressata, ma è ben lontano dall'esserlo.

«Pensa, di nuovo in Arkansas», gli rispondo sorridendo.

Greyson solleva le sopracciglia. «Un posto in particolare?»

«Heber Springs. Mi hanno detto che è in atto una vera rinascita economica, grazie alla spinta del turismo. Tu ne sai niente?»

«Ho sentito dire che è un bel posto».

«Anche a me ne hanno parlato bene».

«E… il lavoro?»

«A quanto pare la mia rubrica sulla vita a Heber Springs era talmente amata e richiesta da rendere impensabile sospenderla per sempre. Sono più comica quando scrivo di vita rurale che quando mi occupo di quella cittadina. L'avresti mai detto?».

Greyson scoppia a ridere. «Io non faccio molto testo: ti trovo sempre molto divertente. Anche quando non cerchi di esserlo».

Sì, me ne ero accorta…

«E poi mi sono stufata di avere vicini che non mi salutano mai», continuo con il mio elenco. «Potrebbe venirmi un colpo e nessuno se ne accorgerebbe per settimane. Una volta ho scritto un articolo su una vecchietta a cui era successo proprio questo. Terribile. Tra l'avere la propria privacy ma morire mangiata dal gatto, e il non averla affatto ma potersi salvare, forse scelgo la seconda».

Ancora una sonora risata da parte sua. «Kayla, tu non hai un gatto…», mi fa notare.

«Dettagli, dettagli…», cerco di sminuire la cosa. «E non so se hai sentito del sindaco di Heber Springs».

«No, cosa?», domanda divertito.

«Le mie fonti segrete mi dicono che sia un figo pazzesco. Pure scapolo, ci puoi credere?».

Le sue mani intensificano la presa sulla mia vita e la sua espressione si fa seria. «Devono averti dato qualche informazione sbagliata in proposito: il sindaco non è single», afferma solenne.

«Ah no?»

«No, assolutamente no. Ha il cuore molto impegnato».

«Be', non per essere pedanti, ma tra l'essere single e l'avere il cuore impegnato, c'è una certa differenza…».

Greyson inspira prima di rispondermi. «Hai ragione, come sempre, o quasi. Motivo per cui sono ora a New York: ho il cuore che non ne vuole sapere di farmi rimanere single. Se possibile… Ero venuto qui, pronto anche a offrire il mio trasferimento in città, in cambio di un mutamento del mio status».

La frase mi coglie davvero di sorpresa. «Volevi trasferirti a New York?», domando incredula.

«Ci ho pensato, sì», conferma con una certa sofferenza. «Posso ancora farlo, se tu lo vuoi». Ma i suoi occhi hanno più o meno l'espressione di un condannato a morte. Apprezzo però che sia disposto a immolarsi per la causa. È una dimostrazione d'amore piuttosto significativa. In un certo senso, è proprio quello di cui ho bisogno per andarmene dalla città senza grossi rimpianti. A Heber Springs non si stava affatto così male, per quanto io mi ostinassi a lamentarmi. E la gente è strana ma simpatica. Io stessa, in fondo, sono strana ma simpatica. C'è un interessante comune denominatore tra di noi.

«Ma la cosa non ti entusiasmerebbe…», gli faccio notare.

«Eufemismo del secolo, Kayla. Io odio la città, la odio sul serio, e non mi pare di avertelo mai nascosto. Ma amo te, e tra le due cose vinci tu. Sempre». La sua voce è sicura, il suo sguardo limpido. Nessuna incertezza e nessuna voglia di giocare. È una delle cose che amo di più di Greyson, il fatto di non avere paura di dire le cose come stanno, di non nascondersi dietro un dito. Certo, questo e i suoi pettorali…

Mi metto la mano sul cuore e mi godo la sensazione di totale beatitudine che mi provocano le sue parole. Il mio battito accelera e rischia persino di scendermi una lacrima. «Potresti ripetere queste ultime frasi in modo che io possa filmarle, per favore?», gli domando tra il serio e lo scherzo.

Greyson mi avvicina e mi tiene stretta a sé in un lungo abbraccio. «Guarda che non ho alcun problema a ripetertelo ogni giorno. Non c'è bisogno di mezzi tecnologici», mi mormora all'orecchio.

«Lo prenderò come una promessa. E comunque non potrei mai privare Heber Springs del loro sindaco. Tornerei a essere di nuovo la donna più odiata dell'Arkansas. Hai idea di quanto abbia faticato per farmi accettare?»

«Le donne sono passate dalla tua parte non appena hai fatto spogliare Jackson durante l'asta…», ride divertito. Interessante come il tempo possa trasformare la percezione degli avvenimenti; all'epoca si era infuriato per la questione dello spogliarello improvvisato. E interessante come qualche bacio possa aver cambiato le mie certezze, rifletto mentre la sua bocca cerca la mia. È con i baci che mi ha fregato alla grande: io non me ne sono nemmeno accorta, ma a furia di baciarmi ha fatto sì che io non possa più vivere senza. I suoi baci sono la sostanza stupefacente che mi serve per sentirmi viva. La mia droga personale.

«Sei solo geloso perché conosco un po' di trucchetti per come conquistarmi le simpatie della gente...», lo prendo in giro. «La verità è che io sono una grande comunicatrice».

Si stacca e riprende il mio viso tra le mani. «Palle. Per esempio, non sapresti farmi una vera dichiarazione nemmeno tra un milione di anni...».

Uh, perché, ora serve anche una dichiarazione? I miei occhi si aprono allarmati.

«Kayla, non andare in iperventilazione. Tranquilla...», ride del mio sconforto.

«Sono molto più brava a scrivere che a parlare», cerco di salvarmi.

«E allora *scrivimi* una lettera d'amore», alza il tono della sfida.

Sbatto più volte le ciglia e lo fisso meravigliata. Di fronte alla mia palese difficoltà, Greyson mi sorride e mi bacia. «Come non detto, non serve. Mi accontento anche di una dimostrazione pratica».

In questo campo mi sento già molto più ferrata. Io sono la regina della pratica. «Speravo dicessi qualcosa di simile», commento.

Di amore si può scrivere, parlare, ma anche fare. Non vedo perché limitarsi a una sola forma di espressione.

Tornata a sorridere, mi sfilo in fretta il vestitino blu che ho indosso. Elimino anche il reggiseno e poi gli sfilo la maglietta scura. «Hai fretta?», domanda Greyson divertito. Ma non mi pare si stia esattamente lamentando.

«Certo», gli confermo attaccando la zip dei suoi jeans. «A proposito, la maglietta è nuova?».

Lui mi afferra per la vita e mi solleva quanto basta affinché io possa tirargli giù i pantaloni. «Sarai felice di sapere che ho buttato via tutte quelle vecchie».

«Greyson! Smettila di fare cose dolci perché potrei non reggere…», commento semiseria.

«Ok, allora niente cose troppo sdolcinate. Prendi sempre la pillola?», mi domanda con voce roca.

Appena io annuisco con il capo, mi scosta quanto basta le mutandine e mi posiziona sopra di lui. Deve essere davvero innamorato folle per cedermi il controllo.

Quando lo sento dentro di me, non posso fare a meno di chiudere gli occhi e assaporare la sensazione di assoluta perfezione. Davvero, al mondo non esiste niente che sia meglio di questo.

«Se per te va bene, visto che siamo in una relazione rigorosamente monogama, potremmo anche fare a meno dei preservativi d'ora in poi», mormora al mio orecchio, facendomi venire la pelle d'oca. «Vorrei evitare altre battute imbarazzanti da parte dei miei concittadini».

Apro gli occhi e cerco di mettere a fuoco. Ma è davvero difficile concentrarmi in un momento simile. «In questo momento potrei dire di sì a tutto…». Sono una donna debole, non ci posso fare niente.

«Interessante…», mormora con voce rauca, mentre io mi sollevo appena e poi torno con forza ad abbracciarlo. Una, due, tre volte… È possibile passare così il resto dei propri giorni?

«Puoi anche non parlare», cerco di zittirlo con un bacio.

«Ho lavorato nella consulenza aziendale: il multitasking è il mio mestiere». Ma mentre lo dice la voce gli esce sempre più sofferente. Multitasking un corno…

«Grey, me lo dirai dopo».

«No, dopo non dirai di sì…».

La frase mi costringe a bloccarmi. Mi distanzio quando basta per scrutarlo seria. «Che razza di discorso mi vorresti fare?».

Lui mi accarezza prima una guancia, poi un seno, e poi ancora uno di quei baci da film che durano ore. Oh, sta cercando di confondermi. E ci sta pure riuscendo!

«Se la nostra convivenza funziona...», inizia a parlare e alla sola parola convivenza io apro gli occhi sgomenta. Avrebbe dovuto consultarsi con Amalia per evitare di pronunciare parole che creano in me terrore immotivato e irrazionale.

Lui mi zittisce con lo sguardo. «Sì, convivenza. E pure immediata. Su questo non sono pronto a discutere. Dicevo, se la nostra convivenza funzionerà come io so che sarà, tra un anno esatto mi sposerai. Chiaro?».

È più forte di me, scoppio a ridere come una matta. «Ma non dovresti chiedermelo invece che comunicarmelo? E non dovresti aspettare almeno un anno per giudicare?»

«No, io sono un uomo che pianifica sempre. E quindi lo faccio anche adesso. Sto pianificando. E tu sei pregata di non rovinarmi i piani». C'è sempre più ironia nelle sue frasi, sta imparando a non prendersi troppo sul serio. Modestamente, credo sia tutto merito mio.

Decido che è il momento di zittirlo con un bacio e di tornare a concentrarci su quello che stavamo facendo così bene qualche attimo primo. Lui pianificherà anche a lungo termine, ma io mi diverto tanto a vivere nel presente che davvero non ho intenzione di mettere il carro davanti ai buoi. Un passo alla volta, grazie, che con i tacchi non si corre molto bene.

«Uomo multitasking, ti dispiacerebbe tornare a dedicare tutta la tua attenzione ai nostri imminenti orgasmi? Non per sembrarti frivola, ma sai com'è... è passato del tempo dall'ultima volta...».

Lo sento ridere attaccato al mio collo. «Agli ordini».

Epilogo

Dal «New York Times», domenica 13 settembre 2015

Per te
di Kayla Davis

Il fatto che queste mie parole verranno lette da un numero piuttosto considerevole di persone non dovrebbe farti dubitare nemmeno per un minuto che il contenuto sia stato scritto per te. Solo per te. Gli altri sono solo un di più.

Qualche giorno fa mi hai detto che mi ami anche se non sono capace di scrivere lettere d'amore. E io l'ho presa come una sfida, perché invece ne sono capace.

Chiaro, a modo mio.

Se potessi ti scriverei una lettera ogni giorno. Ma ho una reputazione da difendere, per cui ti consiglio di comprare tutte le copie del giornale che riuscirai a trovare a Heber Springs e di conservarle gelosamente per quando sarò una stronza colossale e renderò le tue giornate un inferno. E ci saranno momenti simili, non ti illudere.

Avrò giornate che reputerò pessime solo perché non sarà venuta bene la piega dei capelli e impazzirò perché si sarà rovinato il tacco delle scarpe. Altro piccolo suggerimento di vita: le scarpe sono sacre. Sempre. Ricordatelo nei momenti difficili.

Credo che ormai sia assodato che come donna di casa faccio piuttosto schifo. E no, prima che tu possa sperare in un mio cambiamento, sappi che sono una persona che crede nella costanza delle cattive abitudini. Perciò, non ho in programma di fare corsi di cucina o di stiro. Al massimo uno su come preparare degli ottimi cocktail. Ma le torte ci toccherà sempre ordinarle da qualche altra parte.

Per natura sono un essere polemico. E pure sarcastico. Sì, mi rendo conto che la combinazione è letale e spesso molto difficile da digerire. Ma sei tu che mi hai voluto.

Lascio scaricare spesso la batteria del mio cellulare. E la cosa mi manda in bestia. Se posso darti un suggerimento valido, puoi o rassegnarti al fatto che ruberò spesso il tuo oppure tenere varie batterie di riserva sparse in giro per casa.

Ho un senso di orientamento da far schifo. Sul serio, riuscivo a perdermi nel mio quasi ex appartamento a New York. Quaranta metri quadrati, muri compresi. Per cui, se dovessi darmi appuntamento da qualche parte, controlla prima che io sappia come arrivarci. L'esito potrebbe non essere scontato quanto pensi.

Questione armadio: no, non lo divideremo a metà. Te lo dico da subito, prima che tu possa illuderti che io sia una donna ragionevole. Caro, non lo sono affatto e pretendo di avere i tre quarti dello spazio. Perché sono donna, ho una tonnellata di vestiti più di te e perché il mondo va così. Puoi appellarti, ma non vincerai comunque.

Questione armadietti del bagno: come probabilmente hai già intuito, anche in questo caso la divisione non sarà paritaria. Ti propongo un quinto a te e il resto a me. Se ti stai infervorando, non farlo. Hai solo un rasoio e un deodorante da mettere via. È una guerra persa in partenza.

Questione serie TV e film sconci: quelli per un pubblico femminile non sono porno ma cinema d'autore. Compris? E gli scozzesi nudi e muscolosi sono meravigliosi. Almeno sullo schermo. Punto.

Il cioccolato è un famoso alimento dietetico, per cui sei pregato di non tenere il conto dei cioccolatini che mangio. Tutta salute.

Sono solita dimenticarmi il cibo nel frigo: se dovessi renderti conto che l'insalata è con noi da mesi, anche se non l'abbiamo adottata e ormai ha assunto sembianze aliene, puoi ritenerti libero di disfartene senza farmelo sapere. Anzi, lo preferisco. Sono piuttosto impressionabile.

Se stai ancora leggendo queste mie righe e non hai già fatto le valigie per emigrare in qualche Paese tropicale, sappi che ho anche dei lati positivi. Pochi, ma notevoli. Per esempio, ho scoperto di avere un cuore molto ostinato, che mi fa prendere decisioni assurde come quella di trasferirmi in Arkansas. Inoltre, sono piuttosto divertente, se ami l'ironia nelle donne.

E sono abbastanza avventurosa per entrambi, il che non guasta.

Sono anche una grande esperta di zumba, pilates e yoga. Fa curriculum, non trovi?

Ho imparato piuttosto tardi nella mia vita che le cose migliori sono quelle che non avevi proprio messo in programma. Tu sei una di quelle. E io ti amo più di quanto ami me stessa. Credimi, è una frase forte per una come me. Potrei umiliarmi ancora su un giornale nazionale, ma credo che per questa volta dovrà bastarti.

E ora conclusione a effetto: Greyson, sono certa che non sarà facile, ma ne varrà la pena. Sempre.

Nota dell'autrice

Molti di voi si domanderanno – giustamente – dove vada a pescare i temi su cui basare le mie storie. Giuro che non mi ubriaco prima di tirar fuori dal cilindro temi quali l'amministrazione di sostegno o lo shale gas!

In ogni caso, se qualcuno di voi si fosse improvvisamente appassionato al tema e volesse qualche informazione in più, ecco qualche dettaglio: da sempre i prezzi del petrolio e del gas in Europa e in America differiscono a causa di alcune strutturali differenze dei mercati interni, ma da qualche anno a questa parte la differenza è diventata abissale. Per esempio, chiunque di voi avesse acquistato sul mercato finanziario qualche tempo fa degli ETF o dei future rappresentativi del gas potrà testimoniare che si tratta di una materia prima che non fa che tracollare. Ma solo perché legata al mercato americano, che nell'ultimo decennio è stato invaso dal gas prodotto tramite la fratturazione idraulica. Le nostre bollette casalinghe sono invece testimonianza diretta che il gas che acquistiamo è sempre più o meno in salita. E questo perché le nostre fonti di approvvigionamento sono ben diverse da quelle americane.

Lo stesso discorso vale anche per il petrolio, che si misura in genere tramite due benchmark diversi, il WTI e il Brent: Brent è il nome di un giacimento di petrolio scoperto negli anni Settanta nel Mare del Nord al largo di Aberdeen (Scozia) e consiste in un petrolio molto leggero, risultato dell'unione della produzione di 19 campi petroliferi situati nel Mare del Nord. Malgrado una produzione oggi piuttosto limitata, il Brent serve da petrolio grezzo di riferimento a livello mondiale. Il suo prezzo determina quello del 60% del petrolio estratto nel mondo. WTI, invece, è l'acronimo di West Texas Intermediate (conosciuto anche come Texas Light Sweet), un tipo di petrolio greggio usato come parametro di riferimento per i contratti futures sulla borsa di New York. La differenza tra le due tipologie di benchmark sa esplodere nei momenti di tensione, sia politica che economica, mentre una volta erano soliti muoversi a braccetto.

Il prezzo del gas che noi importiamo è ancora oggi piuttosto legato ai prezzi del greggio Brent.

Ci tengo a specificare che ho studiato a lungo l'argomento e al momento sul tema dello shale gas ci sono opinioni diverse: c'è chi sostiene che non esista alcuna correlazione effettiva tra la presenza di pozzi shale ed eventuali terremoti e chi invece li indica come motivi scatenanti, chi sostiene che sia impossibile inquinare una falda acquifera durante la fase di drilling, perché l'attività avviene a profondità decisamente maggiori, e chi invece propone testimonianze dove si sono verificati problemi concreti nella costruzione dei pozzi che hanno avuto come conseguenza un inquinamento dell'acqua. Al momento, in Europa di davvero concreto c'è una moratoria varata dalla Germania nell'estate del 2014 che impedisce la costruzione di pozzi shale fino al 2021 e la messa al bando da parte della Francia. In ogni caso, bisogna ricordare che in America i proprietari dei terreni godono dei diritti anche sul sottosuolo, mentre in Europa spesso non è questo il caso, per cui, se non ti pagano e ti fanno solo rischiare, è evidente che l'opinione pubblica non sia poi così disposta a provare questa strada.

Che la vita di un pozzo shale sia molto più breve di un pozzo tradizionale è invece un dato di fatto e dipende proprio dalla struttura del pozzo: si è misurato che la produttività di un pozzo shale decresca di circa il 40% dopo il primo anno e poi del 20% ogni anno successivo. Quindi, per continuare a estrarre la stessa quantità di gas ogni anno, occorre continuare a scavare pozzi nuovi. Non ci sono alternative. Anche nell'ipotesi che non si verifichino problemi, il paesaggio ne esce comunque deturpato.

Inoltre, è un dato altrettanto concreto che circa il 10%-20% degli additivi che vengono pompati nel pozzo rimanga nel sottosuolo. È vero che si tratta di profondità notevolissime, ma gli effetti prima o poi si potrebbero sentire.

Non pensiate però che i pozzi tradizionali siano immuni da problemi e da incidenti. Ne capitano in continuazione, perché, un po' come per il nucleare, un conto è la teoria e un altro la pratica.

Il nostro è un mondo che ha bisogno di energia per funzionare e da qualche parte bisogna pur crearla. Non esistono al momento sistemi che non lascino segni.

Ci tenevo comunque a specificare che non era mia intenzione prendere alcuna posizione specifica sul tema dello shale, ma spingere solo a riflettere su come ormai si sia entrati in una fase nuova di generazione dell'energia. Proprio queste novità, stanno portando tanta volatilità sui mercati delle materie prime.

Ringraziamenti

Questo libro ha un grosso debito di riconoscenza nei confronti del mio mitico amico Andrea Gambardella, che aveva la faccia da ingegnere già in prima liceo. E infatti lo è diventato! Mi ricordo ancora delle mille rocce di materiali diversi che teneva in camera sua, quasi venerandole. Grazie mille per le preziose informazioni e per aver risposto a domande di ogni tipo. I filmati sui pozzi di shale gas sono stati illuminanti.

Sono da sempre piuttosto appassionata delle evoluzioni finanziario-economiche dei derivati petroliferi e del gas, un po' per evidenti motivi professionali e un po' perché è una passione di famiglia: ringrazio mio padre, un economista che ha lavorato tutta la vita in questo specifico campo, per avermi trasmesso questo interesse.

Colgo l'occasione per chiedere scusa a mio marito, che non possiede più nemmeno una camicia a quadri da quando è venuto a vivere con me. Sono state tutte destinate alla funzione di straccio per la polvere nel corso degli anni. L'unico vero problema è che potrebbe testimoniare che è esistito un tempo, anni Novanta per essere precisi, quando le maxi camicie di flanella a quadri andavano di moda tra i ragazzi. E io le portavo! Spero almeno che le foto siano state tutte bruciate…

Sono molto grata al mio editore, Raffaello Avanzini, per non essere scoppiato a ridere a crepapelle quando ha ricevuto la sinossi della mia storia. Probabilmente pensava di aver toccato il fondo con l'amministrazione di sostegno e con la definizione del beta finanziario. Come ha potuto constatare, si sbagliava.

Un grandissimo ringraziamento ad Alessandra Penna, mia preziosa editor, che ormai deve essersi abituata a me e alle mie stranezze, e a tutto il team Newton Compton, nessuno escluso, per il lavoro svolto con me.

Voglio ringraziare di cuore, a una a una, tutte le numerose persone che mi hanno scritto in questi mesi, incoraggiandomi ad andare avanti. Ogni vostro messaggio per me è stato prezioso e fonte di grande gioia. Spesso, quando si scrive, non ci si rende conto che lo si fa anche per gli altri. La scrittura è un'attività da svolgere in solitudine, isolati con il proprio computer e i propri pensieri. Ecco perché è davvero molto bello scoprire che ci sono persone vere, in carne e ossa, che riescono a svagarsi con un mio romanzo e ad allentare per un po' le tante tensioni della giornata.

Grazie infinite a tutti i numerosi blog che parlano di libri! Senza di voi, in Italia oggi ci sarebbero ancora meno lettori.

Nel momento in cui ho pensato alla trama di questo romanzo, il petrolio e il gas stavano vivendo un lungo momento di stabilità. Ma quando sono partita con la stesura vera a propria, è iniziato un cataclisma epocale, una specie di tutti contro tutti che ha fatto precipitare le quotazioni e messo in discussione le relative quote di mercato. Non so se sia stata mera casualità o se il mio interesse verso un tema abbia poi risvolti drammatici… Chissà quali danni riuscirò a fare con il mio prossimo progetto!

Come sempre, potete contattarmi tramite l'email anna@premoli.net oppure sul sito annapremoli.com.

Indice